eleanor & park

Eleanor & Park
Título original: *Eleanor & Park*

Primera edición: agosto de 2013
Décima tercera reimpresión: febrero de 2015
Décima cuarta reimpresión: julio de 2015

D. R. © 2013, Rainbow Rowell, texto
D. R. © 2013, Victoria Simó, traducción
D. R. © 2013, Olga Erlic, cubierta
D. R. © 2013, Harriet Russell, ilustración de cubierta

D. R. © 2015, de la presente edición en castellano para todo el mundo:
Penguin Random House Grupo Editorial, S. A. de C. V.
Blvd. Miguel de Cervantes Saavedra 301, piso 1,
col. Granada, del. Miguel Hidalgo, C. P. 11520,
México, D. F.

www.megustaleer.com.mx

Comentarios sobre la edición y el contenido de este libro a:
megustaleer@penguinrandomhouse.com

ISBN 978-607-112-864-5

Impreso en México/*Printed in Mexico*

eleanor & park

rainbow rowell

Traducción de Victoria Simó

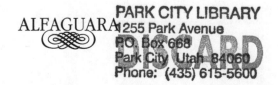

ALFAGUARA

Para Forest, Jade, Haven y Jerry...
... y todos los del asiento de atrás de la camioneta

Ya no intentaba evocar su recuerdo.

Ella volvía cuando quería, en sueños, en mentiras y en vagas sensaciones de algo ya vivido.

A veces, por ejemplo, veía de camino al trabajo a una pelirroja plantada en una esquina y por un estremecedor instante habría jurado que era ella. Pero en seguida advertía que la chica era más bien rubia. Además, sostenía un cigarro... y llevaba una camiseta de los Sex Pistols.

Eleanor odiaba a los Sex Pistols.

Eleanor...

De pie a su espalda hasta que él se volvía a mirar. Tendida a su lado justo antes de despertar.

Comparado con ella, el resto del mundo era gris y aburrido. Los demás nunca daban la talla.

Eleanor, que lo estropeaba todo.

Eleanor, perdida.

Ya no intentaba evocar su recuerdo.

agosto, 1986

capítulo 1

park

La música de XTC no bastaba para ahogar el escándalo que armaban los cretinos de las últimas filas.

Park se ajustó los audífonos a los oídos.

Al día siguiente llevaría Skinny Puppy o los Misfits. O quizás grabara un casete especial para el autobús escolar con la música más potente que encontrara.

Ya volvería a escuchar New Wave en noviembre, cuando sacara su licencia de conducir. Sus padres le habían dicho que podría conducir el Impala, y Park llevaba un tiempo ahorrando para un estéreo nuevo. En cuanto fuera al instituto en coche podría escuchar lo que le diera la gana o nada en absoluto, y además dormiría veinte minutos más por las mañanas.

—Lo estás inventando —gritó alguien a su espalda.

—Que no, carajo —respondió gritando Steve—. El estilo del mono borracho. Te digo que existe. Hasta puedes matar a alguien...

—No dices más que tonterías.

—Eres tú el que no dice más que tonterías —replicó Steve—. ¡Park! ¡Eh, Park!

Park lo oyó, pero se hizo el desentendido. De vez en cuando, si no le hacías caso, Steve cambiaba de víctima. Saber eso te salvaba un ochenta por ciento de las veces cuando tenías la desgracia de que Steve viviera en la puerta de al lado. El otro veinte por ciento te limitabas a agachar la cabeza... Algo que Park acababa de olvidar.

Una bola de papel le golpeó la coronilla.

—Eran mis apuntes de Educación Sexual, imbécil —protestó Tina.

—Lo siento, nena —replicó Steve—. Yo te daré clases de Educación Sexual. ¿Qué quieres saber?

—Enséñale la postura del mono borracho —dijo alguien.

—¡PARK! —gritó Steve.

Park se quitó los audífonos y volteó. Steve se levantaba imponente en el fondo del autobús. Incluso sentado rozaba el techo con la cabeza. Los objetos que rodeaban a Steve parecían siempre sacados de una casa de muñecas. Parecía un hombre hecho y derecho desde primero de secundaria, antes incluso de que se dejara crecer la barba. Muy poco antes.

A veces Park se preguntaba si Steve saldría con Tina para tener una pinta aún más monstruosa. Casi todas las chicas de Flats eran bajitas, pero Tina apenas llegaba al metro y medio. Con todo y el peinado.

Una vez, en primaria, un chico se metió con Steve. Le dijo que sería mejor que no dejara embarazada a Tina porque, si lo hacía, los bebés serían tan enormes que la matarían. "Le reventarán la barriga como aliens", dijo el chico. Steve lo golpeó con tanta fuerza que se rompió el dedo meñique.

Cuando el padre de Park se enteró de lo sucedido, comentó:

—Alguien debería enseñarle al hijo de los Murphy a dar puñetazos como Dios manda.

Park esperaba que nadie lo hiciera, pues el chico pasó una semana sin poder abrir los ojos.

Park le lanzó a Tina su tarea arrugada. Ella la cachó en el aire.

—Park —gritó Steve—. Explícale a Mikey en qué consiste el estilo del mono borracho en el karate.

—No tengo ni idea —se zafó Park.

—Pero existe, ¿verdad?

—Creo que lo he escuchado.

—¿Lo ves? —dijo Steve. Buscó algo que tirarle a Mikey. Al no encontrar nada, lo señaló con el dedo—. Te lo dije, carajo.

—¿Y qué demonios sabe Sheridan de kung-fu? —preguntó Mikey.

—¿Eres idiota o qué? —respondió Steve—. Su madre es china.

Mikey miró a Park con respeto. Éste sonrió y entornó los ojos.

—Sí, ya lo veo —dijo Mikey—. Siempre había creído que eras mexicano.

—Mierda, Mikey —observó Steve—. Eres un pinche racista.

—No es china —intervino Tina—. Es coreana.

—¿Quién? —preguntó Steve.

—La madre de Park.

La madre de Park llevaba cortándole el pelo a Tina desde que iba en la primaria. Ambas lucían el mismo peinado, largos rizos tipo cairel con el flequillo de lado.

—Es una mujer guapa, eso es lo que es —dijo Steve partiéndose de risa—. No te ofendas, Park.

Él esbozó otra sonrisa y se acomodó en el asiento mientras se ponía los audífonos y subía el volumen. Seguía oyendo a Steve y a Mikey cuatro asientos atrás.

—¿Y qué más da? —preguntaba Mikey.

—Amigo, a nadie se le ocurriría luchar con un mono borracho. Son enormes. O sea, como en *Pendenciero rebelde* (*Every Which Wey But Loose*). ¿Te imaginas que ese desgraciado se te venga encima?

Park reparó en la recién llegada a la vez que todos los demás. Estaba de pie al inicio del pasillo, junto al primer sitio libre.

Había un chico sentado al otro lado de aquel asiento doble, uno de primero. Éste colocó la mochila en el espacio vacío y apartó la vista. A lo largo del pasillo, todos los que disfrutaban de un asiento para ellos solos se deslizaron hacia la parte intermedia. Park oyó que Tina ahogaba una risilla. Se divertía mucho con aquellas situaciones.

La nueva respiró profundamente y siguió avanzando. Nadie la miraba. Park intentó hacer lo mismo, pero la chica atraía su mirada como lo haría un accidente ferroviario o un eclipse.

Tenía pinta de ser la típica a la que siempre le pasan ese tipo de cosas.

No sólo era nueva, también gorda y torpe. Con el pelo alborotado, rojo además de rizado, y vestía como... como si le gustara llamar la atención. O quizás no se diera cuenta de lo mucho que sobresalía. Llevaba una camisa lisa, de hombre, media docena de collares estrafalarios y unos cuantos pañuelos enrollados en las muñecas. A Park le recordó a un espantapájaros o a una de esas muñecas quitapenas que su madre guardaba en la cómoda. Cosas que no sobrevivirían mucho tiempo a la intemperie.

El autobús volvió a detenerse para recoger a otro puñado de chicos. Los recién llegados empujaron a la pelirroja a un lado y ocuparon sus asientos.

Ése era el problema: todo el mundo tenía ya un sitio asignado. Se lo habían apropiado el primer día de clases. La gente como Park, que tenía la suerte de haber conseguido uno doble, no pensaba compartirlo. Sobre todo, no con alguien como ella.

Park volvió a mirarla. La nueva seguía en el mismo sitio, de pie.

—Oye, tú —gritó el chofer—, siéntate.

Ella avanzó hacia el fondo del autobús, hacia la boca del lobo. "Ay, madre", pensó Park, "detente. Da media vuelta". Casi podía oír cómo Steve y Mikey se relamían a medida que la nueva se acercaba.

En ese momento, ella divisó un espacio libre, cerca de Park. Su cara se iluminó y avanzó hacia allí, aliviada.

—¡Oye! —le llamó Tina.

La otra siguió avanzando.

—¡Oye, tú! —repitió Tina—. Tarada.

Steve se echó a reír. Sus amigos lo imitaron de inmediato.

—No te puedes sentar ahí —le informó Tina—. Es el sitio de Mikayla.

La chica se detuvo, miró a Tina y luego otra vez al asiento vacío.

—Siéntate —gritó el conductor.

—Tengo que sentarme en alguna parte —protestó la chica con voz firme y tranquila.

—Y a mí qué me importa —le contestó la otra.

El autobús dio una sacudida y la nueva retrocedió para no caer. Park intentó subir el volumen del walkman, pero ya lo tenía al máximo. Volvió a mirar a la chica; parecía a punto de ponerse a llorar.

Casi sin darse cuenta de lo que hacía, Park se deslizó hacia la ventanilla.

—Siéntate —dijo. Lo soltó en tono brusco. La nueva se volvió a mirarlo, como si se preguntara si se trataba de otro imbécil o cualquier otra cosa—. Demonios —insistió Park en voz baja, señalando con un gesto el espacio libre que tenía al lado—. Siéntate.

Ella se sentó. No dijo nada (afortunadamente, no le dio las gracias) y dejó quince centímetros de separación entre ambos.

Park se giró hacia la ventana de acrílico y esperó a que todos se le vinieran encima.

capítulo 2

eleanor

Eleanor valoró las distintas posibilidades:

1. Volver a casa caminando. Pros: ejercicio, mejillas sonrosadas, tiempo para sí misma. Contras: aún no conocía su nueva dirección, ni siquiera hacia dónde ir.
2. Llamar a su madre para que fuera a buscarla. Pros: muchos. Contras: su madre no tenía teléfono. Ni coche.
3. Llamar a su padre. Ja, ja, ja.
4. Llamar a la abuela. Sólo para saludar.

Estaba sentada en las escaleras de cemento que precedían la entrada de la escuela, mirando la fila de autobuses amarillos. El suyo estaba justo enfrente: número 666.

Aunque Eleanor evitara tomar el autobús aquel día, aunque un hada madrina apareciera con una carroza de calabaza, de todos modos tendría que encontrar la manera de llegar al instituto por la mañana.

Y estaba claro que los "hijos del diablo" iban en él no se iba a despertar con buena actitud al día siguiente. En serio, a

Eleanor no le habría sorprendido que las cabezas de sus compañeros empezaran a dar vueltas la próxima vez que los viera. En cuanto a aquella chica rubia de los asientos del fondo, la de la chamarra despintada, habría jurado que tenía cuernos debajo del flequillo. Seguro que su novio era miembro de los Nefilim o gigantes.

La rubia —y todos los demás en realidad— habían detestado a Eleanor antes de verla siquiera. Como si los hubieran contratado para matarla en una vida anterior.

Eleanor no sabía decir si el chico asiático, que al final la había dejado sentarse a su lado, era uno más o sencillamente un estúpido integral. (Pero no estúpido lo que se dice estúpido, puesto que asistía con Eleanor a dos clases avanzadas.)

La madre de Eleanor se había empeñado en inscribirla en varias clases especializadas en la nueva escuela. Casi le da un ataque cuando vio sus notas del curso pasado. Eran pésimas.

—No entiendo de qué se sorprende —le había dicho el orientador.

"Ja", había pensado Eleanor. "Alucinaría con las cosas que a estas alturas sorprenden a mi madre."

Daba igual. Eleanor podía dedicarse a mirar por la ventana tanto en las clases especializadas como en cualquier otra. Al fin y al cabo había ventanas en todas las aulas, ¿no?

Eso si alguna vez volvía a aquel instituto. Y si antes conseguía llegar a casa.

De todas formas, Eleanor no podía contarle a su madre el problema del autobús, porque ésta ya le había dicho que no hacía falta que se fuera en el transporte escolar. La noche anterior, mientras la ayudaba a deshacer el equipaje...

—Richie dijo que te llevará a la escuela de camino al trabajo —le había comentado su madre.

—¿Y dónde piensa meterme? ¿En la caja de la camioneta?

—Quiere llevarse bien contigo, Eleanor. Y me prometiste que tú también harías un esfuerzo.

—Prefiero llevarme bien con él a distancia.

—Le dije que estás dispuesta a formar parte de esta familia.

—Ya soy parte de esta familia. Aunque sea un miembro de segunda clase.

—Eleanor —la reprendió su madre—. Por favor.

—Tomaré el autobús —respondió—. No es para tanto. Haré amigos.

"Ja, ja, ja", pensaba Eleanor ahora. Tres terribles carcajadas.

El autobús estaba a punto de partir. Unos cuantos vehículos habían arrancado ya. Alguien bajó corriendo las escaleras y, sin querer, le dio una patada a la mochila de Eleanor al pasar. Ella la apartó y se dispuso a disculparse... pero descubrió que quien había tropezado con ella era el estúpido asiático. Él frunció el ceño al reconocerla. Eleanor le hizo una mueca y el otro salió corriendo.

"En fin", pensó Eleanor. "Los chicos del infierno no pasarán hambre por mi culpa".

capítulo 3

park

Durante el trayecto de vuelta a casa, ella no le dirigió la palabra.

Park se había pasado todo el día intentando descubrir cómo librarse de la nueva. Tendría que cambiar de asiento, no había más remedio. Pero, ¿dónde se sentaría? No quería imponerle su presencia a nadie. Además, el mero gesto de trasladarse a otro sitio llamaría la atención de Steve.

Park supuso que Steve la agarraría contra él en cuanto la nueva se sentó a su lado, pero éste había retomado el tema del kung-fu. Park, por cierto, sabía mucho del tema. No porque su madre fuera coreana, sino porque su padre estaba obsesionado con las artes marciales. Park y su hermano pequeño, Josh, asistían a clases de taekwondo desde que sabían caminar.

Cambiar de asiento, pero *¿cómo?*

Seguramente podría encontrar algún sitio libre en las primeras filas, con los nuevos, pero sentarse allí sería una terrible muestra de debilidad. Y muy en el fondo tampoco le hacía gracia dejar a aquella tonta a su suerte en las últimas filas.

Se odiaba a sí mismo por estar pensando en dejarla a su suerte.

Si su padre llegara a enterarse que planeaba sentarse en otra parte, lo llamaría "niñita". En voz alta, además. Y si su abuela lo supiera, le daría un coscorrón.

—¿Dónde está tu educación? —le diría—. ¿Te parece bonito tratar así a alguien que no tiene tu suerte?

Por desgracia, Park no tenía la suerte suficiente —ni tampoco el estatus— como para que lo dejaran en paz. Y sabía que era una mierda por pensar así, pero daba gracias de que hubiera personas como ella. Porque también existían personas como Steve, Mikey y Tina, que necesitaban carnadas. Si no la tomaban contra la pelirroja, se buscarían a otra víctima. Y esa otra víctima sería Park.

Steve lo había dejado tranquilo por la mañana, pero la paz no duraría eternamente.

Park casi podía oír a su abuela diciendo:

—Por Dios, hijo mío, ¿tan mal te sabe haber sido amable con una chica en público?

Ni siquiera había sido realmente amable, pensó Park. La había dejado sentar a su lado, sí, pero también le había hablado bruscamente. Cuando la vio en clase de Inglés por la tarde, Park sintió que estaba allí para atormentarlo...

—Eleanor —había dicho el señor Stessman—. Tienes un nombre muy poderoso. Es el nombre de una reina, ¿sabes?

—Es el nombre de la ardilla gorda de *Alvin y las ardillas* —susurró alguien detrás de Park. Alguien se atacó de risa.

El señor Stessman señaló un pupitre vacío de las primeras filas.

—Hoy vamos a leer poesía, Eleanor —dijo el profesor—. Dickinson. ¿Nos harías el favor de empezar?

El señor Stessman le abrió el libro en la página del poema y se lo señaló.

—Adelante —sugirió—. Alto y claro. Para hasta que yo te lo indique.

La nueva miró al profesor como si no pudiera creer que hablara en serio. Cuando comprendió que sí —el señor Stessman casi nunca bromeaba—, empezó a leer.

—*Había sentido hambre, largos años* —leyó.

Unos cuantos alumnos se echaron a reír. "Por Dios", pensó Park, sólo al señor Stessman se le ocurriría pedirle a una chica gordita que leyera un poema sobre el hambre el primer día de clases.

—Continúa, Eleanor —dijo el señor Stessman.

Ella volvió a empezar, lo que Park consideró una pésima idea.

—*Había sentido hambre, largos años* —leyó Eleanor, ahora en voz más alta.

Pero mi mediodía llegó —y su comida—
Temblando acerqué la mesa
Y toqué el curioso vino.
Era lo que había visto sobre las mesas
Cuando volviendo a casa hambrienta
Miraba tras las ventanas la abundancia
Que no podía esperar que fuera mía.

El señor Stessman la dejó continuar y ella acabó leyendo el poema completo con aquella voz fría y desafiante; era el mismo tono que había empleado para hablar con Tina.

—Ha sido maravilloso —la elogió el señor Stessman cuando terminó. Sonreía de oreja a oreja—. Sencillamente maravilloso. Espero que te quedes con nosotros, Eleanor, al menos hasta que lleguemos a *Medea*. Tienes la clase de voz que uno imagina surgiendo de un carro tirado por dragones.

Cuando la nueva apareció en la clase de Historia, el señor Sanderhoff no hizo ninguna escena, pero al ver su nombre en una redacción comentó:

—Ah, como la reina Leonor de Aquitania.

Eleanor se había sentado unas cuantas filas al frente de Park y, por lo que él pudo ver, ella se pasó toda la clase mirando por las ventanas.

Sin embargo, Park no daba con la manera de librarse de ella en el autobús, o de librarse de sí mismo, así que se puso los audífonos antes de que ella se sentara y subió el volumen al máximo.

Gracias a Dios, la nueva no le dirigió la palabra.

capítulo 4

eleanor

Aquella tarde Eleanor llegó a casa antes que sus hermanos. Se alegró, porque no estaba preparada para verlos de nuevo. Todo había sido tan raro cuando Eleanor entró la noche anterior...

Había dedicado muchas horas a fantasear con el recibimiento que le darían cuando por fin volviera a casa y a imaginar cuánto la habrían extrañado. Pensaba que sus hermanos tirarían confeti, que le lloverían abrazos y muestras de cariño.

Sin embargo, cuando Eleanor entró a la casa nadie pareció reconocerla.

Ben se limitó a mirarla, y Maisie... Maisie estaba sentada en el regazo de Richie. Eleanor habría vomitado allí mismo de no ser porque le había prometido a su madre que se portaría como un ángel durante el resto de su vida.

Sólo Mouse corrió a abrazar a Eleanor. Ella lo levantó, agradecida; el niño tenía ya cinco años y pesaba mucho.

—¡Hola, Mouse! —le dijo.

Lo llamaban así desde que era un bebé, Eleanor no recordaba por qué. Pero no se parecía a un ratón, sino más bien a un cachorro grande y desaliñado, siempre nervioso, siempre intentando trepar a tu regazo.

—Mira, papá, es Eleanor —dijo Mouse saltando arriba y abajo—. ¿Conoces a Eleanor?

Richie simuló no haber escuchado. Maisie los miraba chupándose el pulgar. Hacía años que Eleanor no la veía chuparse el dedo. Maisie tenía ocho años ya, pero con el dedo en la boca parecía un bebé.

El más chiquitín no recordaba a Eleanor en absoluto. Debía de andar por los dos años... Allí estaba, sentado en el suelo junto a Ben. Éste, de once, fingía mirar la tele.

La madre de Eleanor llevó el equipaje de su hija a un dormitorio contiguo a la salita. Eleanor la siguió. El cuarto era minúsculo, sólo cabían un armario y unas literas. Mouse entró al dormitorio corriendo tras ellas.

—Tú dormirás en la litera de arriba —explicó— y Ben tendrá que dormir en el suelo conmigo. Nos lo dijo mamá, y Ben se echó a llorar.

—No te preocupes —la tranquilizó su madre—. Todos tendremos que adaptarnos.

En aquel cuarto no había espacio para adaptarse. (Algo que Eleanor prefirió no mencionar.) Se fue a la cama lo antes posible para no tener que volver a la sala.

Cuando despertó en mitad de la noche, sus tres hermanos dormían en el suelo. Eleanor no podía levantarse sin pisar a alguno de los niños. Ni siquiera sabía dónde estaba el baño...

Lo encontró. La casa constaba sólo de cinco habitaciones, y el baño apenas se podía considerar como tal. Estaba pegado a la cocina, o sea, literalmente pegado, sin una puerta que lo separara de ésta. Aquella casa había sido diseñada por duendes, pensó Eleanor. Alguien, seguramente su madre, había colgado una cortina floreada entre el refrigerador y el escusado.

Cuando llegó a casa de la escuela, Eleanor abrió con su propia llave. La vivienda le pareció aún más deprimente a la luz del día —sórdida y vacía—, pero al menos tendría la casa, y a su madre, para ella sola.

Le resultaba muy raro volver a su hogar y encontrar allí a su madre, en la cocina, como... como siempre. Ella cortaba cebollas para una sopa. Eleanor se habría echado a llorar allí mismo.

—¿Qué tal la escuela? —preguntó la mujer.

—Bien —dijo Eleanor.

—¿Ha sido agradable para ser el primer día?

—Claro. O sea, sí, lo normal.

—¿Te costará mucho ponerte al corriente?

—No creo.

La madre de Eleanor se secó las manos en la parte trasera del pantalón y se recogió el pelo por detrás de las orejas. Por enésima vez, Eleanor se sintió sobrecogida ante su belleza.

Cuando era pequeña, pensaba que su madre era tan hermosa como la reina de un cuento de hadas. No como una princesa; las princesas sólo son guapas. La madre de Eleanor era hermosa, alta y majestuosa, con los hombros anchos y la cintura elegante. Los huesos de su cuerpo parecían más firmes que los del resto del mundo, como si no estuvieran ahí sólo para mantenerla en pie, sino también para afirmar su presencia.

Tenía la nariz prominente, la barbilla afilada, los pómulos altos y marcados. Al mirar a la madre de Eleanor te la podrías imaginar tallada en la proa de un barco vikingo o quizás pintada en el lateral de un avión.

Eleanor se parecía a ella. Pero no lo suficiente.

Mirar a Eleanor era como ver a su madre a través de un acuario: más redondeada y fofa. Menos definida. Si la madre era escultural, la hija era corpulenta. Si la madre tenía curvas marcadas, Eleanor tenía formas difusas.

Después de cinco embarazos, la mujer conservaba los pechos y las caderas de una modelo sacada de un anuncio de cigarros. A los dieciséis, Eleanor recordaba a una tabernera medieval.

Le sobraba carne por todas partes y le faltaba altura para disimularla. Los pechos le nacían justo debajo de la barbilla y sus caderas eran... una parodia. Incluso la melena castaña de la madre, larga y ondulada, ponía en evidencia los brillantes rizos rojos de la hija.

Cohibida, Eleanor se llevó la mano a la cabeza.

—Tengo que enseñarte una cosa —le dijo su madre a la vez que tapaba la sopa—, pero no quería hacerlo delante de los niños. Ven.

Eleanor la siguió al dormitorio de sus hermanos. La mujer abrió el armario y extrajo un montón de toallas y un cesto de la ropa lleno de calcetines.

—No me pude traer todas tus cosas cuando nos mudamos —explicó—. Aquí no hay tanto espacio como en la otra casa, lo cual salta a la vista... —sacó del armario una bolsa negra de basura—. Pero me traje lo que pude.

Le tendió la bolsa a Eleanor y dijo:

—Siento que no esté todo.

Eleanor había deducido que, a los diez segundos de echarla de casa, Richie habría tirado todas sus cosas a la basura. Agarró la bolsa con los dos brazos.

—No te preocupes —respondió—. Gracias.

Su madre le rozó apenas el hombro.

—Los niños llegarán dentro de unos veinte minutos —informó a su hija—. Cenaremos hacia las cuatro y media. Me gusta que todo esté listo cuando Richie llega a casa.

Eleanor asintió. Abrió la bolsa en cuanto su madre abandonó la habitación. Quería ver lo que quedaba de sus cosas.

Lo primero que encontró fueron las muñecas recortables. Estaban dispersas en la bolsa, arrugadas, algunas pintarrajeadas con crayones. Hacía años que Eleanor no jugaba con ellas, pero de todos modos se alegró de encontrarlas. Las desarrugó y amontonó.

Debajo de las muñecas había libros, una docena más o menos, que al parecer su madre había escogido al azar; no debía de saber cuáles eran los favoritos de Eleanor. Allí descubrió contenta que estaban *Garp* y *La colina de Watership*. *Oliver's Story* había pasado la selección, pero *Love Story*, por desgracia, no. También estaba *Hombrecitos*, pero no *Mujercitas* ni *Los muchachos de Jo*.

La bolsa contenía también muchos papeles. Eleanor tenía un archivero en su antigua habitación, y por lo visto su madre había guardado casi todos los documentos. Intentó ordenarlo todo en un montón: las notas, las fotos escolares y las cartas de sus compañeros.

Se preguntó qué habría sido del resto de las cosas. No sólo de las suyas sino del contenido de la casa. Los muebles, los juguetes, las plantas y los cuadros de su madre. Los platos daneses del ajuar de la abuela... uff, el pequeño caballo rojo que colgaba sobre el fregadero.

Puede que lo hubieran guardado todo en alguna parte. A lo mejor la madre de Eleanor confiaba en que la casa de los duendes fuera sólo temporal.

Eleanor aún albergaba esperanzas de que Richie también fuera temporal.

Al fondo de la bolsa de basura encontró una caja. Cuando la reconoció, le dio un brinco el corazón. Cada Navidad, su tío de Minnesota les enviaba una suscripción al club Fruta del Mes, y sus hermanos siempre se peleaban por las cajas. A lo mejor no era para tanto, pero eran unas cajas muy padres; resistentes, con tapas muy lindas. Eleanor se había quedado la de toronjas, que ahora estaba desgastada por los bordes.

La abrió con cuidado. No habían tocado el contenido. Allí estaba su papel de cartas, sus lápices de colores y sus plumones Prismacolor (otro regalo de su tío). Contenía también un montón de muestras del centro comercial que aún olían a perfumes caros. Y su walkman, intacto. Sin pilas, pero allí de todas formas. Y donde hay un walkman siempre existe la posibilidad de escuchar música.

Eleanor apoyó la cabeza en la caja. Olía a Chanel N° 5 y a virutas de lápiz. Suspiró.

No podía hacer nada con sus pertenencias después de haberlas examinado. Ni siquiera su ropa cabía en el armario. Separó la caja y los libros, y devolvió el resto de cosas a la bolsa negra de basura, con cuidado. Luego, empujó la bolsa al fondo del estante más alto, detrás de las toallas y del humidificador.

Trepó a la litera superior y la encontró ocupada por un gato desaliñado.

—Fuera —Eleanor lo empujó.

El gato saltó al suelo y abandonó el cuarto.

capítulo 5

park

El señor Stessman les había propuesto que memorizaran un poema, el que quisieran. Un poema de su elección.

—Van a olvidar prácticamente todo lo que les enseñe —declaró el profesor acariciándose el bigote—. De principio a fin. A lo mejor retienen que Beowulf luchó contra un monstruo, quizás recuerden que "Ser o no ser" es una frase de *Hamlet* y no de *Macbeth*... Pero, ¿todo lo demás? Ni en sueños.

Recorría el pasillo despacio, de arriba a abajo. Al señor Stessman le encantaba hacer esto al estilo del teatro redondo. Se detuvo junto al pupitre de Park y apoyó la mano en el respaldo de su silla con ademán distraído. Park dejó de dibujar y se enderezó en el asiento. De todos modos, dibujaba fatal.

—Así que van a memorizar un poema —prosiguió el señor Stessman. Hizo una pausa para obsequiar a Park una sonrisa digna de Gene Wilder en la fábrica de chocolate—. El cerebro adora la poesía; tiende a retenerla. Memorizarán un poema y dentro de cinco años, cuando nos encontremos por casualidad en un restaurante de comida rápida, me dirán: "¡Señor Stessman, aún me acuerdo de *El camino no elegido*! Escuche... 'Dos caminos se bifurcaban en un bosque amarillo'...".

Avanzó hacia el siguiente pupitre. Park se relajó.

—Que nadie escoja *El camino no elegido*, por cierto. Estoy harto de ese poema. Y nada de Shel Silverstein. Es uno de los grandes, pero ahora están en otro nivel. Ahora son adultos. Escojan un poema de adultos... Elijan un poema romántico, ése es mi consejo. Les será de gran utilidad.

Se acercó al pupitre de la nueva, pero ella siguió mirando por la ventana.

—Depende de ustedes, por supuesto. A lo mejor eligen *Un sueño diferido*... ¿Eleanor? —la chica se volvió a mirarlo sin cambiar de expresión. El señor Stessman se inclinó hacia ella—. Tú bien podrías elegirlo; es conmovedor y sincero. ¿Pero cuántas veces tendrás la oportunidad de pronunciarlo? No. Escojan un poema que les diga algo, un poema que les ayude a hablar con los demás.

Park tenía pensado elegir un poema que rimara, así le costaría menos memorizarlo. Le caía bien el señor Stessman, de verdad que sí; sin embargo, habría preferido que se limitara un poco. Cada vez que soltaba uno de sus discursos, Park sentía pena ajena.

—Nos encontraremos mañana en la biblioteca —concluyó el señor Stessman, ahora desde su escritorio—. Mañana, saldremos a recoger flores.

Sonó el timbre. En el momento exacto.

capítulo 6

eleanor

—Cuidado, Estropajo.

Tina empujó a Eleanor a un lado y subió al autobús.

Había conseguido que toda la clase de Gimnasia llamara a Eleanor "la Boba", pero últimamente Tina se había inclinado por "Estropajo" o "Bloody Mary".

—Porque tu cabeza parece un trapeador —le había aclarado aquel mismo día en los vestidores.

Era lógico que Tina y Eleanor estuvieran juntas en la misma clase de Gimnasia. Al fin y al cabo, el gimnasio parecía una extensión del Infierno y Tina era el mismísimo demonio. Una diablilla pequeña y viciosa, como una especie de súcubo de juguete. Y encima contaba con su propio séquito de diablos menores, todos vestidos con idénticos uniformes de gimnasia. (En realidad, todas las chicas llevaban la misma ropa para hacer deporte.)

Si a Eleanor, en la otra escuela, ya le disgustaba el short de gimnasia (odiaba sus piernas aún más que el resto de su anatomía), el uniforme de North la horrorizaba. Era un overol de poliéster, con la parte inferior roja, la superior a rayas rojas y blancas, y cierre por delante.

—El rojo no te sienta bien, Boba —le había dicho Tina la primera vez que había visto a Eleanor con él.

Las otras chicas se rieron, incluso las afroamericanas, que odiaban a Tina. Por lo visto, burlarse de Eleanor se consideraba el colmo de la diversión por allí.

Después de que Tina la empujara, Eleanor prefirió no subir al autobús de inmediato, pero de todos modos acabó llegando antes que el estúpido del asiático, o sea que tendría que levantarse para cederle el asiento de la ventanilla. Una situación incómoda, tan incómoda como todo lo demás. Cada vez que el autobús pasaba por un bache, Eleanor prácticamente lo aplastaba.

A lo mejor alguien cambiaba de medio de transporte o se moría o algo por el estilo. Entonces Eleanor podría cambiar de asiento.

Por suerte, él nunca le dirigía la palabra. Ni la miraba siquiera. Bueno, o eso creía ella; jamás se le ocurriría comprobarlo.

A veces, Eleanor se fijaba en el calzado del chico. Llevaba zapatos muy padres. Y de vez en cuando miraba en su dirección para averiguar qué leía. Siempre cómics.

Eleanor nunca leía nada en el autobús. No quería que Tina, u otra persona, la tomara desprevenida.

park

No le parecía bien eso de compartir asiento con alguien a diario y no dirigirle la palabra. Aunque fuera una "rara". (Y vaya si lo era. Aquel día parecía un árbol de Navidad, con todas aquellas cosas pegadas a la ropa, trozos de tela recortados, cintas...) El viaje en autobús se le hizo eterno. Park deseaba perderla de vista, perder de vista a todo el mundo.

—¿Aún no te has puesto el *dobok*?

Park intentaba cenar a solas en su habitación, pero su hermano pequeño no lo dejaba en paz. Josh estaba plantado en el umbral, con el kimono puesto y olisqueando una pata de pollo.

—Papá está a punto de llegar —dijo Josh sin dejar de oler el pollo— y se va a encabronar cuando vea que no estás listo.

La madre de Park apareció por detrás de Josh y le dio un coscorrón.

—Esa lengua, malhablado.

Tuvo que ponerse de puntitas para hacerlo. Josh era el niño de papá; ya pasaba a su madre por quince centímetros y a Park por siete, como mínimo.

Qué horror.

Park echó a Josh de su cuarto y cerró de un portazo. De momento, la estrategia de Park para conservar su estatus de hermano mayor, a pesar de la diferencia de altura, consistía en hacerle creer a Josh que aún podía darle una buena patada en el trasero.

Park todavía lo vencía en los combates de taekwondo, pero sólo porque Josh no se esforzaba; le aburría cualquier deporte en el que su altura no le proporcionara una clara ventaja. El entrenador de futbol universitario ya se dejaba ver en los partidos del escuincle.

Park se puso su *dobok*. Mientras tanto, se preguntaba en qué momento empezaría a heredar los kimonos de su hermano. No tardaría mucho. A lo mejor podía aprovechar también sus camisetas de futbol cambiando el nombre de Josh Husker por el de Husker Du. O quizás ni siquiera eso. Tal vez Park nunca pasara del metro sesenta y cinco que medía ahora. A lo mejor ya no hacía falta que se comprara más ropa.

Se puso sus Converse y se llevó la cena a la cocina para comer en la barra. La madre de Park frotaba con un trapo el *dobok* blanco de Josh, que se había manchado.

—¿Mindy?

Cada noche, al llegar a casa, el padre de Park saludaba así a su esposa, como el marido de una serie de televisión. ("¿Lucy?") Y su madre gritaba desde dondequiera que estuviera:

—¡Estoy aquí!

En realidad decía: "¡Hee-ya!". Por lo que parecía, jamás dejaría de hablar como si acabara de llegar de Corea. En ocasiones Park pensaba que su madre hablaba mal a propósito, porque sabía que a su padre le gustaba. Sin embargo, la mujer se esforzaba tanto por encajar en todo lo demás.... Si fuera capaz de hablar como si se hubiera criado a la vuelta de la esquina, lo haría.

El padre de Park entró disparado en la cocina y tomó a su mujer en brazos. También repetían eso mismo cada noche. (Muestras públicas de afecto, sin importarles quién estuviera ahí.) Era como ver a Paul Bunyan dándole un beso a una de las muñecas de Distroller.

Park estiró la manga de su hermano.

—Ándale, vamos.

Mejor esperaban en el Impala. El padre saldría al cabo de un momento, en cuanto se enfundara su enorme *dobok*.

eleanor

Eleanor no se acostumbraba a cenar tan temprano.

¿Desde cuándo habían adoptado esa costumbre? En la otra casa, cenaban todos juntos, Richie incluido. Eleanor prefería no tener que cenar con Richie, pero tenía la sensación de que su madre prefería librarse de ellos antes de que su marido llegara a casa. Incluso le preparaba algo distinto para cenar. Esa misma noche, los niños comerían queso gratinado y Richie, un bistec. Eleanor tampoco se quejaba del queso gratinado; agradecía cenar algo que no fuese sopa de habas, arroz o huevos con frijoles.

Después de cenar, Eleanor se encerraba en el cuarto a leer, pero los niños siempre salían a jugar al jardín. ¿Qué harían cuando empezara a refrescar y anocheciera temprano? ¿Se amontonarían todos en el dormitorio? Sería una locura. Una locura al estilo *Diario de Ana Frank*.

Eleanor trepó a su cama y sacó la caja con sus cosas. Encontró a aquel estúpido gato gris durmiendo otra vez allí. Lo ahuyentó.

Abrió la caja de toronjas y hojeó el papel de cartas. Tenía pensado escribir a sus amigos del otro instituto. No había podido despedirse de nadie cuando se marchó. La madre de Eleanor se había presentado en la escuela y la había sacado de clase en plan "agarra tus cosas, te vienes a casa".

Aquel día, su madre estaba muy contenta.

Y Eleanor también.

Fueron directamente a North para inscribirla y luego pasaron por Burger King de camino a la nueva casa. La mujer no paraba de apretarle la mano y Eleanor había fingido no reparar en los moretones que ella tenía en la muñeca.

La puerta de la habitación se abrió y apareció la hermana pequeña de Eleanor con el gato en brazos.

—Mamá quiere que dejes la puerta abierta —dijo Maisie—, para que circule el aire.

Todas las ventanas de la casa estaban abiertas, pero no corría ni pizca de aire. A través del hueco de la puerta, Eleanor vio a Richie sentado en el sofá. Se acurrucó en la cama lo más posible.

—¿Qué haces? —le preguntó Maisie.

—Escribo una carta.

—¿A quién?

—Aún no lo sé.

—¿Puedo subir?

—No.

De momento, Eleanor prefería mantener su caja protegida. No quería que Maisie viera los lápices de colores y el papel blanco. Además, una parte de ella aún quería castigar a su hermana por haberse sentado en el regazo de Richie.

Antes nunca lo hacía.

Antes de que Richie echara a Eleanor de casa, los cuatro hermanos eran aliados contra él. Puede que fuera ella quien más lo odiara, y más abiertamente, pero todos estaban de parte de Eleanor, Ben, Maisie e incluso Mouse. El niño le robaba cigarros a Richie y se los escondía. Y fue Mouse quien llamó a la puerta de su madre cuando oyeron ruidos en el dormitorio...

Cuando los ruidos se convertían en gritos y llantos, se acurrucaban los cinco en la cama de Eleanor. (En la otra casa todos tenían cama propia.)

Maisie se sentaba a la derecha de Eleanor. Mientras Mouse lloraba y Ben se quedaba como alelado, Maisie y Eleanor se miraban a los ojos.

—Lo odio —decía Eleanor.

—Lo odio tanto que me gustaría que se muriera —respondía Maisie.

—Ojalá se caiga de una escalera mientras trabaja.

—Ojalá lo atropelle un camión.

—Un camión de la basura.

—Sí —decía Maisie, apretando los dientes—. Y ojalá toda la basura le caiga encima.

—Y que luego un autobús lo aplaste.

—Sí.

—Y ojalá que yo vaya dentro.

Maisie dejó el gato en la cama de Eleanor.

—Le gusta dormir aquí —dijo.

—¿Tú también le dices papá? —preguntó Eleanor.

—Ahora es nuestro padre —repuso Maisie.

Eleanor despertó a la mitad de la noche. Richie se había dormido en la sala con la tele encendida. Procuró no respirar de camino al baño. No se atrevió ni a tirar de la cadena. Cuando volvió a su cuarto, cerró la puerta. A la mierda el aire.

capítulo 7

park

—Voy a invitar a salir a Kim —dijo Cal.

—No invites a salir a Kim —respondió Park.

—¿Por qué no?

Estaban sentados en la biblioteca, buscando supuestamente poemas. Cal ya había escogido uno corto sobre una chica llamada Julia y "la disolución de su ropa". ("Qué ofensivo", había dicho Park. "No puede ser ofensivo", arguyó Cal. "Tiene trescientos años".)

—Porque es Kim —replicó Park—. No puedes invitarla. Mírala.

Kim estaba sentada en la mesa de al lado con otras dos chicas tan lindas como ella.

—Mírala —repitió Cal—. Es un bombón.

—Por favor —dijo Park—. Pareces idiota.

—¿Qué? La gente lo dice.

—Lo sacaste de la revista *Thrasher* o algo así, ¿no?

—Así es como se aprenden nuevas palabras, Park. —Cal dio unos golpecitos en un libro de poesía—. Leyendo.

—Pues no leas tanto.

—Es un bombón —volvió a decir Cal.

Asintió mirando a Kim y sacó una bolsa de Slim Jim de la mochila.

Park volvió a mirar a Kim. Rubia, con cabello corto y el flequillo moldeado hacia los lados, era la única de todo el colegio que tenía un reloj Swatch. Kim iba siempre vestida completamente de blanco. Evitó hacer contacto visual con Cal. Seguro que temía mancharse si lo miraba.

—De este año no pasa —declaró Cal—. Voy a tener novia.

—Pero no será Kim.

—¿Y por qué no? ¿Crees que debería conformarme con menos?

Park alzó la vista para mirarlo a la cara. Cal no era feo. Tenía un aire de Pablo Mármol, sólo que más alto. Y tenía trozos de embutido entre los dientes.

—Búscate a otra —insistió Park.

—Al carajo —respondió Cal—. Quiero probar con lo mejorcito. Y te voy a buscar novia a ti también.

—Gracias, pero no gracias —replicó su amigo.

—Una cita doble —prosiguió Cal.

—No.

—En el Impala.

—No te hagas ilusiones.

El padre de Park había decidido ponerse en plan fascista respecto a la licencia de conducir; la noche anterior había anunciado que su hijo tendría que aprender a conducir un coche estándar antes de manejar el automático. Park abrió otro libro de poesía. Trataba de la guerra. Lo cerró.

—Pues me parece que hay una chica a la que podrías echarle los perros —dijo Cal—. Alguien de por aquí siente el llamado de la selva.

—Ese comentario no llega ni a racista —replicó Park, alzando la vista.

Cal estaba señalando con la cabeza la esquina más alejada de la biblioteca. Allí sentada, la nueva los miraba fijamente.

—Está un poco gorda —prosiguió Cal—, pero en el Impala hay sitio de sobra.

—No me está mirando. Sólo mira al vacío, eso es todo. Ya verás.

Park saludó a la chica, pero ella no parpadeó.

Sólo una vez había establecido contacto visual desde aquel primer día en el autobús. Había sucedido la semana pasada durante la clase de Historia, y ella prácticamente le había arrancado los ojos con la mirada.

Si no quieres que la gente te mire, había pensado Cal en aquel momento, no te pongas cebos de pesca en el pelo. El joyero de aquella chica debe de ser un basurero. Aunque no siempre iba tan horrible...

Tenía unos Vans que no estaban mal, con un estampado de fresas. Y una chamarra de cuero que se habría puesto él mismo si hubiera pensado que le iba a quedar bien.

¿Pensaba ella que le quedaba bien?

Cada mañana, Park se preparaba para lo peor justo antes de que ella subiera al autobús, pero nada podía prepararlo para aquello.

—¿La conoces? —preguntó Cal.

—No —repuso Park al instante—. Se sienta a mi lado en el autobús. Es una rara.

—El llamado de la selva. La gente lo dice, ¿no? —dijo Cal.

—Eso es para los de raza negra. Si te caen bien los negros. Y me parece que no es un cumplido.

—Tus antepasados proceden de la selva —observó Cal señalando a Park—. *Apocalipsis Now*, chico.

—Deberías invitar a salir a Kim —contestó Park—. Me parece muy buena idea.

eleanor

Eleanor no pensaba pelearse por un libro al estilo E. E. Cummings, como si fuera el último del desierto. Encontró una mesa vacía en la sección de literatura afroamericana.

Aquél era otro problema de aquel pinche colegio... de aquel jodido colegio, se corrigió a sí misma.

Casi todos los alumnos eran negros, pero la mayoría de los que asistían a las clases especializadas eran blancos. Los traían en autobús desde Omaha oeste. Y los chicos blancos de los suburbios, los alumnos desaventajados, llegaban en autobús desde el otro lado.

Eleanor habría dado cualquier cosa por asistir a más clases especializadas. Ojalá hubiera Gimnasia Especializada...

Ni en sueños la iban a admitir en esa clase. Si acaso, la incluirían en Gimnasia Correctiva, con todas las gordas incapaces de hacer abdominales.

Qué más daba. Los estudiantes de cursos especializados, ya fueran negros, blancos o de Asia Menor, solían ser más amables. Puede que por dentro fueran igual de mezquinos, pero no querían meterse en líos. O quizás les habían enseñado a comportarse con educación, a ceder los asientos a las personas mayores y a las chicas.

Eleanor asistía a clases avanzadas de Inglés, Historia y Geografía, pero pasaba el resto del día en el manicomio. En serio, aquella escuela parecía sacada de *Semilla de maldad*. Tendría que esforzarse más en las clases para listos o acabarían por expulsarla.

Empezó a copiar un poema llamado *Pájaro enjaulado en su cuaderno...* Era bonito. Y rimaba.

capítulo 8

park

Ella leía sus cómics.

Al principio, Park creyó que se lo estaba imaginando. Se sentía observado todo el tiempo, pero cuando se volvía a mirarla la encontraba siempre con la cabeza gacha.

Por fin comprendió que le miraba el regazo. No en plan grosero, leía los cómics; Park la veía mover los ojos.

No sabía que un pelirrojo pudiera tener los ojos marrones. (No sabía que una persona pudiera ser tan pelirroja. Ni tan pálida.) Los ojos de la nueva eran aún más negros que los de la madre de Park, muy oscuros, casi como dos orificios en su rostro.

Dicho así, parecía algo malo, pero no. Tal vez la mirada fuera su rasgo más bonito. A Park le recordaba a los dibujos que algunos artistas hacían de Jean Grey en pleno proceso telepático, con unos ojos como velados y extraños.

Aquel día la nueva llevaba una enorme camisa de hombre adornada con conchas marinas. El cuello debía de ser enorme como el de una camisa disco, porque la había cortado y se estaba deshilachando. Llevaba una corbata de hombre enrollada a la cola de caballo, como si fuera un gran listón. Se veía ridícula.

Y estaba leyendo los cómics de Park.

Park sintió que debía decirle algo. Siempre tenía la sensación de que debía dirigirle la palabra, aunque sólo fuera para saludar o disculparse. Sin embargo, no había vuelto a decirle nada desde aquel día que le habló bruscamente, y ahora la situación se había vuelto irreversiblemente rara, durante una hora al día, treinta minutos de ida y treinta de vuelta.

Park no dijo nada. Se limitó a abrir más el cuadernillo y a pasar las páginas más despacio.

eleanor

La madre de Eleanor parecía cansada cuando su hija llegó a casa. Más de lo normal. Tensa, a punto de desmoronarse.

Más tarde, cuando los niños entraron como una tromba después de clases, la madre perdió los nervios por una tontería —Ben y Mouse se peleaban por un juguete— y los mandó a todos al jardín por la puerta trasera, Eleanor incluida.

Ésta se quedó tan perpleja que permaneció un momento plantada en la escalera, mirando el rottweiler de Richie. Se llamaba Tonya, en honor a la ex del hombre. Se suponía que Tonya era una perra muy fiera, pero Eleanor siempre la veía medio dormida.

Llamó a la puerta.

—¡Mamá! Déjame entrar. Aún no me he bañado.

Normalmente se bañaba al volver del colegio, antes de que Richie llegara a casa. Así se libraba de andar angustiada por la falta de puerta en el baño, sobre todo desde que alguien había arrancado la cortina.

Su madre no le hizo caso.

Los niños ya estaban en el parque. La nueva casa estaba pegada a un colegio —al que asistían Ben, Mouse y Maisie— y el jardín trasero daba al patio de juegos de la escuela.

Eleanor no sabía qué hacer, así que caminó hacia Ben, que jugaba junto a los columpios, y se sentó en uno. El tiempo empezaba a empeorar. Ojalá se hubiera llevado una chamarra.

—¿Y qué harán cuando haga demasiado frío para jugar aquí afuera? —le preguntó a Ben, que se sacaba coches Matchbox del bolsillo para hacer una fila en el suelo.

—El año pasado —repuso él— papá nos mandaba a dormir a las siete y media.

—Vaya, ¿tú también? ¿Por qué lo llamas así?

Eleanor hizo esfuerzos por no hablar con demasiada brusquedad.

Ben se encogió de hombros.

—Pues porque está casado con mamá, ¿no?

—Sí, pero... —Eleanor recorrió las cadenas del columpio con las manos. Luego se las olió—. Nunca lo hemos llamado así. ¿Tú tienes la sensación de que es tu padre?

—No sé —dijo Ben sin inmutarse—. ¿Qué sensación es ésa?

Como ella no respondió, Ben siguió ordenando los coches. El niño necesitaba un corte de pelo. Los rojizos bucles le llegaban casi hasta los hombros. Llevaba una vieja camiseta de Eleanor y unos pantalones de pana que la madre había cortado a la altura del muslo. Ben empezaba a ser demasiado mayor para todo aquello, para los coches y los columpios; tenía once años. Los chicos de su edad jugaban basquetbol o se reunían en algún rincón del parque. Eleanor tenía la esperanza de que su hermano tardara aún más tiempo en hacer el cambio. En aquella casa no había espacio para ser adolescente.

—Le gusta que lo llamemos papá —aclaró Ben, añadiendo coches a la fila.

Eleanor miró hacia el parque. Mouse jugaba futbol con un grupo de niños. Maisie debía haberse llevado al más pequeño a alguna parte con sus amigas...

Antes, era Eleanor la encargada del bebé. No le habría importado encargarse ahora, al menos estaría distraída, pero Maisie no quería que la ayudara.

—¿Y qué tal estuviste? —preguntó Ben.

—¿Qué tal estuve cuándo?

—En casa de esa gente.

Eleanor se quedó mirando el sol, que estaba a punto de hundirse en el horizonte.

—Bien —respondió. Fatal. Muy sola. Mejor que aquí.

—¿Tenían hijos?

—Sí. Muy pequeños. Tres.

—¿Tenías una habitación para ti?

—Más o menos.

Estrictamente hablando, no había tenido que compartir la sala de los Hickman con nadie más.

—¿Eran simpáticos?

—Sí... sí. Eran muy simpáticos. No tanto como tú.

Al principio fueron simpáticos, pero luego se cansaron.

Se suponía que Eleanor sólo se iba a quedar unos días, una semana quizás, sólo hasta que Richie se calmara y la dejara volver a casa.

—Será como una pijamada —le dijo la señora Hickman a Eleanor la noche de su llegada mientras le preparaba el sofá.

La señora Hickman —Tammy— conocía a la madre de Eleanor de la secundaria. Había una foto de la boda de los Hickman encima de la tele. La madre de Eleanor era la dama de honor, llevaba un vestido verde oscuro y una flor en el pelo.

Al principio, su madre la llamaba casi todos los días después de clases. Al cabo de unos cuantos meses, las llamadas cesaron. Resultó que Richie no había pagado la factura del teléfono y se lo habían cortado. Eleanor no lo supo hasta varias semanas después.

—Llamaremos a servicios sociales —le decía el señor Hickman a su esposa. Pensaban que Eleanor no los oía, pero la habitación donde dormía estaba pegada al salón—. Esto no puede continuar, Tammy.

—Andy, ella no tiene la culpa.

—Yo no digo que tenga la culpa, sólo digo que nadie nos ha preguntado.

—No es ninguna carga.

—No es nuestra hija.

Eleanor se esforzó en causar las mínimas molestias posibles. Aprendió a dominar el arte de estar en una habitación sin dejar el menor rastro de su paso por ella, nunca encendía el televisor ni pedía que la dejaran llamar por teléfono, jamás repetía a la hora de la cena. No les pedía nada a Tammy y al señor Hickman. Y como ellos nunca habían tenido un hijo adolescente, no se les ocurrió que Eleanor pudiera necesitar algo. Ella se alegró de que no conocieran la fecha de su cumpleaños...

—Pensábamos que te habías marchado —decía ahora Ben mientras empujaba un coche por la tierra. Se notaba que hacía esfuerzos por no llorar.

—Hombre de poca fe —bromeó Eleanor, dándose impulso para columpiarse.

Echó un vistazo a su alrededor buscando a Maisie y la vio sentada junto a los chicos que jugaban basquetbol. Eleanor los conocía a casi todos del autobús. Aquel asiático tan estúpido estaba con ellos y saltaba más de lo que Eleanor hubiera podido imaginar. Llevaba un pantalón negro hasta la rodilla y una camiseta en la que se leía "Madness".

—Me largo —le dijo Eleanor a Ben. Bajó del columpio y le empujó la cabeza con cariño—, pero sólo a casa. No te preocupes.

Volvió a entrar en la vivienda y cruzó la cocina antes de que su madre pudiera protestar. Richie estaba en la sala. Eleanor pasó por delante del televisor, mirando directamente al frente. Le habría gustado llevar puesta una chamarra.

capítulo 9

park

Park había pensado decirle a la nueva que le había gustado mucho su poema.

Y eso no era nada comparado con lo que pensaba. La pelirroja era la única de toda la clase que no había recitado el poema como si estuviera leyendo la tarea. Lo hizo como si el poema tuviera vida propia; como si los versos expresaran algo que llevaba dentro. Mientras duró la lectura, Park no pudo apartar la vista de ella. (Aún menos que de costumbre. Park, por lo general, no podía dejar de mirarla.) Cuando terminó, varias personas aplaudieron y el señor Stessman la abrazó, lo cual quebrantaba todas las normas del código de conducta.

"Eh. Buen trabajo. En la clase de Inglés." Eso le diría.

O quizás: "Vamos juntos a clase de Inglés. Me encantó tu poema".

O: "Vas a clase del señor Stessman, ¿verdad? Sí, ya me parecía".

El miércoles, después de taekwondo, Park recogió los cómics que había encargado, pero esperó al jueves por la mañana para empezar a leerlos.

eleanor

Aquel asiático tan estúpido se había dado cuenta de que leía sus cómics. Incluso miraba a Eleanor de vez en cuando antes de pasar la página, como si fuera muy educado o algo así.

Definitivamente no pertenecía a "los hijos del diablo". No hablaba con nadie. (Y menos con ella.) Pero al parecer gozaba de cierto respeto, porque cuando Eleanor se sentaba a su lado todos la dejaban en paz. Incluida Tina. Ojalá pudiera pasar el día pegada a él.

Una mañana, cuando Eleanor subió al autobús, tuvo la sensación de que el chico la estaba esperando. Él sostenía un cómic llamado *Watchmen* y le pareció tan malo a simple vista que Eleanor decidió no molestarse en espiar. O en leer a hurtadillas. O lo que fuera.

(Se la pasaba mejor leyendo *X-Men*, aunque no entendiera casi nada; el argumento de éste era más complicado que *Hospital general*. Eleanor tardó dos semanas en descubrir que Scott Summers y Cíclope eran la misma persona, y seguía sin estar segura de quién era Fénix.)

Pese a todo, Eleanor no tenía nada mejor que hacer, así que echó un vistazo a aquel cómic tan horrible. La historia la atrapó al instante, y de repente se dio cuenta de que ya estaban en la escuela. Fue muy raro, porque no habían llegado ni a la mitad del cuadernillo, cuando normalmente los devoraban en un viaje.

Vaya problema... Ahora él leería el resto del cómic entre clases y sacaría algo chafa, romántico, para el camino de vuelta.

Pero no lo hizo. Cuando Eleanor subió al autobús aquella tarde, el asiático abrió *Watchmen* justo en la página donde lo habían dejado.

Aún leían al llegar a la parada de Eleanor (pasaban tantas cosas que se quedaban mirando la misma viñeta durante, no sé, varios minutos), y cuando ella se levantó para marcharse, el chico le tendió el cómic.

Se quedó tan sorprendida que intentó devolvérselo, pero él ya no la miraba. Eleanor se metió el fascículo entre los libros como si fuera algo clandestino y luego se bajó del autobús.

Lo leyó tres veces más aquella noche, tendida en la litera de arriba, acariciando al mismo tiempo a aquel gato viejo y pringoso. Cuando terminó, metió el cómic en la caja de toronjas para que no se estropeara.

park

¿Y si no se lo devolvía?

¿Y si no podía acabar la primera entrega de *Watchmen* porque se la había prestado a una chica que no se lo había pedido y que ni siquiera debía saber quién era Alan Moore?

Si ella no le devolvía el cómic, estarían en paz. Eso pondría fin a la mala vibra que había entre ellos desde que le dijo: "Diablos, siéntate".

Mierda... No, no lo haría.

¿Y si se lo devolvía? ¿Qué se suponía que debía decirle en ese caso? ¿Gracias?

eleanor

Cuando Eleanor llegó al asiento que compartían, el asiático estaba mirando por la ventana. Ella le tendió el cómic y el chico lo guardó.

capítulo 10

eleanor

Al día siguiente, cuando Eleanor subió al autobús, encontró un montón de cómics en su asiento.

Los tomó y se sentó. Él ya estaba leyendo.

Eleanor guardó los cómics entre los libros y miró por la ventanilla. Por alguna razón, no quería leerlos delante de él. Sería como comer delante de él. Como... admitir algo.

Sin embargo, no podía dejar de pensar en los cómics. En cuanto llegó a casa, se encaramó a su litera y empezó a leerlos. Todos llevaban el mismo título: *La cosa del pantano*.

Eleanor cenó sentada en su cama con las piernas cruzadas. Tuvo muchísimo cuidado de no manchar los cómics porque estaban como nuevos, no tenían ni una esquina doblada. (Asiático estúpido y perfeccionista.)

Aquella noche, cuando sus hermanos se durmieron, Eleanor volvió a encender la luz para poder leer un poco más. Aquellos niños eran las personas más escandalosas del mundo cuando dormían. Ben hablaba dormido, y tanto Maisie como el chiquitín roncaban. Mouse se meaba en la cama y aunque no hiciera ruido perturbaba igualmente el bienestar general. La luz, sin embargo, no los despertaba.

Eleanor sólo era consciente a medias de la presencia de Richie, que miraba la televisión en la habitación de al lado, y estuvo a punto de caer de la cama cuando la puerta se abrió de repente. Por la expresión del rostro de Richie, se diría que esperaba encontrar una fiesta en el dormitorio, pero cuando descubrió que sólo Eleanor estaba despierta, gruñó y le dijo que apagara la luz para no molestar a los pequeños.

Cuando Richie cerró la puerta, Eleanor bajó de la cama y apagó la luz. (Había aprendido a levantarse sin pisar a nadie. Menos mal, porque siempre era la primera en despertar.)

Habría podido dejar la luz encendida, pero no valía la pena correr el riesgo. No quería volver a ver a Richie por ahí.

Tenía cara de rata. Como una rata en versión humana. Parecido al villano de una película de Don Bluth. Quién sabe qué le había visto su madre a ese tipo; el padre de Eleanor también tenía una facha rara.

Muy ocasionalmente —cuando Richie se las ingeniaba para darse un baño, ponerse ropa limpia y mantenerse sobrio, todo al mismo tiempo—, Eleanor casi podía entender que su madre lo encontrara atractivo. Gracias a Dios, eso no pasaba muy a menudo. Cuando sucedía, a Eleanor le entraban ganas de ir al baño y meterse los dedos en la garganta.

En fin, daba igual. Podía leer un poco más. Entraba algo de luz por la ventana.

park

Ella leía los cómics de un día para otro, y cuando se los devolvía a la mañana siguiente, se comportaba siempre como si le estuviera entregando algo muy delicado, un tesoro. Se diría que no los había tocado siquiera, salvo por el olor.

Cuando la chica nueva le devolvía los cómics a Park, los libros siempre emanaban un olor como a perfume. Pero aquel perfume (Imari) no se parecía al que usaba su madre. Ni tampoco al de ella, que olía a vainilla.

Cuando la nueva le devolvía los cómics, éstos desprendían un aroma a rosas. A todo un jardín.

La nueva había tardado menos de tres semanas en leer todos los de Alan Moore. Ahora Park le estaba dejando *X-Men* de cinco en cinco, y sabía que a ella le gustaban porque escribía los nombres de los personajes en sus libros, entre nombres de grupos musicales y letras de canciones.

Seguían sin dirigirse la palabra, pero el silencio se había vuelto menos hostil. Casi amigable (pero no del todo).

Hoy Park no tendría más remedio que hablar con la nueva. Debía disculparse porque no le había traído nada. Se había quedado dormido y, con las prisas, había olvidado agarrar el montón de cómics que dejó preparados para ella la noche anterior. Ni siquiera había desayunado ni se había lavado los dientes. Qué fastidio tener que ir tanto rato a su lado en esas condiciones.

Pese a todos sus planes, cuando la nueva subió al autobús y le devolvió los cómics del día anterior, Park se limitó a encogerse de hombros. Ella desvió la vista. Ambos bajaron la mirada.

La chica se había vuelto a poner aquella corbata tan fea, esta vez atada a la muñeca. Tenía muchísimas pecas por los brazos y las muñecas, capas y capas en distintos tonos de oro y rosa. También en el dorso de las manos. Parecen manos de niño, habría dicho la madre de Park, con esas uñas tan cortas con las cutículas sin arreglar.

Ella se quedó mirando sus propios libros. A lo mejor pensaba que Park se había enfadado con ella. Park también posó los ojos en los libros de la chica. Estaban todos pintarrajeados y llenos de garabatos al estilo Art Nouveau.

—Entonces —empezó a decir él sin saber cómo iba a continuar—, ¿te gustan los Smiths?

Tuvo cuidado de no soplarle el aliento.

Ella alzó la vista, sorprendida. Confusa, quizás. Park señaló el libro, donde la nueva había escrito "How Soon Is Now?" en grandes letras verdes.

—No lo sé —contestó ella—. Nunca los he escuchado.

—Entonces, ¿quieres que los demás piensen que te gustan los Smiths?

Park lo dijo con desdén. No pudo evitarlo.

—Sí —asintió ella mirando a su alrededor—. Intento impresionar a la gente de por aquí.

Park no sabía si la nueva se empeñaba a propósito en hablar como una sabelotodo, pero desde luego no pensaba ponerle las cosas fáciles. El ambiente se enrareció entre los dos. Park se apoyó contra el costado del autobús. Ella miró hacia el otro lado del pasillo.

En la clase de Inglés Park intentó captar su mirada, pero ella la desvió. El chico tenía la sensación de que Eleanor se esforzaba tanto en ignorarlo que no abriría la boca en la clase.

El señor Stessman hacía lo posible por sacarla de su recogimiento. Se había convertido en su blanco favorito cuando la clase se apagaba. Aquel día tocaba comentar *Romeo y Julieta,* pero nadie quería intervenir.

—Se diría que sus muertes no la apenan, señorita Douglas.

—¿Perdón? —preguntó Eleanor. Miró al profesor con los ojos entornados.

—¿No le parece triste? —insistió el señor Stessman—. Dos jóvenes enamorados que yacen sin vida. "Jamás se oyó una historia tan doliente." ¿No la conmueve?

—Me parece que no —respondió ella.

—¿Tan fría es usted? ¿Tan indiferente?

Echado sobre el pupitre de Eleanor, fingía suplicar clemencia.

—No —repuso ella—, pero no creo que sea una tragedia.

—Es la gran tragedia —afirmó el señor Stessman.

La nueva puso los ojos en blanco. Llevaba dos o tres collares de perlas falsas, como los que se ponía la abuela de Park para ir a la iglesia, y los retorcía mientras hablaba.

—Sí, pero salta a la vista que se burla de ellos —replicó.

—¿Quién?

—Shakespeare.

—Cuéntenos...

Ella volvió a poner los ojos en blanco. A esas alturas, conocía de sobra el juego del señor Stessman.

—Romeo y Julieta sólo son dos niños ricos que están acostumbrados a salirse con la suya. Y ahora se han encaprichado el uno con el otro.

—Están enamorados... —dijo el señor Stessman con las manos en el corazón.

—Ni siquiera se conocen —replicó Eleanor.

—Fue amor a primera vista...

—Más bien fue: "Oh, pero mira qué lindo es". Si Shakespeare hubiera querido hacernos creer que estaban enamorados, no nos habría informado en la primera escena que Romeo estaba enamorado de Rosaline... Shakespeare se está burlando del amor —explicó ella.

—Y entonces, ¿por qué ha sobrevivido hasta nuestros días?

—Pues no sé. ¿Porque Shakespeare era un gran escritor?

—¡No! —exclamó el profesor—. Otro, alguien que sí tenga corazón. Señor Sheridan, ¿qué late dentro de su pecho? Díganos, ¿por qué *Romeo y Julieta* ha sobrevivido a lo largo de cuatrocientos años?

Park detestaba hablar en clase. Eleanor lo miró disgustada y luego desvió la vista. Él se sonrojó.

—Porque... —dijo Park con voz queda y la mirada clavada en el pupitre—. ¿Porque todo el mundo quiere recordar lo que significa ser joven y estar enamorado?

El señor Stessman se apoyó de espaldas al pizarrón y se frotó la barba.

—¿Tengo razón? —preguntó Park.

—Ya lo creo que sí —respondió el señor Stessman—. No sé si eso explica por qué *Romeo y Julieta* se ha convertido en la obra más aplaudida de todos los tiempos, pero sí, señor Sheridan, acaba de decir usted una solida verdad.

Ella no lo saludó en clase de Historia, pero nunca lo hacía.

Cuando Park subió al autobús por la tarde, Eleanor ya estaba allí. Se levantó para dejarlo pasar a su sitio de la ventana y luego, para su sorpresa, le dirigió la palabra. En voz baja, casi en susurros, pero le habló.

—En realidad es una lista de deseos —dijo.

—¿Qué?

—Son las canciones que me gustaría oír o grupos que me gustaría escuchar. Cosas que parecen interesantes.

—Si nunca has oído a los Smiths, ¿cómo los conoces?

—No sé —replicó ella a la defensiva—. De comentarios de mis amigos, los del otro instituto. De revistas. No sé. De por ahí.

—¿Y por qué no los escuchas?

Eleanor lo miró como si pensara que, definitivamente, estaba hablando con un estúpido.

—No ponen a los Smiths en "la música del momento".

Y luego, al ver que Park no respondía, levantó sus ojos negros al cielo.

—Por favor —dijo.

No volvieron a hablar durante todo el trayecto de vuelta.

Aquella noche, mientras hacía la tarea, Park grabó un casete con todas sus canciones favoritas de los Smiths, además de unos cuantos temas de Echo and the Bunnymen y de Joy Division.

Guardó la cinta y cinco cómics de los *X-Men* en la mochila antes de meterse a la cama.

capítulo 11

eleanor

—¿Por qué estás tan callada? —preguntó su madre.

Eleanor se estaba bañando y su madre estaba preparando sopa de habas de sobre. "Tres habas para cada uno", había bromeado Ben hacía un rato.

—No estoy callada. Me estoy bañando.

—Normalmente cantas en la bañera.

—No es verdad —replicó Eleanor.

—Sí. Casi siempre cantas "Rocky Raccoon".

—Bien, gracias por decírmelo. No lo haré más. Por Dios.

Eleanor se vistió a toda prisa e intentó pasar junto a su madre, quien la sujetó por las muñecas.

—Me gusta oírte cantar —le dijo.

La mujer tomó una botella de la encimera y le aplicó un par de gotas de esencia de vainilla detrás de las orejas. Eleanor levantó los hombros como si le hiciera cosquillas.

—¿Por qué siempre haces eso? Huelo igual que una muñeca Rosita Fresita.

—Lo hago —le explicó su madre— porque la vainilla es más barata que el perfume y huele igual de bien.

Se aplicó unas gotas detrás de sus propias orejas y se rio.

Eleanor se echó a reír también. Se quedó allí unos instantes, sonriendo. Su madre llevaba unos jeans viejos y una camiseta. Se había recogido el pelo en la nuca. Casi parecía la de antes. En una vieja foto —tomada en una fiesta de cumpleaños de Maisie, mientras preparaba barquillos de helado— aparecía con una cola de caballo como aquélla.

—¿Te encuentras bien? —preguntó la mujer.

—Sí... —dijo Eleanor—. Sí, sólo estoy cansada. Voy a hacer la tarea y a meterme en la cama.

La madre de Eleanor presentía que algo andaba mal, pero no la presionó. Antes la obligaba a contárselo todo. "¿Qué pasa por ahí dentro?", le decía, golpeándole la cabeza con los nudillos. "¿Ya te estás volviendo loca?" Eleanor no había vuelto a oírlo desde su regreso, como si su madre fuera consciente de que había perdido el derecho a irrumpir en su intimidad.

Eleanor se encaramó a la litera y empujó al gato a sus pies. No tenía nada para leer. Nada nuevo, cuando menos. ¿Se habría hartado él de llevarle cómics? ¿Y por qué se los había empezado a prestar, en primer lugar? Pasó los dedos por encima de aquellos títulos de canciones que la habían puesto en apuros: "This Charming Man" y "How Soon Is Now?". Le habría gustado tacharlos, pero si lo hacía, él se daría cuenta y le haría algún comentario.

Estaba cansada, no había mentido. Se había quedado varias noches leyendo hasta muy tarde. En cuanto cenó, se quedó dormida.

La despertaron los gritos. Los gritos de Richie. Eleanor no comprendía lo que decía.

Oyó el llanto de su madre por debajo de las voces. Se diría que llevaba mucho rato llorando. Debía estar completamente desquiciada si ni siquiera era capaz de llorar en silencio.

Eleanor advirtió que sus hermanos se habían despertado también. Se asomó y clavó la vista en la oscuridad, hasta que las siluetas de los niños cobraron forma. Estaban los cuatro amontonados en el suelo, entre una maraña de mantas. Maisie mecía al más pequeño casi con violencia. Eleanor bajó de la cama y se acurrucó con ellos. Al instante, Mouse buscó el regazo de su hermana mayor. Mojado y tembloroso, rodeó a Eleanor con los brazos y las piernas como un monito. Cuando oyeron a la madre gritar en la habitación del fondo, todos se sobresaltaron a la vez.

Si la escena se hubiera producido hacía dos veranos, la propia Eleanor habría corrido a llamar al dormitorio. Le habría gritado a Richie que parara. Como último recurso, habría marcado el número de emergencias. Ahora, sin embargo, aquella conducta le parecía propia de un niño. O de un necio. Sólo podía rezar para que el pequeñín no se pusiera a llorar. Gracias a Dios, no lo hizo. Incluso él parecía comprender que cualquier intento de detener aquello sólo serviría para empeorarlo.

Al día siguiente, cuando sonó el despertador, Eleanor fue incapaz de recordar en qué momento se había dormido. Ni tampoco cuándo había cesado el llanto.

Se levantó presa de un terrible presentimiento. Tropezando con los niños y las mantas, abrió la puerta del dormitorio. Llegó hasta ella el aroma del tocino.

Eso significaba que su madre seguía viva. Y que su padrastro aún estaba desayunando.

Eleanor inhaló profundamente. Toda ella apestaba a pipí. Qué horror. No tenía nada limpio, y si se ponía la ropa del día anterior seguro que la maldita Tina le haría algún comentario porque, para colmo de males, aquel día tocaba Gimnasia.

Tomó la ropa y salió a la salita con determinación, decidida a no mirar a Richie a la cara si acaso seguía en casa. Allí estaba. (Ese demonio. Ese cerdo.) La madre de Eleanor se movía frente a las hornillas, más silenciosa que de costumbre. Era imposible no reparar en el moretón que se extendía a un lado de su cara o en el chupetón que tenía bajo la barbilla. (Cabrón, cabrón, cabrón.)

—Mamá —susurró Eleanor en tono apremiante—. Tengo que lavarme.

Los ojos de su madre la enfocaron con dificultad.

—¿Qué?

Eleanor señaló con un gesto el bulto de ropa que llevaba en las manos. A primera vista, sólo debía parecer arrugada.

—Dormí en el suelo con Mouse.

La madre de Eleanor echó un vistazo nervioso a la sala; Richie castigaría a Mouse si se enteraba.

—Ok, ok —dijo mientras empujaba a Eleanor al baño—. Dame la ropa. Vigilaré la puerta. Y procura que no se dé cuenta. Sólo eso me faltaba esta mañana.

Como si hubiera sido Eleanor la que se hubiera meado por todas partes.

Se lavó la parte superior del cuerpo, luego la inferior, para no tener que desnudarse del todo. A continuación cruzó la sala, vestida con la ropa del día anterior, haciendo todo lo posible por no oler a pipí.

Tenía los libros en el dormitorio, pero Eleanor no quería abrir la puerta por si el tufo rancio del cuarto se filtraba hasta la sala, así que los dejó allí.

Llegó a la parada del autobús quince minutos antes. Aún estaba alterada y asustada. Y por si fuera poco, gracias al tocino, le gruñía el estómago.

capítulo 12

park

Cuando Park subió al autobús dejó los cómics y el casete de los Smiths en el asiento de al lado, para que ella los encontrara allí. Así no tendría que decirle nada.

Al ver llegar a Eleanor pocos minutos después, Park advirtió en seguida que algo andaba mal. La chica caminó hacia su sitio con cara de sentirse derrotada y perdida. Llevaba la misma ropa que el día anterior —lo cual no era tan raro, pues siempre se ponía una versión distinta de lo mismo—, pero aquel día parecía distinta. No se había adornado el cuello ni las muñecas y su melena era una maraña de rizos rojos.

Se detuvo ante el asiento que compartían y miró el montón de cosas que Park había dejado allí para ella. (¿Por qué no llevaba libros?) Lo agarró todo, tan cuidadosamente como siempre, y se sentó.

Park quería mirarla a los ojos, pero no pudo. En cambio, le miró las muñecas. Eleanor tomó el casete. Él había escrito "How Soon Is Now? y otras" en la etiqueta adhesiva.

La chica le tendió el casete.

—Gracias... —dijo. Bueno, era la primera vez que le daba las gracias—. Pero no me lo puedo quedar.

Park no lo agarró.

—Es para ti, quédatelo —susurró. Ahora le miraba la barbilla.

—No —repitió Eleanor—. O sea, gracias, pero es que... no puedo.

Intentó devolverle el casete, pero él seguía sin aceptárselo. ¿Cómo se las arreglaba esa chica para complicar hasta las cosas más sencillas?

—No lo quiero —replicó Park.

Ella apretó los dientes y lo fulminó con la mirada. Debía de odiarlo con toda su alma.

—No —insistió Eleanor, ahora sin molestarse en bajar la voz—. En serio, no puedo. No tengo estéreo. Vamos, agárralo.

Park lo tomó. Ella se tapó la cara. El chico del otro lado del pasillo, un riquillo de bachillerato llamado Junior, los estaba observando.

Park lo miró de mala manera hasta que el otro desvió la mirada. Entonces se volvió hacia ella.

Sacó el walkman del bolsillo de la gabardina y extrajo un casete de los Dead Kennedys. Introdujo el casete, puso *play* y —con cuidado— le colocó a Eleanor los audífonos por encima del pelo. Fue tan cuidadoso que ni siquiera la tocó.

A los oídos de Eleanor llegó la turbia guitarra del principio y luego el primer verso de la canción: *I am the sun... I am the heir...*

Ella alzó la cabeza un poco pero no lo miró. No apartó las manos de la cara.

Cuando llegaron al instituto, se quitó los audífonos para devolvérselos a Park.

Bajaron juntos del autobús y ya no se separaron. Fue muy raro. Normalmente, en cuanto pisaban la acera echaban a andar en direcciones opuestas. Y eso era lo más extraño de todo, pensó Park. Hacían el mismo camino cada día y el casillero de Eleanor estaba a pocos pasos del de Park, ¿cómo se las ingeniaban para tomar caminos distintos cada mañana?

Cuando llegaron a la altura del casillero de Eleanor, Park se detuvo un momento. No se acercó, pero dejó de andar. Ella también.

—Bueno —dijo él, mirando hacia el pasillo—, ahora ya has oído a los Smiths.

Y Eleanor...

Eleanor se rio.

eleanor

Tendría que haberse limitado a guardar el casete.

No hacía ninguna falta que todo el mundo supiera lo que tenía y lo que no. Y no hacía ninguna falta que le confesara nada a ningún asiático rarito.

Sí, a aquel asiático rarito.

Estaba bastante segura de que era asiático, aunque no al cien por ciento. Tenía los ojos verdes y la piel del color del sol a través de la miel.

A lo mejor era filipino. ¿Pertenecía Filipinas a Asia? Seguramente. No dominaba todos los países de Asia. Ese continente es enorme.

Eleanor sólo había conocido a un asiático en toda su vida: Paul, que iba con ella en clase de Mate en el otro instituto. Paul era chino. Sus padres se habían trasladado a Omaha huyendo del gobierno. (Le parecía una decisión un tanto extrema. Como si hubieran agarrado el globo terráqueo y hubieran dicho: "Sí. Eso está en el otro extremo del mundo".)

Había sido Paul quien le había enseñado a decir "asiático" en vez de "oriental".

—"Oriental" se usa para hablar de la comida —le había dicho.

—Lo que tú digas, Bruce —había respondido ella.

Eleanor no se explicaba qué hacía una persona asiática en aquellos suburbios de Omaha. El resto de la población era rigurosamente blanca. O sea, hacían alarde de su condición de blancos. Eleanor jamás había oído referirse a los afroamericanos como "los negros" en esos términos despectivos antes de trasladarse allí, pero los chicos del autobús los utilizaban como si fuera la única forma de referirse al color de la piel.

Ella nunca lo hacía ni siquiera en su cabeza. Ya era bastante desgracia que, gracias a la influencia de Richie, se hubiera acostumbrado a referirse mentalmente a los demás como "hijos de puta". (Qué ironía.)

En el nuevo colegio había tres o cuatro asiáticos más aparte de su compañero de asiento. Eran primos. Uno de ellos había escrito un ensayo sobre lo que se sentía ser un refugiado de Laos.

Y luego estaba ojitos verdes.

A ese paso, iba a acabar por contarle la historia de su vida. Quizás de camino a casa le dijera que no tenía teléfono ni lavadora ni cepillo de dientes.

Estaba pensando en comentar esto último con la orientadora de la escuela. El día de su llegada, la señora Dunne la había mandado llamar y le había echado un rollo sobre la importancia de que se sintiera libre para hablarle de cualquier cosa. Durante su sermón, no paraba de apretar el brazo de Eleanor por la parte más gorda.

Si Eleanor le contara todo a la señora Dunne —acerca de Richie, de su madre, todo—, quién sabe lo que pasaría. En cambio, si le decía lo del cepillo de dientes..., a lo mejor la señora Dunne le proporcionaba uno. Y entonces Eleanor ya no tendría que meterse en el baño después de cenar para frotarse los dientes con sal. (Lo había visto en una película del Oeste. Seguramente ni siquiera funcionaba.)

Sonó el timbre. Las diez y doce.

Sólo dos clases más antes de la de Inglés. Eleanor se preguntó si él le dirigiría la palabra. A lo mejor se hablaban a partir de ahora.

Seguía oyendo aquella voz en su cabeza, no la del chico, la del cantante. El de los Smiths. Se le notaba su acento inglés hasta cuando cantaba. Su voz parecía un lamento.

I am the sun...
I am the heir...

En clase de Gimnasia, Eleanor tardó un poco en darse cuenta de que la gente no la trataba tan mal como de costumbre. (Aún tenía la cabeza en el autobús.) Tocaba voleibol y Tina le había dicho:

—Tú sacas, zorra.

Pero eso fue todo, y prácticamente podía considerarse una broma, teniendo en cuenta la personalidad de Tina.

Cuando Eleanor llegó al vestidor, comprendió por qué Tina la había dejado más o menos en paz; estaba a la espera. La rubia y sus amigas —y las chicas afroamericanas también, todo el mundo quería su trozo del pastel— la miraban desde el fondo del pasillo, aguardando a que Eleanor llegara a su casillero.

Lo habían forrado de toallas femeninas. Toda una bolsa, al parecer.

Al principio, Eleanor creyó que las toallas estaban sucias, pero cuando se acercó descubrió que sólo las habían pintarrajeado con marcador rojo. Alguien había escrito "Estropajo" y "Dubble Bubble" en unas cuantas, pero eran de las caras y ya habían absorbido buena parte de la tinta.

Si la ropa de Eleanor no hubiera estado dentro del casillero, si hubiera llevado encima algo que no fuera el uniforme de Gimnasia, se habría marchado sin más.

En cambio, pasó junto a sus compañeras con la barbilla bien en alto y empezó a quitar las toallas femeninas una a una. Incluso había unas cuantas dentro, pegadas a su ropa.

Eleanor derramó algunas lágrimas, no pudo evitarlo, pero lo hizo de espaldas a todo el mundo para no dar un espectáculo. Todo terminó en pocos minutos, de todos modos, porque nadie quería llegar tarde a comer. Las chicas aún tenían que cambiarse y arreglarse el pelo.

Cuando todas se fueron yendo, dos chicas afroamericanas se quedaron ahí. Se acercaron a Eleanor y la ayudaron a quitar las toallas femeninas de la pared.

—No te preocupes —susurró una a la vez que estrujaba una toalla.

Se llamaba DeNice y parecía demasiado joven para estar en primero de preparatoria. Era bajita y llevaba trenzas.

Eleanor hizo un gesto negativo con la cabeza pero no respondió.

—Esas chicas no valen nada —prosiguió DeNice—. Son unas pobres desgraciadas.

—Ajá —asintió la otra.

Eleanor creía que se llamaba Beebi. Esta última era lo que la madre de Eleanor llamaría "una chica gruesa". Mucho más que Eleanor. Incluso su uniforme de Gimnasia era de otro color, como si lo hubieran confeccionado especialmente para ella. La idea hizo que Eleanor se sintiera culpable de encontrarse tan a disgusto en su propio cuerpo... y también que se preguntara por qué la habían nombrado a ella gorda oficial de la clase.

Tiraron las toallas femeninas a la basura y pusieron encima toallas de papel mojadas para que nadie las viera.

Si DeNice y Beebi no hubieran estado allí, Eleanor se habría guardado unas cuantas, las que no estuvieran pintadas, porque, ¡por el amor de Dios, vaya desperdicio!

Llegó tarde a comer y también a Inglés. Y de no haber sabido ya que el estúpido del asiático le gustaba, lo habría comprendido entonces.

Porque después de todo lo sucedido durante los últimos cuarenta y cinco minutos —y durante las últimas veinticuatro horas— no pensaba en nada más que en volver a ver a Park.

park

Cuando subieron al autobús, Eleanor aceptó el walkman sin poner objeciones. Ni siquiera hizo falta que él le pusiera *play*. Y una parada antes de la suya, Eleanor se lo devolvió.

—Te lo dejo si quieres —dijo Park con voz queda—. Así podrás oír la cinta entera.

—¿Y si lo rompo? —preguntó ella.

—No lo vas a romper.

—¿Y si te gasto las pilas?

—No te preocupes por las pilas.

En aquel momento, ella lo miró a los ojos, quizás por primera vez desde que se conocían. Iba aún más despeinada que por la mañana, el pelo aún más crespo y rizado, como si se hubiera hecho un gigantesco peinado afro de color rojo. Sin embargo, tenía una expresión mortalmente seria, fría y formal. Cualquiera de los gestos típicos de Clint Eastwood habría servido para describir la expresión de Eleanor.

—¿De verdad? —preguntó ella—. ¿No te importa que las gaste?

—Sólo son pilas —repuso Park.

Eleanor sacó las pilas y el casete del walkman y le devolvió el aparato a Park. Luego se bajó del autobús sin mirar atrás.

Vaya, qué rara era.

eleanor

Las pilas empezaron a fallar a la una de la madrugada, pero Eleanor siguió oyendo música una hora más, hasta que dejó de oír las voces.

capítulo 13

eleanor

A la mañana siguiente, Eleanor se puso ropa limpia y se llevó los libros consigo. Había tenido que lavar los jeans a mano la noche anterior, así que estaban aún un poco húmedos... Pero en conjunto se sentía mil veces mejor que el día anterior. Incluso se arregló un poco el pelo. Se hizo un chongo y lo sujetó con una liga. Vería estrellas cuando se la quitara, pero el peinado se mantendría en su sitio.

Y lo que era aún mejor: tenía las canciones de Park en la cabeza. También en el pecho, por decirlo de algún modo.

La música que Park le había grabado tenía algo especial. Sonaba distinta, o sea, te dejaba como sin aliento. Había algo emocionante en ella y también enérgico. Cuando la escuchaba, Eleanor tenía la sensación de que todo, el mundo entero, no era como ella había creído hasta entonces. Y eso era bueno. Eso era genial.

Cuando tomó el autobús por la mañana, en seguida alzó la vista buscando a Park. Él también miraba hacia ella, como si la estuviera esperando. Eleanor no pudo evitarlo, sonrió. Sólo un instante.

Al sentarse, Eleanor se hundió cuanto pudo en el asiento por si los malditos canallas del fondo advertían lo contenta que estaba por la posición de su cabeza o algo así.

Notaba la presencia de Park en su propia piel, aunque los separaban por lo menos quince centímetros.

Eleanor le tendió los cómics y se agarró nerviosa la cinta verde que llevaba enrollada en la muñeca. No se le ocurría nada que decir. ¿Y si no era capaz de decir nada? ¿Y si no se atrevía a darle las gracias siquiera?

Park tenía las manos inmóviles sobre el regazo. Inmóviles y perfectas. De color miel, las uñas rosadas y limpias. Todo en él era delicado y fuerte. No movía ni un dedo sin motivo.

Estaban a punto de llegar a la escuela cuando él rompió el silencio.

—¿La escuchaste?

Alzando la vista sólo hasta la altura de los hombros del chico, Eleanor asintió.

—¿Te gustó? —preguntó Park.

Ella puso los ojos en blanco.

—Oh, Por favor. Es... no sé... —abrió las manos— alucinante.

—¿Lo dices con sarcasmo? No lo tengo claro.

Eleanor lo miró a los ojos, aunque sabía perfectamente cómo se iba a sentir: como si le abrieran el pecho para arrancarle las entrañas.

—No. Es alucinante. La estuve oyendo durante horas. Esa canción... "Love Will Tear Us Apart?".

—Sí, Joy Division.

—Qué fuerte, es el mejor principio de canción del mundo.
Él imitó el sonido de la guitarra y la batería.

—Sí, sí, sí —se emocionó Eleanor—. Me pasaría la vida escuchando esos tres segundos.

—Podrías hacerlo.

Los ojos de Park sonreían, la boca sólo a medias.

—No quería gastar las pilas —dijo ella.

El negó con la cabeza, como si Eleanor fuera boba.

—Además —añadió Eleanor—, también me encanta todo lo demás, la parte aguda, la melodía, el naa, naa-ni-naa, ni-naa, naa, ni-naa.

Park asintió.

—Y la voz de la última parte —continuó ella— cuando canta casi demasiado agudo. Y luego muy al final, cuando la batería suena como enfadada, como si no quisiera que la canción terminara.

Park imitó el sonido de la batería:

—Ta-ta-ta, ta-ta-ta.

—Me dan ganas de romper esa canción en pedazos —dijo Eleanor— y amarlos a morir.

El comentario hizo reír a Park.

—¿Y qué me dices de los Smiths? —preguntó.

—No sabía qué canciones eran suyas —se disculpó Eleanor.

—Te escribiré los títulos.

—Me gusta todo.

—Bien —repuso él.

—Me encanta.

Él sonrió, pero desvió la vista hacia la ventanilla. Eleanor bajó la mirada.

El autobús entraba ya en el estacionamiento. Eleanor no quería que aquella relación recién establecida —una charla de verdad, con preguntas, respuestas y sonrisas— llegara a su fin.

—Y... —se apresuró a decir— me encanta *X-Men*. Pero odio a Cíclope.

Park echó la cabeza hacia atrás.

—No puedes odiar a Cíclope. Es el capitán.

—Es aburrido. Aún peor que Batman.

—¿Qué? ¿No te gusta Batman?

—Por favor. Es súper aburrido. No consigo leerlo ni aunque me esfuerce. Siempre que traes un cómic de Batman, me sorprendo a mí misma escuchando a Steve, mirando por la ventanilla o deseando con todas mis fuerzas entrar en estado de hibernación.

El autobús se detuvo.

—Ya —comentó Park a la vez que se levantaba. Lo dijo en un tono muy crítico.

—¿Qué?

—Ahora ya sé qué piensas cuando miras por la ventanilla.

—No, no lo sabes —replicó ella—. Pienso en varias cosas.

La gente ya avanzaba por el pasillo hacia la puerta. Eleanor se levantó también.

—Te traeré *El regreso del caballero oscuro* —dijo Park.

—¿Y eso qué es?

—La historia de Batman menos aburrida del mundo.

—La historia de Batman menos aburrida del mundo, ¿eh? Dime, ¿alguna vez Batman levanta las dos cejas?

Park volvió a reír. Le cambiaba la cara por completo cuando sonreía. No tenía hoyuelos exactamente, pero se le hacían dos pliegues en las mejillas y sus ojos desaparecían casi por completo.

—Espera y verás —dijo él.

park

Aquella mañana, en clase de Inglés, Park advirtió que el pelo de Eleanor se transformaba en una suave pelusa roja en la zona de la nuca.

eleanor

Aquella tarde, en clase de Historia, Eleanor reparó en que Park mordisqueaba el lápiz para concentrarse. Y en que la chica que tenía detrás (cómo se llama, Kim, la de las tetas grandes y la bolsa Esprit de color naranja) estaba enamorada de él.

park

Aquella noche, Park grabó una y otra vez la canción de Joy Division en una cinta.

Sacó las pilas de todos sus videojuegos portátiles y de los coches de control remoto de Josh. Luego llamó a su abuela para decirle que como regalo de cumpleaños, en noviembre, sólo quería pilas de larga duración.

capítulo 14

eleanor

—¿No pretenderá en serio que salte por encima de esa cosa? —se horrorizó DeNice.

Últimamente, DeNice y su amiga, Beebi, hablaban mucho con Eleanor en clase de Gimnasia. (Porque sufrir un ataque con toallas femeninas es un sistema excelente para hacer amigos y tener influencias.)

En la clase de aquel día, la profesora de Gimnasia, la señora Burt, les había enseñado a saltar un potro de mil años de antigüedad. Dijo que en la próxima sesión todo el mundo tendría que intentarlo.

—¿Qué le pasa? —dijo DeNice después de clase, en el vestidor—. ¿Acaso tengo facha de Nadia Comaneci?

Bebbi soltó una risita.

—Tú dile que no te has tomado tu leche con chocolate.

En realidad, pensó Eleanor, DeNice tenía bastante facha de gimnasta, con aquel flequillo de niña pequeña y las trenzas. Parecía demasiado joven para ir en preparatoria y la ropa que se ponía no hacía sino agravar la impresión. Camisas de mangas abultadas, overoles, ligas para el cabello a juego... El traje de Gimnasia le quedaba holgado, como si fuera un mameluco.

A Eleanor no le asustaba el potro, pero no quería correr por las colchonetas delante de toda la clase. No quería correr y punto. Cuando corría, los pechos le rebotaban tanto que le daba miedo que se le desprendieran.

—Le voy a decir a la señora Burt que mi madre no me deja hacer nada que ponga en peligro mi himen —dijo Eleanor—. Por razones religiosas.

—¿Es en serio? —preguntó Beebi.

—No —repuso la otra riendo—. Aunque la verdad...

—Qué bruta —replicó DeNice mientras se abrochaba el overol.

Eleanor se pasó la camiseta por la cabeza y luego se quitó el uniforme usando la primera prenda para cubrirse.

—¿Vienes? —preguntó DeNice.

—Claro, no voy a empezar a saltarme clases por culpa de Gimnasia —dijo Eleanor, que ahora daba saltitos para subirse los jeans.

—No, que si vienes a comer.

—Ah —dijo Eleanor alzando la vista. Las chicas la esperaban al final de los casilleros—. Sí.

—Pues dese prisa, señorita Jackson.

Se sentó con DeNice y Bebbi en la mesa que solían ocupar las dos amigas, junto a la ventana. Estando con ellas, vio pasar a Park.

park

—Podrías sacar tu licencia antes de la fiesta de bienvenida —le propuso Cal a Park.

El señor Stessman los sentó por parejas. En teoría, deberían estar comparando a Julieta con Ofelia.

—Sí, si fuera capaz de alterar el espacio-tiempo —replicó Park.

Eleanor estaba sentada al otro lado de la clase, junto a las ventanas. La habían emparejado con un chico llamado Eric, un jugador de basquetbol. Él hablaba y ella lo miraba con el ceño fruncido.

—Si tuvieras el coche —siguió diciendo Cal—, podríamos invitar a Kim.

—Tú podrías invitar a Kim —repuso Park.

Eric era uno de esos chicos altos que siempre caminan con los hombros treinta centímetros por detrás de las caderas. Como si bailara en el limbo, como si temiera darse un golpe contra el techo.

—Quiere ir en grupo —insistió Cal—. Además, creo que le gustas.

—¿Qué? No quiero ir a la fiesta de bienvenida con Kim. Ni siquiera me gusta. Bueno... te gusta a ti.

Ya lo sé. Es un plan perfecto. Vamos todos juntos a la fiesta, se da cuenta de que no te interesa, ella se siente desgraciada y adivina quién estará allí mismo dispuesto a sacarla a bailar.

—No quiero hacer sentir desgraciada a Kim.

—O ella o yo, amigo.

Eric dijo algo más y Eleanor volvió a fruncir el ceño. Luego se volvió a mirar a Park... y el ceño se borró de su rostro. Park sonrió.

—Un minuto —avisó el señor Stessman.

—Mierda —dijo Cal—. ¿Qué tenemos? Ofelia estaba loca, ¿ok? Y Julieta era... ¿qué? ¿Una niña malcriada?

eleanor

—¿Entonces Psylocke es otra telépata?

—Ajá —respondió Park.

Cada mañana, al llegar al autobús, Eleanor temía que Park no se quitara los audífonos, que dejara de hablarle tan de repente como había empezado a hacerlo... Y si algo así llegara a suceder —si una mañana Eleanor subiera al autobús y él no alzara la vista—, no quería que Park se diera cuenta de la catástrofe que provocaría.

De momento, todo iba bien entre ellos.

De momento, no habían dejado de hablar. Literalmente. Aprovechaban para charlar hasta el último segundo que pasaban juntos. Y casi todas sus conversaciones empezaban igual: "¿Qué piensas de...?".

¿Qué pensaba Eleanor del álbum de U2? Le encantaba.

¿Qué pensaba Park de la serie *Miami Vice*? Le parecía aburrida.

"Sí", decían cuando estaban de acuerdo en algo. Una y otra vez. "Sí. Sí. ¡Sí!"

—Ya lo sé.

—Exacto.

—¿Verdad?

Estaban de acuerdo en lo principal y discutían acerca de todo lo demás. Y hasta eso era genial, porque cada vez que discutían Park se moría de risa.

—¿Y para qué necesitan los *X-Men* a otra chica telépata? —preguntó Eleanor.

—Bueno, ésta tiene el pelo lila.

—Me parece todo tan sexista...

Park abrió los ojos como platos. Bueno, más o menos. A veces Eleanor se preguntaba si Park veía las cosas de otro modo a causa de sus ojos. Seguramente era la duda más racista del mundo.

—Los *X-Men* no son sexistas —debatió él moviendo la cabeza de lado a lado—. Representan la tolerancia; han jurado proteger un mundo que los odia y les teme.

—Sí —dijo Eleanor—, pero...

—No hay peros que valgan —la interrumpió Park riendo.

—Pero —insistió ella— todas las chicas responden a un estereotipo y tienen un papel pasivo. La mitad de ellas ni siquiera hacen nada salvo esforzarse en pensar. Como si ése fuera su superpoder: pensar. Y el poder de Gata Sombra es aún peor: desaparece.

—Se vuelve invisible —objetó Park—. Es distinto.

—Sigue siendo algo que cualquiera podría hacer en mitad de una fiesta —replicó Eleanor.

—No si vas disfrazada de gato. Además, te olvidas de Tormenta.

—No me olvido de Tormenta. Controla el clima con el pensamiento, o sea, que se limita a pensar. Claro que no podría hacer mucho más con esas botas.

—Lleva una melena muy cool.

—Irrelevante —respondió Eleanor.

Sonriendo, Park apoyó la cabeza contra el respaldo y miró el techo.

—Los *X-Men* no son sexistas.

—Acéptalo. Ninguna mujer X tiene poderes importantes —afirmó Eleanor—. Mira Dazzler, es una bola de discoteca andante. ¿Y la Reina Blanca? Combate al mal mientras se ajusta su preciosa lencería.

—¿Y qué superpoder te gustaría tener a ti? —preguntó Park para cambiar de tema. Se volvió a mirarla sin levantar la cabeza del respaldo. Sonreía.

—Me gustaría volar —dijo Eleanor con la mirada perdida—. Ya sé que no es un superpoder muy útil pero... volar.

—Sí —asintió Park.

park

—Vaya, Park, ¿eres un ninja en plena misión?

—Los ninjas van de negro, Steve.

—¿Qué?

Park tendría que haberse cambiado después de taekwondo, pero su padre le había pedido que estuviera en casa antes de las nueve y tenía menos de una hora para pasar por la de Eleanor.

Steve estaba en la calle, reparando el Camaro. Él tampoco había sacado todavía su licencia, pero quería tener el coche listo.

—¿Vas a ver a tu novia? —le gritó.

—¿Qué?

—¿Te has escapado para ir a ver a tu novia? ¿A "Bloody Mary"?

—No es mi novia —replicó Park, y tragó saliva.

—Vas por ahí como un ninja en misión secreta —dijo Steve.

Park negó con la cabeza y echó a correr. "No lo era", se dijo mientras cortaba camino por el callejón.

No sabía dónde vivía Eleanor exactamente. Sabía dónde tomaba el autobús y le había dicho que su casa estaba junto al colegio...

Debe de ser ésta, pensó. Se detuvo ante una casa pequeña, pintada de blanco. Había unos cuantos juguetes rotos en el jardín y un enorme Rottweiler dormitando en la estancia.

Park se acercó a la casa despacio. El perro levantó la cabeza para mirarlo y luego siguió durmiendo. No se movió, ni siquiera cuando Park subió la escalera de la entrada y llamó a la puerta.

El tipo que abrió parecía demasiado joven para ser el padre de Eleanor. Park estaba seguro de haberlo visto por el barrio. No sabía a quién esperaba encontrar al otro lado de la puerta. A alguien más interesante, a alguien más parecido a ella.

El hombre no dijo ni pío. Se quedó en la puerta, esperando.

—¿Está Eleanor en casa? —preguntó Park.

—¿Y quién pregunta por ella?

Aquel tipo tenía una nariz afilada como un cuchillo y miraba a Park con cara de pocos amigos.

—Vamos juntos a clase —explicó Park.

El otro se le quedó mirando un instante antes de cerrar la puerta. Park no sabía qué hacer. Esperó unos minutos, y justo cuando estaba pensando en marcharse, Eleanor se asomó.

Al verlo, abrió los ojos de par en par con expresión alarmada. En la penumbra del atardecer, el iris de sus ojos se confundía con la pupila.

Nada más de verla, Park supo que había metido la pata. Tuvo la sensación de que en el fondo lo sabía, pero le ilusionaba pasar por su casa...

—Hola —dijo.

—Hola.

—Yo...

—... ¿has venido a retarme a un combate cuerpo a cuerpo?

Park se palpó la pechera del *dobok* y sacó el segundo número de *Watchmen* de entre los pliegues. El rostro de Eleanor se iluminó; tenía una tez tan pálida y brillaba tanto a la luz del alumbrado que su expresión fue algo más que un mero gesto.

—¿Lo leíste? —le preguntó ella.

Park negó con la cabeza.

—Pensé que podíamos leerlo... juntos.

Eleanor volvió la vista hacia su casa y descendió rápidamente los pocos peldaños. Park la siguió por el camino de grava hasta la escalera de entrada de la escuela. Había una gran luz de emergencia sobre la puerta. Eleanor se sentó en el último escalón y Park se acomodó a su lado.

Tardaron el doble de lo normal en leer *Watchmen*, en parte porque les resultaba muy raro estar juntos en un sitio que no fuera el autobús. Incluso verse fuera del instituto. Eleanor tenía el pelo mojado; la melena le caía en largos rizos oscuros alrededor de la cara.

Cuando llegaron a la última página, Park habría querido comentar el cómic con ella (le habría gustado quedarse allí platicando con Eleanor); sin embargo, ella ya se había levantado y miraba hacia su casa una vez más.

—Tengo que irme.

—Ah —dijo Park—. Yo también, claro.

Cuando Eleanor se marchó, él seguía sentado en la escalera de la escuela. Antes de que Park pudiera despedirse, ella ya había entrado a su casa.

eleanor

Cuando Eleanor llegó a casa, encontró la sala a oscuras pero la tele encendida. Vio a Richie sentado en el sofá y a su madre de pie en el umbral de la cocina.

Sólo unos pasos la separaban de su habitación...

—¿Es tu novio? —preguntó Richie antes de que Eleanor alcanzara la puerta. El hombre lo dijo sin apartar la vista del televisor.

—No —respondió Eleanor—. Sólo es un chico del instituto.

—¿Qué quería?

—Comentar un trabajo de clase.

Eleanor aguardó ante la puerta de su cuarto. Luego, al ver que Richie no le hacía más preguntas, entró y cerró la puerta tras de sí.

—Ya sé lo que te propones —dijo él alzando la voz justo cuando la puerta se cerraba—. Sólo eres una perra en celo.

Eleanor dejó que aquellas palabras la golpearan de lleno, como un puñetazo directo a la barbilla.

Se encaramó en la litera, cerró los ojos, apretó los dientes y los puños; permaneció en esa postura hasta que pudo volver a respirar sin ponerse a gritar.

Hasta ese momento, había guardado a Park en un espacio de su mente al que Richie no podía acceder. Completamente aislado de aquella casa y de cuanto sucedía en ella. (Era un lugar increíble, como una especie de altar privado.)

Ahora, sin embargo, el hombre había irrumpido en aquel espacio para fastidiarlo todo. Para convertir los sentimientos de Eleanor en algo tan nauseabundo y podrido como el propio Richie.

Ya no podía pensar en Park.

En su manera de mirarla en la oscuridad, todo de blanco, como un superhéroe, en su aroma a sudor y a jabón, en su manera de sonreír cuando algo le gustaba, con la comisura de los labios fruncida una pizca... sin intuir la sonrisa lasciva de Richie.

Echó al gato de la cama, de puro rencor. El animal se quejó pero cayó de pie.

—Eleanor —susurró Maisie desde la litera de abajo—, ¿era tu novio?

La otra apretó los dientes.

—No —susurró rabiosa—. Sólo es un chico.

capítulo 15

eleanor

Al día siguiente, mientras Eleanor se arreglaba, su madre entró en el baño.

—Ven —le susurró.

Agarró el cepillo y le hizo una coleta sin cepillarle los rizos.

—Eleanor —dijo.

—Ya sé por qué estás aquí —replicó ella, apartándose.

—Escúchame.

—No. Ya lo sé. No volverá, ¿ok? No lo invité, pero le diré que no vuelva y no lo hará.

—Bueno, pues... bien —repuso la madre de Eleanor, aún en susurros. Se cruzó de brazos—. Es sólo que... eres demasiado joven.

—No —dijo Eleanor—, no es eso. Pero da igual. No volverá, ¿ok? Ni siquiera es lo que piensas.

La mujer la dejó sola. Richie seguía en casa. Eleanor salió corriendo por la puerta principal cuando oyó abrir la llave del baño.

Ni siquiera es mi novio ni nada, pensó mientras caminaba hacia la parada del autobús. Y sólo de pensarlo estuvo a punto de echarse a llorar porque sabía que era verdad.

Y sus propias ganas de llorar la enfurecieron. Porque si lloraba, quería que fuera porque su vida era una mierda, no porque a un chico lindo e interesante no le gustara ella en ese sentido. Sobre todo teniendo en cuenta que la amistad con Park era, por mucho, lo mejor que le había pasado en la vida.

Su expresión debió delatarla al subir al autobús porque Park no la saludó.

Eleanor miró al pasillo.

Al cabo de un momento, él le tironeó el viejo pañuelo de seda que Eleanor se había atado en la muñeca.

—Perdona —dijo.

—¿Por qué? —preguntó ella en tono hosco. Vaya, era una idiota.

—No sé —repuso él—. Tengo la sensación de que ayer en la noche te metí en un lío.

Park volvió a tirar del pañuelo y ella lo miró. Intentó suavizar su expresión, pero prefería que la viera enfadada a que supiera que se había pasado toda la noche pensando en esos preciosos labios.

—¿Era tu padre? —preguntó él.

Eleanor echó la cabeza hacia atrás, horrorizada.

—No. No, es mi... el marido de mi madre. No es nada mío. Mi problema, supongo.

—¿Te echó bronca?

—Más o menos.

No quería hablar de Richie con Park. Casi había conseguido expulsarlo del espacio que ocupaba Park en su mente.

—Lo siento —volvió a disculparse él.

—No pasa nada —dijo Eleanor—. Tú no tuviste la culpa. De todas formas, gracias por traer el cómic de *Watchmen*. Me alegro de haberlo leído.

—Es muy bueno, ¿verdad?

—Ya lo creo. Un poco bestia. Me refiero a esa parte con el comediante...

—Sí... Lo siento.

—No, no quería decir eso. Quería decir que... tendría que volver a leerlo.

—Yo lo volví a leer dos veces más al llegar a casa. Llévatelo.

—¿Sí? Gracias.

Park no había soltado la punta del pañuelo. Frotaba la seda despacio con los dedos. Eleanor le miró la mano.

Si Park hubiera alzado la vista en ese instante, se habría dado cuenta de que tenía delante a una boba. Eleanor era consciente de que se le caía la baba. Si Park la hubiera mirado en aquel momento, lo habría adivinado todo.

Él no levantó los ojos. Se enrolló la seda en los dedos hasta que la mano de Eleanor quedó colgando en el espacio que los separaba.

Entonces Park deslizó la seda y sus propios dedos en la palma abierta de ella.

Y Eleanor se desintegró.

park

Sostener la mano de Eleanor era como sujetar una mariposa. O un latido. Como tener en la mano algo completo y vivo.

En cuanto la tocó, Park se preguntó por qué había tardado tanto tiempo en hacerlo. Pasó el dedo por la palma de Eleanor y luego por los dedos, hacia arriba. Entre tanto, percibía todas y cada una de las respiraciones de ella.

Park se había tomado de la mano con otras chicas anteriormente: en la pista de patinaje, con una chica de su clase en el baile del año anterior (se habían besado mientras esperaban a que el padre de ella fuera a buscarlos), incluso le había tomado la mano a Tina, cuando salían juntos en sexto.

Y siempre, antes del momento presente, le había parecido agradable. No muy distinto de sostener la mano de Josh cuando cruzaban la calle de niños o de darle la mano a la abuela cuando lo llevaba a la iglesia. Quizás un poco más dulce, menos incómodo.

Cuando había besado a aquella chica el año anterior, con la boca seca y los ojos abiertos, Park se había preguntado si acaso le pasaba algo raro. Incluso se había planteado —en serio, mientras la estaba besando lo había considerado— si no le gustarían los chicos. Aunque tampoco se le antojaba besar a ninguno de sus amigos. Y cuando pensaba en Hulka o en Tormenta (en lugar de pensar en la chica Dawn) los besos resultaban mucho más interesantes.

A lo mejor no me atraen las chicas de carne y hueso, había pensado en aquel entonces. He de ser una especie de fetichista del cómic.

O tal vez —se decía ahora— no había sido capaz de reconocer a aquellas otras chicas, igual que una computadora escupe un disco cuando no reconoce el formato.

Cuando tocó la mano de Eleanor, la reconoció. Sin lugar a dudas.

eleanor

Desintegrada.

Como si el teletransportador de la nave *Enterprise* hubiera fallado.

Por si alguien se pregunta lo que se siente, no es como fundirse... sino mucho más violento.

Y aun disuelta en un millón de fragmentos, Eleanor notaba el contacto de Park. Sentía el pulgar de él explorándole la palma. Se quedó inmóvil porque no podía hacer el menor movimiento. Intentó recordar qué animales paralizan a sus presas antes de devorarlas.

Puede que Park la hubiera paralizado con su magia ninja, con su toque vulcano, y estuviera a punto de comérsela.

Sería alucinante.

park

Cuando el autobús llegó a su destino, se separaron. Un baño de realidad inundó a Park, que miró nervioso a su alrededor para ver si alguien los estaba observando. Luego, igual de nervioso, miró a Eleanor, por si lo había visto hacerlo.

Ella miraba al suelo, y siguió así cuando recogió sus libros y salió al pasillo.

Si alguien los hubiera estado mirando, ¿qué habría visto? Park no quería ni pensar la cara que debió haber puesto cuando tocó a Eleanor. La misma cara que ponen los modelos cuando dan el primer trago en los anuncios de refrescos: cara de éxtasis supremo.

Salió al pasillo tras ella. Eleanor era casi tan alta como él.

Llevaba el pelo recogido en un chongo y tenía el cuello rojizo y pecoso. Resistió la tentación de apoyar la mejilla contra su nuca.

Acompañó a Eleanor hasta su casillero y se apoyó de espaldas contra la pared mientras ella lo abría. Eleanor guardaba silencio. Dejó unos cuantos libros en el estante y agarró otros. No había respondido a su gesto, ni siquiera lo había mirado. Seguía sin mirarlo. Qué mal.

Llamó suavemente a la puerta del casillero.

—Sí —dijo.

Eleanor cerró la puerta.

—¿Qué pasa?

—¿Todo está bien? —quiso saber Park.

Ella asintió.

—¿Te veo en Inglés? —volvió a preguntar él.

Eleanor asintió y se alejó.

Qué mal.

eleanor

Durante las primeras tres horas de clase, Eleanor se dedicó a acariciarse la palma de la mano. No notó nada.

¿Cómo era posible que hubiera tantas terminaciones nerviosas en tan poca piel?

¿Estaban siempre ahí o se activaban a su antojo? Porque, si estaban siempre ahí, ¿cómo era posible girar una manija sin desmayarse?

A lo mejor por eso tanta gente prefería los coches automáticos.

park

Qué fuerte. ¿Es posible violar una mano?

Eleanor no miró a Park durante la clase de Inglés ni tampoco en la de Historia. Él se acercó a los casilleros al finalizar el día pero no la encontró allí.

Cuando subió al autobús, Eleanor ya estaba sentada, esta vez en el sitio de Park, junto a la ventanilla. Él estaba demasiado cohibido como para decir algo. Se sentó junto a ella y dejó las manos colgando entre las rodillas...

Eleanor tendría que alargar la mano para tocarle la muñeca o tomarle la mano. Y lo hizo. Le entrelazó los dedos y le tocó la palma con el pulgar.

Le temblaba la mano.

Park se revolvió en el asiento y se colocó de espaldas al pasillo.

—¿Todo está bien? —susurró Eleanor.

Él inspiró profundamente y asintió. Luego los dos se miraron las manos.

Uff.

capítulo 16

eleanor

El sábado era el peor día.

Los domingos, Eleanor podía pasarse el día esperando el lunes. Los sábados, en cambio, se le hacían eternos.

Ya había terminado la tarea. Algún degenerado le había escrito "¿Te mojas pensando en mí?" en el libro de Geografía y Eleanor había dedicado mucho rato a taparlo todo con pluma negra. Lo convirtió en una especie de flor.

Miró las caricaturas con los pequeños hasta que pasaron en la tele un partido de golf, y entonces jugó un doble solitario con Maisie hasta que las dos se aburrieron.

Más tarde, estuvo escuchando música. Eleanor había reservado las dos últimas pilas que le había dado Park para poder usarlas el día que más lo añorara. Ya tenía cinco cintas grabadas; si las pilas no se agotaban, podría pasar cuatrocientos cincuenta minutos pensando en Park e imaginando que se tomaban de la mano.

A lo mejor era una boba, pero Eleanor no hacía nada más con Park, ni siquiera en sus fantasías... ni siquiera en ese territorio donde todo es posible. Según Eleanor, eso demostraba lo alucinante que era tomarse de la mano con Park.

(Además, hacían algo más que eso. Park le acariciaba las manos como si tocara algo precioso, como si los dedos de Eleanor estuvieran íntimamente conectados con el resto de su cuerpo. Y así era, por supuesto. No sabía cómo explicarlo. Park le hacía sentir algo más que la suma de las partes.)

Por desgracia, desde que habían empezado a tocarse, sus conversaciones se habían reducido al mínimo. Eleanor apenas podía mirar a Park cuando él le acariciaba las manos. Y Park, por su parte, parecía incapaz de acabar las frases. (Eso significaba que ella le gustaba, ¿no? Ja.)

El día anterior, de camino a casa, el autobús había tenido que tomar un desvío a causa de una tubería rota. Steve se había puesto a maldecir diciendo que llegaría tarde a su nuevo empleo en la gasolinera. Y Park había dicho:

—Wow.

—¿Qué pasa?

Últimamente Eleanor ocupaba el asiento de la ventana porque así se sentía más segura, menos expuesta. Casi podía fingir que tenían todo el autobús para ellos solos.

—Puedo reventar tuberías con la mente —explicó Park.

—Como mutación genética, no es gran cosa —replicó Eleanor—. ¿Y te conocen por el nombre de... ?

—Me llaman... hum...

Park se echó a reír y le tiró del pelo.

(Eso de tocarle el pelo era un avance alucinante. A veces Park llegaba por detrás después de clases y le tiraba de la cola de caballo o le daba unos toques en el chongo.)

—Pues... no sé cómo me llaman —dijo.

—A lo mejor Obras Públicas —repuso ella, posando una mano sobre la suya, dedo contra dedo.

Las manos de Eleanor eran más cortas que las del chico. Le alcanzaban sólo hasta la segunda falange. Todo el resto de su cuerpo debía de ser más grande que el de Park.

—Eres una niña —dijo él.

—¿Por qué lo dices?

—Tus manos. Parecen... —le tomo la mano entre las suyas—. No sé... vulnerables.

—Maestro de tubas —susurró ella.

—¿Qué?

—Ése es tu nombre de superhéroe. No, espera... el flautista. Ya sabes: ¡Péguenle al flautista!

Park se echó a reír y volvió a tirarle del pelo.

No habían hablado tanto en dos semanas. Eleanor había empezado a escribirle una carta —la había comenzado un millón de veces—, pero se le antojaba algo propio de una chica de primero. ¿Qué iba a decirle?

Querido Park:
Me gustas. Tu pelo es muy gracioso.

Era verdad que su pelo era muy gracioso. Precioso. Corto por detrás, pero más bien largo y hacia un lado por delante. Lacio y prácticamente negro, algo que, en el caso de Park, parecía una declaración de principios. Iba siempre de negro, casi de la cabeza a los pies. Camisetas negras de grupos punk encima de prendas térmicas de manga larga, también negras, tenis negros, jeans azules. Casi todo negro, casi a diario. (Tenía una camiseta blanca, pero en el pecho decía "Black Flag" en grandes letras negras.)

Si alguna vez Eleanor se vestía de negro, su madre le decía que parecía que iba a un funeral... dentro del ataúd. Daba igual, su madre siempre le hacía ese tipo de comentarios las pocas veces que reparaba en su atuendo. Eleanor había tomado todos los retazos del costurero para tapar los agujeros de los jeans con seda y terciopelo, y su madre no había protestado.

A Park le quedaba bien el negro. Le daba un aspecto como de retrato al carboncillo. Cejas largas, negras, arqueadas. Pestañas cortas y negras. Pómulos altos y brillantes.

Querido Park:
Me gustas mucho. Tienes unos pómulos preciosos.

Lo único que no le gustaba de Park era lo que pudiera ver en ella.

park

La camioneta se paraba una y otra vez.

El padre de Park no decía nada, pero el chico sabía que se estaba enojando.

—Vuelve a intentarlo —le decía—. Escucha el motor y cambia de velocidad.

Era la simplificación más desvergonzada del mundo. Escucha el motor, pisa el clutch, cambia de velocidad, acelera, suelta, conduce, mira los retrovisores, pon las intermitentes, vigila las motos...

Lo más triste era que Park ya estaría conduciendo de no tener a su padre a su lado, rabiando. Mentalmente, Park lo hacía todo a la perfección.

En taekwondo le pasaba lo mismo. Park nunca conseguía dominar nada nuevo si se lo enseñaba su padre.

Embrague, velocidad, acelerador.

La camioneta se ahogó.

—Piensas demasiado —le recriminó el hombre.

Siempre le decía lo mismo. Cuando Park era pequeño, intentaba discutírselo.

—No puedo evitarlo —decía Park durante las clases de taekwondo—. No puedo desconectar el cerebro.

—Si luchas así, alguien te lo desconectará.

Embrague, velocidad, chirrido.

—Vuelve a empezar. Ahora no pienses, limítate a cambiar de velocidad... Dije que no pienses.

La camioneta volvió a pararse. Park se agarró del volante y hundió la cabeza entre las manos de puro agotamiento. Su padre irradiaba frustración por todos lados.

—Maldita sea, Park, no sé qué hacer contigo. Llevamos un año con esto. Tu hermano aprendió a conducir en dos semanas.

Si la madre de Park hubiera estado allí, se habría puesto furiosa. "No hagas eso", le habría dicho. "Dos chicos. Los dos distintos."

Y el hombre habría apretado los dientes.

—Seguro que a Josh le cuesta bien poco dejar de pensar —dijo Park.

—Llámalo tonto si quieres —replicó el padre—. Él sí sabe conducir un coche estándar.

—Pero si tendré el Impala —musitó Park en dirección al salpicadero— y es automático.

—Ésa no es la cuestión —repuso el padre casi a gritos.

Si la madre de Park hubiera estado allí, habría dicho: "Eh, tú, de eso nada. Vas fuera y gritas al cielo, si estás tan enfadado".

¿Y qué significaba el hecho de que Park estuviera allí soñando con que su madre saliera en su defensa? Era una niñita.

Eso pensaba su padre. Seguramente lo estaba pensando en aquel mismo instante y hacía esfuerzos por no decirlo en voz alta.

—Vuelve a intentarlo —insistió su padre.

—No. Se acabó.

—Se acabará cuando yo lo diga.

—No —repitió Park—. Ya he terminado.

—Muy bien, pues yo no pienso conducir. Vuelve a intentarlo.

Park arrancó la camioneta. Se paró. Su padre dio un puñetazo contra la guantera. Park abrió la puerta y se bajó. El hombre lo llamó, pero Park siguió andando. Sólo estaba a un par de kilómetros de casa.

Si su padre lo rebasó, Park no se dio cuenta. Cuando llegó al vecindario, al anochecer, giró por la calle de Eleanor en vez de enfilar por la suya. Había dos niños de pelo rojizo jugando en el jardín, aunque el clima estaba fresco.

Desde la calle no se veía el interior de la casa. A lo mejor si se quedaba un rato esperando, Eleanor se asomaría por la ventana. Park sólo quería ver su rostro. Sus grandes ojos negros, sus labios llenos y rosados. La boca de Eleanor le recordaba a la del Joker —en función del dibujante—, grande y curva, sin la mueca psicótica, claro... Sería mejor que Park se lo guardara para sí. Desde luego, no sonaba a cumplido.

Eleanor no se asomó a la ventana. Los niños, sin embargo, se habían fijado en él, así que Park se dirigió a su propia casa.

El sábado era el peor día.

capítulo 17

eleanor

El lunes era el mejor día.

Por la mañana, cuando Eleanor subió al autobús, Park le sonrió, o sea, sonrió al verla y siguió sonriendo mientras ella recorría el pasillo.

Eleanor no se atrevió a responder abiertamente a su sonrisa, no delante de todo el mundo. Sin embargo, no pudo sino esbozar una sonrisa a su vez, de modo que mantuvo la cabeza agachada, alzándola cada pocos segundos para comprobar si él la seguía mirando.

Sí.

Tina también la estaba mirando, pero Eleanor la ignoró.

Park se levantó para dejarla pasar. En cuanto ella se sentó, le tomó la mano y se la besó. Sucedió tan deprisa que Eleanor no tuvo tiempo de morirse de gusto o de vergüenza.

Apoyó la cara unos instantes contra el hombro de su gabardina negra. Park le apretó la mano con fuerza.

—Te he echado de menos —susurró él.

Eleanor se volvió hacia la ventanilla. Se le salían las lágrimas.

Guardaron silencio durante el resto del camino. Park acompañó a Eleanor hasta el casillero y se quedaron allí en silencio, apoyados de espaldas a la pared casi hasta que sonó el timbre. El vestíbulo estaba prácticamente vacío.

Entonces Park alargó la mano y se enrolló un rizo de Eleanor en su dedo color miel.

—Y ahora también te echaré de menos —dijo al soltarlo.

Eleanor llegó tarde a su clase y no oyó al señor Sarpy cuando le dijo que tenía que ir a ver a la orientadora. El profesor le estampó el aviso contra el pupitre.

—¡Eleanor, despierta! Tu orientadora te está esperando.

Vaya, el hombre era un imbécil. Eleanor se alegraba de no tenerlo de profesor. Mientras se acercaba al despacho, arrastró los dedos por la pared de ladrillos tarareando una canción que Park le había grabado.

Estaba tan contenta que hasta le sonrió a la señora Dunne al entrar.

—Eleanor —la saludó dándole un abrazo. La señora Dunne siempre abrazaba a todo el mundo. Había abrazado a Eleanor el día de su llegada—. ¿Cómo estás?

—Muy bien.

—Tienes buen aspecto —comentó la señora Dunne.

Eleanor miró su playera (algún gordinflón debía de habérsela comprado para jugar golf allá por 1968) y los jeans rotos. Vaya, ¿tan mal aspecto tenía normalmente?

—Pues, gracias.

—He hablado de ti con tus profesores —prosiguió la señora Dunne—. ¿Sabes que has sacado excelente en casi todas las asignaturas?

Eleanor se encogió de hombros. No tenía tele por cable ni teléfono y se sentía como si estuviera viviendo en el sótano de su propia casa... Le sobraba tiempo para hacer la tarea.

—Bien, pues así es —dijo la señora Dunne—. Estoy muy orgullosa de ti.

Eleanor se alegró de que hubiera un escritorio entre las dos. La señora Dunne parecía a punto de volver a abrazarla.

—Pero no es por eso por lo que te llamé. Estás aquí porque esta mañana te han llamado por teléfono, antes de que empezaran las clases. Ha llamado un hombre, y dijo que era tu padre y que te llamaba aquí porque no tenía el número de tu casa...

—La verdad es que no tengo teléfono —explicó Eleanor.

—Ah —dijo la señora Dunne—. Ya veo. ¿Y tu padre lo sabe?

—Seguramente no —reconoció Eleanor. Le sorprendía hasta que su padre supiera a qué escuela asistía...

—¿Quieres llamarlo? Puedes hacerlo desde aquí.

¿Quería llamarlo? ¿Y por qué le habría llamado él? Tal vez hubiera ocurrido alguna desgracia (una verdadera desgracia). Puede que la abuela hubiera muerto. Qué horror.

—Claro... —respondió Eleanor.

—¿Sabes? —prosiguió la señora Dunne—, puedes usar mi teléfono siempre que quieras.

Se levantó y se sentó en el borde del escritorio, con la mano apoyada en la rodilla de Eleanor. Ella estuvo a punto de pedirle un cepillo de dientes, pero pensó que una petición como esa provocaría una maratón de abrazos y caricias en la rodilla.

—Gracias —prefirió contestar.

—Muy bien —dijo la señora Dunne con una inmensa sonrisa—. Vuelvo en seguida. Voy a retocarme los labios.

Cuando la orientadora se marchó, Eleanor marcó el teléfono de su padre, sorprendiéndose de descubrir que aún se lo sabía de memoria. El hombre contestó al tercer timbrazo.

—Hola, papá. Soy Eleanor.

—Eh, nena, ¿cómo estás?

Consideró un instante la idea de decirle la verdad.

—Bien —respondió.

—¿Cómo están todos?

—Bien.

—Nunca me llamas.

No tenía sentido decirle que no tenían teléfono, o hacer la observación de que él nunca les devolvía las llamadas cuando sí lo tenían o comentar siquiera que él debería haber encontrado un modo de contactar con ellos, puesto que tenía teléfono, coche y una vida propia.

No tenía sentido hacerle ningún reproche. Eleanor lo sabía desde hacía tanto tiempo que ya ni siquiera recordaba cuándo lo había averiguado.

—Oye, quiero proponerte algo que tal vez te interese —siguió diciendo él—. Había pensado que a lo mejor te gustaría venir el sábado por la noche.

La voz de su padre recordaba a la de un presentador de televisión, a la de alguien que quiere venderte una colección de discos. "Los grandes hits de los setenta" o "Las canciones de tu vida".

—Donna quiere que la acompañe a una boda —siguió diciendo— y le dije que no te importaría cuidar Matt. He pensado que te vendría bien trabajar de niñera.

—¿Quién es Donna?

—Ya sabes, Donna... Donna, mi prometida. La conociste la última vez que estuviste en casa. Hace casi un año.

—¿Tu vecina? —preguntó Eleanor.

—Sí, Donna. Puedes pasar la noche aquí. Le echas un ojo a Matt, comes pizza, hablas por teléfono... Serán los diez billetes más fáciles que has ganado en tu vida.

Y los primeros.

—Ok —dijo Eleanor—. ¿Nos recogerás? ¿Sabes dónde vivimos ahora?

—Te recogeré en la escuela. Sólo a ti esta vez. No quiero que tengas que cuidar a un montón de niños. ¿A qué hora sales?

—A las tres.

—Genial. Te veo el viernes a las tres.

—Muy bien.

—Bueno, bien. Te quiero, nena, estudia mucho.

La señora Dunne la esperaba en el umbral con los brazos abiertos.

Bien, pensó Eleanor mientras salía al pasillo. Todo va bien. Todo el mundo está bien. Se besó el dorso de la mano, sólo por saber qué se sentía en los labios.

park

—No voy a ir a la fiesta de bienvenida —dijo Park.

—Claro que no irás... al baile —repuso Cal—. O sea, ya es demasiado tarde para alquilar un esmoquin.

Habían llegado temprano a clase de Inglés. Cal se sentaba dos filas detrás de Park, y éste no paraba de mirar por encima del hombro de su amigo para comprobar quién cruzaba la puerta.

—¿Vas a alquilar un esmoquin? —preguntó Park.

—Eh, sí —dijo Cal.

—Nadie alquila un esmoquin para la fiesta de bienvenida.

—Ya, ¿y quién será el más elegante de la fiesta? Además, ¿tú qué sabes? Tú ni siquiera vas... al baile, quiero decir. Ahora bien, ¿al partido de futbol? Eso es otra historia.

—Ni siquiera me gusta el futbol —protestó Park mientras echaba un vistazo a la puerta.

—¿Te importaría no ser el peor amigo del mundo durante cinco minutos como mínimo?

Park miró el reloj.

—Ok.

—Por favor —insistió Cal—. Hazlo por mí. Irá un montón de gente genial y si tú vas, Kim se sentará con nosotros. Eres un imán para Kim.

—Y eso no te molesta...

—Qué va. Eres justo el anzuelo que necesito para pescar a Kim.

—Deja de pronunciar su nombre.

—¿Por qué? Aún no ha llegado, ¿o sí?

Park miró por encima del hombro.

—¿Y por qué no te buscas una chica a la que le gustes?

—No le gusto a ninguna —dijo Cal—. ¿Y qué más da, si la que me gusta es Kim? Vamos, por favor. Ven al partido del viernes... Hazlo por mí.

—No sé —dudó Park.

—Oye, mírala. Cualquiera diría que acaba de matar a alguien.

Park volvió la cabeza a toda prisa. Era Eleanor. Y le sonreía.

Lucía una de esas sonrisas que ves en los anuncios de pasta de dientes, con todos los dientes al descubierto. Debería estar siempre sonriendo, pensó Park; su rostro cruzaba el límite que separa lo extraño de lo bello. Park quería hacerla sonreír así constantemente.

Cuando el señor Stessman entró, fingió caer de espaldas contra el pizarrón.

—Dios mío, Eleanor, basta ya, me está deslumbrando. Ahora entiendo por qué guardas tan bien esa sonrisa; los pobres mortales no podrían soportarla.

Eleanor bajó la vista con timidez y su sonrisa se convirtió en una mueca.

—¡Pst! —susurró Cal.

Kim se había sentado entre los dos amigos. Cal unió las manos en ademán de súplica. Park suspiró y asintió.

eleanor

Eleanor estaba esperando a que la invadiera el mal humor. (Las conversaciones con su padre eran como latigazos. No siempre dolían al instante.)

Sin embargo, no fue así. Nada podía amargarla, nada podía borrar las palabras de Park de su pensamiento.

La echaba de menos...

¿Y qué añoraba exactamente? ¿Su gordura? ¿Lo rara que era? ¿El hecho de que nunca le hablara como una persona normal? Qué más daba. Fuera cual fuera la perversión que lo había inducido a fijarse en ella, era problema de Park, no suyo.

Ella le gustaba, estaba segura.

Al menos de momento.

Por ahora.

Ella le gustaba. La echaba de menos.

Estaba tan distraída en clase de Gimnasia que se olvidó de pasar desapercibida. Jugaban basquetbol y Eleanor, al agarrar la pelota, chocó con una amiga de Tina, una chica delgada y nerviosa llamada Annette.

—¿Te las quieres ver conmigo? —le gritó Annette a la vez que le hundía a Eleanor la pelota en el pecho—. ¿Eh? Oye, pues vamos ya.

Eleanor retrocedió unos pasos para salir de la cancha y aguardó a que la señora Burt tocara el silbato.

Annette siguió enfadada durante el resto del partido, pero Eleanor ni se inmutó.

Esa sensación que siempre la envolvía cuando estaba junto a Park, una sensación de aplomo, de estar a salvo por el momento... ahora podía retomarla cuando quisiera, como un campo de fuerza, como si fuera la chica invisible.

En cuyo caso Park sería Míster Fantástico.

capítulo 18

eleanor

La madre de Eleanor se negaba a que su hija la hiciera de niñera.

—Tiene cuatro hijos —le dijo. Estaba amasando pasta para hacer tortas de maíz—. ¿Acaso se le ha olvidado?

Eleanor, como una boba, le había hablado a su madre de la llamada delante de sus hermanos. Ellos se habían emocionado mucho. Y Eleanor les había dicho que no estaban invitados, que sólo iba de niñera y que, en cualquier caso, su padre no estaría allí.

Mouse se había echado a llorar y Maise se había puesto furiosa. Ben le había pedido a Eleanor que lo llamara y le preguntara si podía acompañarla para echarle una mano.

—Dile que tengo mucha experiencia cuidando niños —dijo Ben.

—Tu padre es un caso —observó la madre de Eleanor—. Siempre se las arregla para romperles el corazón. Y espera que yo esté allí para recoger los pedazos.

Recoger los pedazos, barrerlos a un lado... ambas cosas venían a ser lo mismo en el mundo de su madre. Eleanor no discutió.

—Por favor, déjame ir —suplicó.

—¿Y por qué quieres ir? —le preguntó la mujer—. ¿A ti qué más te da? Él nunca se ha preocupado por ti.

Qué fuerte. Aunque fuera verdad, dicho así dolía horrores.

—Me da igual —replicó Eleanor—. Es que necesito salir de aquí. Hace dos meses que no voy a ninguna parte que no sea al instituto. Además, ha prometido pagarme algo.

—Si tiene dinero, podría empezar por pagar la pensión.

—Mamá... son diez dólares. Por favor.

La madre de Eleanor suspiró.

—Muy bien. Hablaré con Richie.

—No. ¿Qué dices? No hables con Richie. Dirá que no. Además, él no me puede prohibir que vea a mi padre.

—Richie es la cabeza de esta familia —insistió la madre—. Es él quien trae la comida a la mesa.

¿Qué comida?, quiso preguntar Eleanor. Y, ya puestos, ¿qué mesa? Comían en el sofá, en el suelo o sentados en las escaleras traseras, en platos de papel. Además, Richie diría que no sólo por darse el gusto. Se sentiría el rey del mambo. Y seguramente por eso mismo se lo quería preguntar su madre.

—Mamá —Eleanor se llevó la mano a la cara y se apoyó en el refrigerador—. Por favor.

—Bueno, está bien —accedió la madre con amargura—. Muy bien. Pero si te da dinero, compártelo con tus hermanos. Es lo mínimo que puedes hacer.

Por ella, que se lo quedaran todo. Sólo deseaba tener la oportunidad de hablar por teléfono con Park. Hablar con él sin que toda la prole de demonios del barrio estuviera escuchando.

A la mañana siguiente en el autobús, mientras Park acariciaba el interior de la pulsera de Eleanor, ésta le pidió su número de teléfono.

Park se echó a reír.

—¿Qué te hace tanta gracia? —preguntó Eleanor.

—Es que... —repuso él con voz queda. Lo decían todo en voz baja, aunque reinara el escándalo en el autobús e hiciera falta un megáfono para hacerse oír por encima de las palabrotas y las idioteces—. Sonó como si me echaras los perros —dijo.

—A lo mejor no debería pedirte el teléfono —replicó ella—. Tú nunca me has pedido el mío.

Park levantó la vista y la miró a través del flequillo.

—Suponía que no te dejaban hablar por teléfono... después de lo que pasó la otra noche con tu padrastro.

—Si lo tuviera, no me dejarían.

Eleanor no solía hacer aquel tipo de comentarios delante de Park, o sea, nunca le mencionaba lo que no tenía. Esperó a que él respondiera, pero no lo hizo. Se limitó a acariciarle las venas de la muñeca con el pulgar.

—¿Entonces para qué quieres mi número?

Por favor, pensó Eleanor, da igual.

—No hace falta que me lo des.

Park puso los ojos en blanco y sacó una pluma de la mochila. Luego agarró un libro de Eleanor.

—No —susurró ella—. No quiero que mi madre lo vea.

Él miró el libro con el ceño fruncido.

—¿Y no te preocupa más que vea eso?

Eleanor bajó la vista. Mierda. Quienquiera que hubiera escrito aquella porquería en su libro de Geografía, lo había hecho en el de Historia también.

"Chúpamela", decía en letras azules y feas.

Eleanor agarró la pluma de Park y empezó a tachar la inscripción.

—¿Por qué has escrito eso? —preguntó Park—. ¿Es el título de una canción?

—Yo no lo escribí —contestó Eleanor. Notó el rubor que ascendía cálido por su cuello.

—¿Y quién fue?

Ella lo miró con la expresión más enojada que fue capaz de adoptar. (Le costaba muchísimo mirarlo con una expresión que no fuera de completa adoración.)

—No lo sé —dijo.

—¿Por qué iba alguien a escribir algo así?

—No lo sé.

Eleanor se apretó los libros contra el pecho y los rodeó con los brazos.

—Hey —la consoló Park.

Eleanor lo ignoró y miró por la ventanilla. ¿Cómo había permitido que Park viera eso en su libro? Una cosa era dejar que se asomara de vez en cuando a su absurda vida... Pues sí, mi padrastro es horrible, no tengo teléfono y a veces, cuando nos quedamos sin jabón para los platos, me lavo el pelo con champú antipiojos... Y otra era recordarle quién era ella. ¿Por qué no lo invitaba a clase de Gimnasia, ya entrados en el tema? ¿Por qué no le entregaba una lista de todos los apodos que le habían puesto, por orden alfabético?

A: Amorfa

B: Babosa

Seguro que Park detestaba recordar quién era Eleanor.

—Hey —repitió Park.

Eleanor negó con la cabeza.

No serviría de nada decirle que Eleanor no siempre había sido esa chica que ahora era. Sí, en el otro instituto se metían con ella de vez en cuando. Siempre hay abusivos —y nunca faltan las chicas que hacen comentarios desagradables—, pero allá tenía amigos. Se sentaba con sus compañeros en la cafetería y le pasaban notitas en clase. La gente la escogía en sus equipos porque la consideraban simpática y divertida.

—Eleanor —dijo Park.

Pero no había nadie como Park en su antiguo colegio.

No había nadie como Park en ninguna parte.

—¿Qué? —respondió Eleanor sin apartar la vista de la ventana.

—¿Cómo me vas a llamar si no te doy mi número?

—¿Quién dijo que te iba a llamar?

Eleanor abrazó los libros con más fuerza.

Park se inclinó hacia ella y la tocó con el hombro.

—No te enfades conmigo —dijo suspirando—. No lo soporto.

—Yo nunca me enfado contigo —repuso Eleanor.

—Ya.

—No estoy enfadada.

—Sólo te enfadas cerca de mí.

Eleanor le dio un toque a Park a su vez y sonrió a su pesar.

—El viernes por la noche seré niñera en casa de mi padre —explicó—, y me dijo que puedo usar el teléfono.

Park giró la cara hacia ella, contento. Lo tenía tan cerca que le dolía. Habría podido besarlo —o darle un cabezazo— sin que él pudiera apartarse.

—¿Sí? —preguntó él.

—Sí.

—Sí —repitió Park sonriente—. Pero no dejas que te escriba el número.

—Dímelo —propuso Eleanor—. Lo memorizaré.

—Deja que te lo escriba.

—Lo memorizaré con la melodía de una canción, así no se me olvidará.

Park empezó a cantar su número con la melodía de 867-5309. Eleanor se moría de risa.

park

Estaba intentando recordar lo que había pensado la primera vez que la vio.

Aquel día había visto lo mismo que todos los demás. Recordaba haber pensado que ella se lo estaba buscando...

¿No le bastaba con tener el pelo rojo y rizado, con tener la cara como una caja de bombones...?

No, no había pensado eso exactamente. Había pensado...

¿No le basta con tener millones de pecas y la cara gordinflona...?

Qué fuerte. Pero si sus mejillas eran preciosas. Con hoyuelos además de pecas, algo que debería estar prohibido, y redondas como manzanas silvestres. Le sorprendía que la gente no intentara pellizcarle los cachetes constantemente. Seguro que la abuela de Park le pellizcaría las mejillas cuando la conociera.

Pero Park no había pensado nada de eso el primer día que la vio en el autobús. Recordaba haberse preguntado si no le bastaba con tener ese aspecto.

¿Además tenía que vestirse así? ¿Y comportarse así? ¿Y esforzarse tanto en ser distinta?

Recordaba haber sentido pena ajena.

Y ahora...

Ahora la rabia le subía por la garganta sólo de pensar que la gente se burlaba de ella. Sólo de pensar que alguien hubiera escrito algo tan grosero en su libro, se sentía como Bill Bixby antes de convertirse en Hulk.

Le había costado muchísimo, en el autobús, fingir que la inscripción no le había afectado. No quería agobiarla aún más. Park se metió las manos en los bolsillos y apretó los puños. Y no dejó de apretarlos en toda la mañana.

A lo largo del día había reprimido las ganas de pegarle un puñetazo a cualquier cosa. O de dar una patada. Había tenido clase de Gimnasia después de comer y había corrido tan deprisa durante el calentamiento que había estado a punto de vomitar el sándwich de atún.

El señor Koenig, el profesor de Gimnasia, lo mandó a la ducha.

A refrescarse, Sheridan. Ahora. Esto no es el maldito *Carros de fuego*.

Park habría dado cualquier cosa porque su ira fuera legítima. Deseaba con todas sus fuerzas experimentar ese mismo instinto de protección sin sentir... todo lo demás. Sin tener la sensación de que también se reían de él.

En ciertos momentos —no sólo ese día sino desde que se conocían—, cuando intuía que los demás hablaban de ellos a sus espaldas, le incomodaba estar junto a Eleanor. Como cuando la gente del autobús estallaba en risas y Park sabía que se estaban burlando de ellos.

En esos instantes, se planteaba la idea de alejarse de ella.

No pensaba en cortar con ella, nunca había llegado siquiera a considerar la posibilidad, sólo... en poner algo de distancia. Recuperar los quince centímetros que los separaban.

Lo consideraba hasta que volvía a verla.

En clase, sentada detrás del pupitre. En el autobús, esperándolo. Leyendo sola en la cafetería.

Cada vez que volvía a verla, desechaba el pensamiento. Cuando la veía, no podía pensar en nada.

Salvo en tocarla.

Salvo en hacer cuanto pudiera o fuera necesario para verla feliz.

—¿Cómo que no vienes esta noche? —dijo Cal.

Estaban en la sala de estudio. Cal se estaba comiendo un flan de caramelo. Park procuró no alzar la voz.

—Me ha surgido algo.

—¿Algo? —dijo Cal, dejando caer la cucharita en el flan—. ¿Y qué es ese algo, zafarte de mí? ¿Es eso lo que te ha surgido? Porque ese algo es muy frecuente últimamente.

—No. Algo. O sea, una chica y así.

Cal se echó hacia delante.

—Vaya, que tienes novia y eso.

Park se sonrojó.

—Más o menos. Sí. No te lo puedo contar.

—Pero teníamos planes —se lamentó Cal.

—Tú tenías planes —lo contradijo Park— y eran un asco.

—El peor amigo del mundo —sentenció el otro.

eleanor

Estaba tan nerviosa que ni siquiera tocó la comida. Le cedió a DeNice el pavo a la crema y a Beebi el coctel de frutas.

Park la había obligado a repetir su número de teléfono durante todo el trayecto de vuelta a casa. Y luego se lo escribió en el libro de todas formas. Lo camufló con títulos de canciones.

—"Forever Young."

—Cuatro en inglés —dijo Park—. ¿Te acordarás?

—No hará falta —le aseguró Eleanor—. Ya me sé tu número de memoria.

—Y esto sólo es un cinco —dijo él—, porque no se me ocurre ninguna canción con el cinco, y luego "Summer of 69". Acuérdate del seis pero olvida el nueve.

—Odio ese tema.

—Por favor, eso espero... Oye, no se me ocurre ninguna canción con el dos.

—"Two of Us" —apuntó Eleanor.

—¿"Two of Us"?

—Es una canción de los Beatles.

—Ah... por eso no la conozco.

La escribió.

—Me sé tu número de memoria —repitió Eleanor.

—Es que me da miedo que se te olvide —dijo Park. Se apartó el pelo de los ojos con la pluma.

—No se me va a olvidar —lo tranquilizó ella. Nunca. Seguramente gritaría el número de Park en el lecho de muerte. O se lo tatuaría en el pecho cuando él se hartara de ella—. Se me dan bien los números.

—Pues como no me llames el viernes por la noche —volvió él a la carga— porque se te ha olvidado el número...

—Mira, te daré el número de mi padre, y si a las nueve no te he llamado, me llamas tú.

—Me parece una gran idea —afirmó Park—, en serio.

—Pero no me puedes llamar en ningún otro momento.

—Me siento como... —se echó a reír y desvió la mirada.

—¿Cómo qué? —preguntó Eleanor. Le dio un codazo.

—Me siento como si tuviéramos una cita —dijo él—. Qué tontería, ¿no?

—No —respondió Eleanor.

—Aunque nos vemos cada día...

—En realidad nunca estamos solos —terminó ella.

—Como si nos vigilaran cincuenta rifles.

—Rifles hostiles —susurró Eleanor.

—Sí —asintió él.

Park se guardó la pluma en el bolsillo. Luego tomó la mano de Eleanor y la sostuvo contra su pecho unos instantes.

Era el gesto más bonito que Eleanor podía imaginar. En ese momento se lo habría dado todo, hasta hijos y sus dos riñones.

—Una cita —dijo él.

—Prácticamente —añadió ella.

capítulo 19

eleanor

Cuando despertó por la mañana, Eleanor se sintió como si fuera su cumpleaños, o más bien como se sentía el día de su cumpleaños cuando aún existía la remota posibilidad de comer helado.

A lo mejor el padre de Eleanor tenía helado... De ser así, seguro que lo iba a tirar antes de que ella llegara. Siempre le estaba lanzando indirectas sobre su peso. Bueno, le lanzaba. A lo mejor, cuando dejó de preocuparse por ella, la cuestión del peso pasó a segundo plano también. Eleanor se puso una vieja camisa de hombre a rayas y le pidió a su madre que le atara una corbata —o sea, que le hiciera un nudo de corbata al cuello.

La madre le dio un beso de despedida en la puerta y le dijo que se divirtiera, y también que llamara a los vecinos si su padre le armaba alguna escena.

"Muy bien", pensó Eleanor, "me aseguraré de llamarte si la novia de papá me llama puta y luego me obliga a usar un baño sin puerta". *Ay, no...*

Estaba un poco nerviosa. Llevaba un año, como mínimo, sin ver a su padre, un poco más en realidad. El hombre no la había llamado ni una sola vez mientras vivía con los Hickman.

A lo mejor no sabía que Eleanor estaba allí. Ella nunca se lo dijo.

Cuando Richie empezó a aparecer por la casa, Ben se enfadaba mucho y amenazaba con irse a vivir con su padre. Era la amenaza más chafa del mundo y todo el mundo lo sabía. Incluido Mouse, que sólo era un bebé por aquel entonces.

Su padre no los aguantaba, ni siquiera unos días. Cuando aún iba a buscarlos, los recogía de casa de su madre y luego los llevaba a casa de su propia madre mientras él se iba a hacer lo que fuera que hiciese los fines de semana. (Seguramente, fumar marihuana como loco.)

Park se murió de risa cuando vio la corbata de Eleanor. Fue aún mejor que verlo sonreír.

—No me avisaste que teníamos que vestirnos de gala —dijo cuando Eleanor se sentó a su lado.

—Esperaba que me llevaras a un sitio bonito —repuso ella con voz queda.

—Lo haré —prometió Park. Tomó la corbata con las dos manos y se la arregló—. Algún día.

Por lo general, Park solía hacer aquel tipo de comentarios de camino al colegio más que de vuelta a casa. A veces Eleanor se preguntaba si no sería porque aún estaba medio dormido.

Él se sentó casi de lado.

—Entonces te vas en cuanto acaben las clases.

—Sí.

—Y me llamarás en cuanto llegues allí.

—No, te llamaré en cuanto acueste al niño. Tengo que vigilarlo.

—Te pienso hacer un montón de preguntas personales —dijo él, echándose hacia adelante—. Tengo una lista.

—Tus listas no me dan miedo.

—Es larguísima —la amenazó Park—. Y extremadamente personal.

—Supongo que no esperarás que te responda.

Park volvió a acomodarse en el asiento y la miró.

—Ojalá ya te hubieras ido —susurró— para que pudiéramos charlar por fin.

Eleanor aguardó en las escaleras de la entrada. Esperaba ver a Park antes de que subiera al autobús, pero debía de haber salido antes.

No estaba segura de qué tipo de coche buscar; su padre siempre se compraba coches clásicos para luego venderlos cuando estaba apretado de dinero.

Empezaba a temer que no apareciera —que se hubiera equivocado de escuela o que hubiera cambiado de idea— cuando oyó un claxon.

El padre de Eleanor llegó en un viejo Karmann Ghia convertible. Parecía el coche en el que había muerto James Dean. Llevaba un brazo colgando por fuera de la ventanilla, con un cigarro en la mano.

—¡Eleanor! —gritó.

Ella se acercó al auto y subió. No vio ningún cinturón de seguridad.

—¿No has traído nada más? —le preguntó su padre mirando la mochila de Eleanor.

—Sólo es una noche —repuso ella, y se encogió de hombros.

—Muy bien —dijo él.

Dio marcha atrás por el estacionamiento a toda velocidad. Eleanor había olvidado lo mal conductor que era. Lo hacía todo muy deprisa y con una mano.

Eleanor se agarró del tablero. Hacía fresco, y una vez en marcha el frío se hizo insoportable.

—¿Podemos poner el capote? —gritó.

—Aún no lo he arreglado —respondió él, y se rio.

Seguía viviendo en el dúplex al que se había trasladado tras el divorcio. Era una gran casa de ladrillo a unos diez minutos en coche del instituto de Eleanor.

Cuando entraron, el padre de Eleanor se le quedó mirando.

—¿Así se visten las chicas modernas de hoy en día? —preguntó.

Eleanor se miró la enorme camisa, la ancha corbata estampada y los pantalones de pana que se caían a pedazos.

—Sí —dijo con indiferencia—. Más o menos éste es nuestro uniforme.

La novia de su padre —la prometida—, Donna, no salía de trabajar hasta las cinco y luego tenía que ir a recoger a su hijo a la guardería. Mientras la esperaban, padre e hija se sentaron en el sofá a mirar ESPN.

Él fumaba un cigarro detrás de otro y tomaba whisky en un vaso chato. De vez en cuando sonaba el teléfono y entonces el hombre se sumergía en una conversación muy larga y generosa en risas acerca de un coche, una venta o una apuesta. A juzgar por su actitud, habrías jurado que todos los que le llamaban eran sus mejores amigos del mundo. El padre de Eleanor era rubio, con una cara redonda y aniñada. Cuando sonreía, algo que hacía constantemente, el rostro entero se le iluminaba como un anuncio publicitario. Si Eleanor prestaba demasiada atención, empezaba a odiarlo.

El dúplex había cambiado desde la última vez que ella había estado allí, y no sólo por la caja de juguetes Fisher Price que había en la sala o por el maquillaje en el baño.

Cuando Eleanor había empezado a visitarlo —después del divorcio pero antes de Richie—, la casa de su padre era un esqueleto sin amueblar. Ni siquiera contaba con platos de sopa suficientes para todos sus hijos. Una vez le había servido a Eleanor sopa de almejas en un vaso largo. Y sólo tenía dos toallas.

—Una mojada —decía— y otra seca.

Ahora Eleanor podía ver pequeños lujos diseminados por toda la casa. Paquetes de cigarros, periódicos, revistas, cereales de marca y un asiento del retrete acolchonado. El refrigerador estaba atiborrado de productos de esos que echas al carrito por puro capricho. Yogur con sabor a flan, jugo de toronja, quesitos redondos envueltos en cera roja.

Eleanor estaba deseando que su padre se marchara para empezar a atiborrarse. Había montones de refrescos en el refrigerador. Pensaba pasarse la noche bebiendo Coca-Cola, a lo mejor hasta se lavaba la cara con ella. Y además encargaría pizza. A menos que le tocara pagarla a ella con el dinero del trabajo. (Eso era típico de su padre. Si no leías la letra pequeña, te dejaba sin dinero.) A Eleanor le daba igual si se enojaba al descubrir que su hija se había acabado su comida, o si Donna se ponía histérica. De todas formas no volvería a verlos...

Deseó haber llevado una bolsa de viaje consigo. Podría haber guardado en ella unas latas de conservas y una pasta con pollo Campbell para los niños. Se habría sentido como Santa Claus al volver a casa.

No quería pensar en sus hermanos en aquel momento. Ni en la Navidad.

Quiso cambiar de canal para ver MTV, pero su padre la miró frunciendo el ceño. Después volvió a atender el teléfono.

—¿Puedo poner música? —susurró Eleanor.

Él asintió.

Se había llevado un viejo casete para grabarle a Park unas cuantas canciones, pero descubrió un paquete de casetes Maxwell vírgenes sobre el tocadiscos de su padre. Eleanor le mostró una y él asintió mientras sacudía la ceniza del cigarro en un cenicero con forma de una africana desnuda.

Eleanor se sentó delante de los cajones que contenían los viejos álbumes.

Eran los discos que sus padres compartían cuando vivían juntos. A lo mejor su madre no los había querido. O puede que su padre los hubiera tomado sin preguntar.

A su madre le encantaba el álbum de Bonnie Raitt. Eleanor se preguntó si su padre lo escuchó alguna vez.

Se sintió como si volviera a tener siete años, rebuscando entre los discos.

Antes de que la dejaran sacarlos de las fundas, Eleanor los colocaba en el suelo y miraba las portadas. Cuando tuvo la edad suficiente, su padre le enseñó a quitarles el polvo con un cepillo de terciopelo.

Eleanor recordaba que su madre prendía incienso y escuchaba sus discos favoritos —Judee Sill, Judy Collins y Crosby, Stills and Nash— mientras limpiaba la casa.

También recordaba a su padre poniendo discos —Jimi Hendrix, Deep Purple y Jethro Tull— cuando sus amigos venían de visita y se quedaban hasta la madrugada.

Eleanor se tumbaba boca abajo en la vieja alfombra persa, bebiendo jugo de uva en un tarro de mermelada. Sin hacer ruido, porque su hermano dormía en la habitación de al lado, se dedicaba a observar los discos, uno a uno. Dejaba que los nombres se deslizasen por su boca una y otra vez. Cream. Vanilla Fudge. Canned Heat.

Los discos seguían oliendo como entonces. Igual que la habitación de su padre, igual que el abrigo de Richie. A hierba, comprendió Eleanor. Cómo no. Rebuscó entre los álbumes ahora con más decisión. Tenía un propósito. Buscaba "Rubber Soul" y "Revolver".

A veces tenía la sensación de que nada de lo que le ofreciese nunca a Park estaría a la altura de lo que él le había dado. Le cedía sus tesoros cada mañana como si nada, como si no les concediera ningún valor.

Jamás se lo podría pagar. Ni siquiera podía darle las gracias como era debido. ¿Cómo puedes darles las gracias a alguien que te ha enseñado a The Cure o a los X-Men? A veces tenía la sensación de que siempre estaría en deuda con él.

Y entonces se enteró de que Park no conocía a los Beatles.

park

Park acudió al parque a jugar basquetbol después de clases. Para matar el tiempo, más que nada. Por desgracia, no se pudo concentrar en el juego, no paraba de mirar el jardín trasero de Eleanor.

Cuando llegó a casa, llamó a su madre.

—¡Mamá! ¡Estoy en casa!

—¡Park! —gritó ella—. ¡Aquí! ¡En el garaje!

Sacó una paleta de cereza del congelador y se dirigió hacia allí. Notó el tufo a líquido permanente en cuanto abrió la puerta.

El padre de Park había transformado el garaje en una peluquería cuando Josh había empezado a ir al kínder y la madre de Park tomaba clases de belleza. Incluso habían colgado un letrero en la puerta lateral: "Mindy: peluquería y manicura".

En su licencia de conducir, su madre ponía "Min-Ja".

Todas las mujeres del barrio que podían pagar acudían a la peluquería de la madre de Park. Cuando se acercaba la fiesta de bienvenida o el baile de graduación, su madre se pasaba el día entero en el garaje. De vez en cuando reclutaba a Park y a Josh para sostener tenazas calientes.

Aquel día Tina estaba sentada en la silla. Llevaba caireles en el pelo, y la madre de Park los estaba rociando con un líquido que sacaba de una botella de plástico. El olor era tan fuerte que a Park le empezaron a llorar los ojos.

—Hola, mamá —saludó—. Hola, Tina.

—Hola, cielo —dijo la madre de Park. Pronunció "sielo".

Tina obsequió al recién llegado una gran sonrisa.

—Cierra ojos, Tina —ordenó la mujer—. Deja cerrados.

—¿Qué, señora Sheridan? —empezó a decir Tina mientras se colocaba una toalla sobre los ojos—. ¿Ya conoce a la novia de Park?

La madre de Park siguió trabajando como si nada.

—Nooo —respondió ésta en tono de incredulidad—. No novia. Park no.

—Ajá —repuso Tina—. Díselo, Park. Se llama Eleanor y es la nueva de este año. En el autobús no se separa de ella ni un momento.

Park se quedó mirando a Tina sin dar crédito a la traición que acababa de sufrir. Alucinaba con que hubiera contado tan alegremente las intimidades del autobús. Y le sorprendía que le prestara atención siquiera, no sólo a él sino también a Eleanor. La señora Sheridan miró un momento a Park, pero enseguida devolvió la vista a su trabajo. El pelo de Tina estaba en una fase crítica.

—Yo no sé nada de novias —dijo la madre de Park.

—Seguro que la ha visto por el vecindario —prosiguió Tina, insistente—. Tiene un precioso pelo rojo. Rizado natural.

—¿Es verdad? —preguntó la madre.

—No —replicó Park. La rabia y todos aquellos sentimientos confusos le revolvían el estómago.

—Eres un caballero, Park —dijo Tina por detrás de la toalla—. Estoy segura de que es natural.

—No —repitió Park—. No es mi novia. No tengo novia —le dijo a su madre.

—Bueno, está bien —lo tranquilizó su madre—. No hablamos más de chicas. No hablamos más de chicas, Tina. Ve a mirar cena —le dijo a Park.

Park salió del garaje con ganas de seguir discutiendo. Las negativas se amontonaban en su garganta. Cerró de un portazo. Luego fue a la cocina y siguió dando golpes a lo primero que encontró. El horno. Los armarios. La basura.

—¿Qué diablos te pasa? —le preguntó su padre a Park al entrar en la cocina.

Park frunció el ceño. Aquella noche, no podía meterse en líos.

—Nada —dijo—. Perdona. Lo siento.

—Por Dios, Park, desahógate con el saco...

Tenían un viejo saco de boxeo colgado en el garaje, demasiado alto para Park.

—¡Mindy! —gritó el padre de Park.

—¡Aquí!

Eleanor no llamó durante la cena, de lo que Park se alegró. Su padre se ponía histérico si sonaba el teléfono mientras cenaban.

Por desgracia, tampoco llamó después de cenar. Park daba vueltas por la casa, agarrando cosas al azar y volviéndolas a dejar. Aunque la idea carecía de lógica, le preocupaba que Eleanor hubiera decidido no llamarle porque se sintiera traicionada. Que se hubiera enterado de algún modo de su deserción, que hubiera notado una perturbación en "la fuerza".

El teléfono sonó a las siete y cuarto; la madre de Park respondió. Él adivinó enseguida que era la abuela quien estaba al otro lado de la línea.

Park hizo redoblar los dedos en un estante. ¿Por qué sus padres no tenían llamada en espera? Todo el mundo tenía llamada en espera, incluso sus abuelos. ¿Y por qué su abuela no pasaba a la casa, si tenía ganas de charlar? Vivían puerta con puerta.

—No, no creo —decía su madre—. *Sixty Minutes* en domingo. ¿No dices *Twenty-Twenty*? ¿No? ¿...John Stossel? ¿No? ¿Geraldo Rivera? ¿Dianne Sawyer?

Park estampó la cabeza suavemente contra la pared de la sala.

—Maldita sea, Park —gritó su padre—. ¿Pero qué te pasa?

Josh y su padre intentaban ver *Brigada A* en la tele.

—Nada —dijo Park—. Nada. Lo siento. Es que estoy esperando una llamada.

—¿Una llamada de tu novia? —preguntó Josh—. Park sale con Dubble Bubble.

—No es una... —Park se dio cuenta de que estaba gritando y apretó los puños—. Si vuelves a llamarla así delante de mí, te mataré. En serio, te mataré. Iré a la cárcel durante el resto de mi vida, y a mamá se le romperá el corazón, pero lo haré. Te mataré.

El padre de Park lo miró como hacía siempre, como si intentase adivinar qué carajos le pasaba.

—¿Park tiene novia? —le preguntó a Josh—. ¿Por qué la llaman Dubble Bubble?

—Creo que es porque tiene el pelo rojo como el chicle y dos tetas enormes —explicó Josh.

—Esa lengua, malhablado —los interrumpió la madre. Tapó el auricular con la mano—. Tú —señaló a Josh—. A tu cuarto. Ahora.

—Pero mamá... Están pasando *Brigada A*.

—Ya oíste a tu madre —intervino el padre—. En esta casa no hablamos así.

—Pues tú sí hablas así —protestó Josh a la vez que se levantaba del sofá a regañadientes.

—Tengo treinta y nueve años —replicó su padre— y soy veterano de guerra condecorado. Hablaré como me salga del trasero.

Su esposa lo señaló con una larga uña y volvió a tapar el auricular.

—A tu cuarto también.

—Por mí encantado, cielo —respondió el padre tirándole un almohadón al mismo tiempo.

—¿*Hugh Downs*? —dijo ella en dirección al auricular. El cojín cayó en el suelo y la mujer lo recogió—. ¿No?... Bueno, sigo pensando. Bien. Te quiero. Bien, adiós.

En cuanto colgó, sonó el teléfono. Park se incorporó de golpe. El padre lo miró esbozando una sonrisa burlona. La madre de Park respondió el teléfono.

—¿Sí? —dijo—. Sí, un momento, por favor —miró a Park—. Para ti.

—¿Puedo responder en mi cuarto?

Su madre asintió. El padre vocalizó en silencio:

—Dubble Bubble.

Park corrió a su habitación y se detuvo un momento para recuperar el aliento antes de descolgar el teléfono. No pudo. Lo levantó de todos modos.

—Ya descolgué, mamá, gracias.

Park aguardó a oír el chasquido.

—¿Sí?

—Hola —dijo Eleanor.

Toda la tensión lo abandonó de golpe. De repente, apenas se podía sostener en pie.

—Hola —murmuró.

Eleanor soltó una risilla.

—¿Qué? —preguntó Park.

—No sé —respondió ella—. Hola.

—Pensaba que ya no llamarías.

—No son ni las siete y media.

—Ya, bueno... ¿se ha dormido tu hermano?

—No es mi hermano —repuso Eleanor—. O sea, aún no. Creo que mi padre está comprometido con su madre. Pero no, no está dormido. Estamos viendo *Fraggle Rock.*

Park agarró la base del teléfono con cuidado y se la llevó a la cama. Se sentó despacio. No quería que Eleanor oyera nada, no quería que ella supiera que tenía una cama matrimonial con un colchón de agua y un teléfono en forma de Ferrari.

—¿A qué hora llegará tu padre a casa? —preguntó.

—Tarde, espero. Me han dicho que casi nunca contratan niñeras.

—Genial.

Ella volvió a reírse.

—¿Qué? —repitió Park.

—No sé —respondió ella—. Tengo la sensación de que me estás susurrando al oído.

—Siempre te estoy susurrando al oído —dijo a la vez que se apoyaba contra las almohadas.

—Sí, pero normalmente me estás hablando de... no sé, Magneto o algo así.

La voz de Eleanor sonaba más alta por teléfono, y más sonora, como si la estuviera escuchando a través de unos audífonos.

—No pienso decir nada esta noche que no te diría en el autobús o durante la clase de Inglés —declaró Park.

—Y yo no pienso decir nada que un niño de tres años no pueda oír.

—Genial.

—Es broma. Está en la otra habitación y no me hace el mínimo caso.

—Pues... —empezó Park.

—Pues... —dijo Eleanor a su vez—. A ver, cosas que no podemos decir en el autobús.

—Cosas que no podemos decir en el autobús. Tú primero.

—Odio a esos chicos —declaró Eleanor.

Park se echó a reír, pero enseguida pensó en Tina y se alegró de que Eleanor no pudiera verle la cara.

—Yo también, a veces. O sea, supongo que estoy acostumbrado a ellos. Los conozco de toda la vida. Steve es mi vecino de al lado.

—¿Y cómo?

—¿A qué te refieres?

—Quiero decir que no pareces de aquí...

—¿Porque soy coreano?

—¿Eres coreano?

—En parte.

—Creo que no sé lo que significa eso.

—Yo tampoco —dijo Park.

—¿Qué quieres decir? ¿Eres adoptado?

—No. Mi madre es coreana. No habla mucho de su país.

—¿Y cómo acabó en Omaha?

—Por mi padre. Fue a la guerra de Corea, se enamoraron y la trajo consigo.

—Vaya, ¿en serio?

—Sí.

—Qué romántico.

Eleanor no tenía ni idea de hasta qué punto; sus padres seguramente lo estaban haciendo en aquel mismo instante.

—Supongo que sí —asintió Park.

—Pero no me refería a eso. O sea... eres distinto a la gente de por aquí, ¿sabes?

Claro que lo sabía. Llevaba oyéndolo toda su vida. Cuando Tina escogió a Park en vez de a Steve, éste le había dicho:

—Creo que se siente segura contigo porque eres como una chica.

Park odiaba el futbol, lloraba cuando su padre lo llevaba a cazar faisanes y en Halloween nadie sabía nunca de qué iba disfrazado ("Soy el doctor Who", "Soy Harpo Marx", "Soy el conde Floyd"). Incluso había considerado la idea de pedirle a su madre que le hiciera mechas en el pelo. Park sabía que era distinto.

—No —dijo—. No lo sé.

—Eres... —le aclaró Eleanor— eres muy interesante.

eleanor

—¿Interesante? —preguntó Park.

Qué fuerte. Eleanor no podía creer que hubiera dicho eso. Qué comentario tan patético, justo lo contrario de interesante. O sea, si buscaras "interesante" en el diccionario encontrarías una foto de una persona genial diciendo: "¿Pero en qué demonios estás pensando, Eleanor?".

—No soy interesante —dijo Park—. Tú eres interesante.

—Ya —se burló Eleanor—. Ojalá estuviera bebiendo leche, y ojalá tú estuvieras aquí para poder ver cómo la escupo por la nariz al oír eso.

—¿Me tomas el pelo? —le dijo Park—. Eres Harry el Sucio.

—¿Que soy qué?

—Ya sabes, Clint Eastwood.

—No.

—No te importa lo que la gente piense de ti —le explicó Park.

—¿De qué hablas? —se extrañó ella—. Me preocupa muchísimo lo que la gente piense de mí.

—No se nota —señaló Park—. Siempre eres tú misma, hagan lo que hagan los demás. Mi abuela diría que te sientes cómoda en tu propia piel.

—¿Y por qué iba a decir eso?

—Porque dice ese tipo de cosas.

—Estoy atrapada en mi propia piel —lo corrigió Eleanor—. Además, ¿por qué hablamos de mí? Estábamos hablando de ti.

—Prefiero hablar de ti —dijo Park.

Había bajado un poco la voz. A Eleanor le gustaba eso de oír la voz de Park sin ningún ruido de fondo. (Nada aparte de *Fraggle Rock* en la habitación de al lado.) Tenía la voz más profunda de lo que Eleanor había advertido jamás, pero tirando a cálida. Le recordaba un poco a la de Peter Gabriel. Sin las melodías, claro, y sin el acento inglés.

—¿Y tú de dónde saliste? —preguntó él.

—Del futuro.

park

Eleanor tenía respuesta para todo, y sin embargo se las arreglaba para eludir casi todas las preguntas de Park.

No hablaba de su familia ni de su casa. No le contaba nada de su vida antes de llegar al barrio ni de lo que pasaba cuando se bajaba del autobús escolar.

Cuando el hermanastro o lo que fuera de Eleanor se durmió, hacia las nueve, ella le pidió a Park que la llamara en quince minutos para poder llevarlo a la cama.

Park corrió al baño con la esperanza de no cruzarse con su padre o su madre. De momento, habían optado por dejarlo en paz.

Volvió a su habitación. Miró el reloj... aún faltaban ocho minutos. Puso una cinta en el estéreo, se cambió la ropa de calle por un pantalón de piyama y una camiseta.

La llamó otra vez.

—No han pasado quince minutos —objetó Eleanor.

—No podía esperar. ¿Quieres que te llame más tarde?

—No —Eleanor hablaba con voz aún más queda.

—¿Sigue dormido?

—Sí —asintió ella.

—¿Dónde estás ahora?

—¿En qué parte de la casa?

—Sí, dónde.

—¿Por qué? —preguntó Eleanor, en un tono que no llegaba a ser desdeñoso, pero casi.

—Porque estoy pensando en ti —repuso él, exasperado.

—¿Y?

—Porque quiero tener la sensación de que estoy contigo —aclaró Park—. ¿Por qué me lo pones todo tan difícil?

—Seguramente porque soy una chica interesante —replicó ella.

—Ja, ja, ja.

—Estoy tendida en el suelo de la sala —dijo Eleanor con suavidad—. Delante del tocadiscos.

—¿A oscuras? Hablas como si estuvieras a oscuras.

—A oscuras, sí.

Park volvió a tenderse en la cama y se tapó los ojos con el brazo. La veía. Mentalmente. Imaginó las luces verdes del equipo de música, la luz de los faroles a través de la ventana, imaginó que le brillaba el rostro con la luz más irreal de toda la habitación.

—¿Estás escuchando a U2? —preguntó Park. Le parecía oír "Bad" de fondo.

—Sí, me parece que ahora mismo es mi canción favorita. No paro de rebobinarla. La pongo una y otra vez. Es genial no tener que preocuparse por las pilas.

—¿Qué parte es tu favorita?

—¿De la canción?

—Sí.

—Toda —dijo Eleanor—. Sobre todo el estribillo. Sí, el estribillo.

—*I'm wide awake* —canturreó él.

—Sí... —dijo Eleanor con mucha suavidad.

Park siguió cantando. Porque no estaba seguro de qué debía decir a continuación.

eleanor

—¿Eleanor? —dijo Park.

Ella no respondió.

—¿Estás ahí?

Estaba tan ensimismada que asintió con la cabeza.

—Sí —asintió en voz alta cuando reaccionó.

—¿En qué piensas?

—Pienso en... No pienso en nada.

—¿No piensas en nada en el buen sentido o en el malo?

—No sé —dijo Eleanor. Se puso boca abajo y hundió la cara contra la alfombra—. Las dos cosas.

Park guardó silencio. Eleanor lo oía respirar. Quería pedirle que se colocara el teléfono más cerca de la boca.

—Te echo de menos —le dijo.

—Estoy aquí.

—Ojalá estuvieras aquí. O yo allí. Me gustaría que pudiéramos hablar así algún otro día, que pudiéramos vernos. Pero formalmente, vernos. Estar solos, juntos.

—¿Y por qué no? —preguntó Park.

Eleanor se rio. Entonces se dio cuenta de que estaba llorando.

—Eleanor...

—Basta. Para de decir mi nombre. Lo empeoras más.

—¿Empeoro qué?

—Todo —respondió ella.

Park guardó silencio.

Eleanor se sentó y se secó la nariz con la manga.

—¿Tienes un diminutivo? —preguntó Park. Era uno de los trucos que usaba cuando Eleanor estaba triste o enfadada: cambiar de tema del modo más dulce posible.

—Sí —dijo ella—. Eleanor.

—¿No te llaman Nora? ¿O Ella? O... Lena, podrías llamarte Lena. O Lenny o Elle...

—¿Me estás buscando un diminutivo?

—No, me encanta tu nombre. No quiero engañarme pronunciando una sola sílaba.

—Qué tonto eres.

Eleanor se secó los ojos.

—Eleanor —volvió a decir él—. ¿Por qué no podemos vernos?

—Caray —protestó ella—. Para. Casi había dejado de llorar.

—Dímelo. Háblame.

—Porque... —empezó a decir Eleanor—. Porque mi padrastro me mataría.

—¿Y por qué le molesta?

—No le molesta. Está buscando una excusa para matarme.

—¿Por qué?

—Deja de preguntar —se enfadó Eleanor. Ya no podía contener las lágrimas—. Siempre preguntas eso: "¿Por qué?". Como si hubiera respuestas para todo. No todos tenemos una vida como la tuya, ¿sabes?, ni una familia como la tuya. En tu mundo las cosas suceden por una razón concreta. Las personas actúan con lógica. Pero no en mi mundo... En mi mundo nada tiene sentido.

—¿Ni siquiera yo? —preguntó Park.

—Ja. Tú menos que nada.

—¿Por qué dices eso?

Parecía herido. Como si estuviera herido.

—¿Por qué?, ¿por qué?, ¿por qué?... —se impacientó Eleanor.

—Sí —insistió Park—. Por qué. ¿Por qué estás siempre tan enfadada conmigo?

—Nunca me enfado contigo.

Eleanor lo dijo casi sollozando. Park parecía tonto.

—Sí que te enfadas —repuso Park—. Ahora mismo estás enfadada conmigo. Siempre te pones a la defensiva cuando empezamos a llegar a alguna parte.

—¿A llegar adónde?

—A alguna parte —dijo Park—. Tú y yo. O sea, hace un minuto dijiste que me echas de menos, y quizás por primera vez desde que te conozco, no lo has dicho en plan sarcástico ni a la defensiva ni dando a entender que soy un bobo. Y ahora la agarras contra mí.

—No la agarro contra ti.

—Estás enfadada —insistió Park—. ¿Por qué estás enfadada?

Eleanor no quería que él la oyera llorar. Contuvo el aliento. La cosa empeoró.

—Eleanor —dijo Park.

Todavía peor.

—Deja de decir eso.

—¿Y qué quieres que diga? Pregúntame tú por qué. Prometo contestar.

Parecía frustrado, pero no enfadado. Sólo una vez le había hablado de mala manera. El día que se conocieron, en el autobús.

—Pregúntame por qué —repitió Park.

—¿Sí? —Eleanor se sorbió la nariz.

—Sí.

—Ok.

Eleanor miró su propio reflejo en la tapa plateada del tocadiscos. Parecía un fantasma con la cara gordinflona. Cerró los ojos.

—¿Por qué te gusto?

park

Park abrió los ojos.

Se sentó y luego empezó a caminar por su cuarto. Se plantó delante de la ventana, la que daba a casa de Eleanor, aunque estaba a una manzana de distancia y ella ni siquiera se encontraba allí. Sostenía la base del teléfono contra la barriga.

Eleanor le había pedido que le explicara algo que él mismo no sabía cómo explicarse.

—No me gustas —le dijo—. Te necesito.

Park supuso que Eleanor iba a cortarlo. Que le diría "Ja, ja, ja" o "Por favor" o "Eso parece sacado de una canción de Bread".

Pero Eleanor guardó silencio.

Park volvió a la cama, sin preocuparse ya por el susurro del agua.

—Si quieres pregúntame por qué te necesito —susurró. Ni siquiera tuvo que decirlo. Por teléfono, en la oscuridad, le bastaba con mover los labios y respirar—. Pero no lo sé. Sólo sé que es así... Te echo de menos, Eleanor. Quiero estar contigo todo el tiempo. Eres la chica más inteligente que he conocido jamás, la más divertida, y todo lo que haces me sorprende. Y me gustaría poder decir que ésas son las razones de que me gustes, porque eso me haría sentir como un ser humano mínimamente evolucionado... Pero creo que lo que siento por ti se debe también al color rojo de tu pelo y a la suavidad de tus manos... y a tu aroma, como a pastel de cumpleaños casero.

Park aguardó a que ella dijera algo. Ella no lo hizo.

Alguien llamó con suavidad a la puerta.

—Un momento —susurró él al teléfono—. ¿Sí? —dijo.

La madre de Park abrió la puerta, lo justo para asomar la cabeza.

—No muy tarde —dijo.

—No muy tarde —asintió él.

La mujer sonrió y cerró la puerta.

—Ya está —dijo Park—. ¿Estás ahí?

—Estoy aquí —respondió Eleanor.

—Di algo.

—No sé qué decir.

—Di algo para que no me sienta tan bobo.

—No te sientas bobo, Park.

—Genial.

Guardaron silencio.

—Pregúntame por qué me gustas —pidió Eleanor por fin.

Una sonrisa se asomó a los labios de Park. Notó una corriente cálida en el corazón.

—Eleanor —empezó, sólo porque le gustaba pronunciar su nombre—, ¿por qué te gusto?

Park esperó. Y siguió esperando.

Luego se echó a reír.

—Eres mala —le dijo.

—No te rías, que entonces me entran ganas de serlo.

Él notó en su tono de voz que Eleanor sonreía también. Podía verla sonriendo.

—No me gustas, Park —volvió a decir—. Yo... —Se detuvo—. No puedo hacerlo.

—¿Por qué no?

—Es embarazoso.

—De momento, sólo para mí.

—Me da miedo hablar demasiado —confesó ella.

—No será demasiado.

—Me da miedo decirte la verdad.

—Eleanor...

—Park...

—No te gusto... —apuntó Park mientras se apretaba la base del teléfono contra la costilla inferior.

—No me gustas, Park —repitió Eleanor en un tono que, por un instante, sonó como si hablara en serio—. Yo... —su voz casi se esfumó— creo que vivo por ti.

Park cerró los ojos y dejó caer la cabeza contra la almohada.

—Ni siquiera puedo respirar cuando no estamos juntos —susurró ella—. Y eso significa que cuando te veo los lunes por la mañana tengo la sensación de que llevo sesenta horas sin respirar. Seguramente por eso refunfuño tanto y te contesto mal. Cuando estamos separados, me paso el tiempo pensando en ti, y cuando estamos juntos me invade el terror. Porque cada segundo cuenta. Y siento que he perdido el control. No soy dueña de mí misma, soy tuya. ¿Qué pasa si de repente te das cuenta de que ya no me quieres? ¿Cómo vas a quererme tanto como te quiero yo?

Park guardó silencio. Hubiera querido que aquellas palabras fueran las últimas. Deseaba dormirse con aquel "te quiero" en los oídos.

—Qué horror —dijo Eleanor—. Sabía que debía cerrar la boca. Ni siquiera he respondido a tus preguntas.

eleanor

Ni siquiera le había dicho nada bonito. No le había dicho que era más guapo que cualquier chico o que tenía la piel bronceada por el sol.

Y por eso exactamente se lo había callado, porque los sentimientos que Park le inspiraba —tan ardientes y hermosos en su corazón— se hacían caóticos cuando intentaba expresarlos.

Metió un casete en el estéreo, pulsó *play* y esperó a que Robert Smith empezara a cantar antes de sentarse en el sofá de cuero marrón de su padre.

—¿Por qué no podemos vernos? —preguntó Park. Su voz sonaba desgarrada y pura. Como recién nacida.

—Porque mi padrastro está loco.

—¿Y tiene que enterarse?

—Mi madre se lo dirá.

—¿Y ella tiene que enterarse?

Eleanor pasó los dedos por el borde del cristal de la mesa de centro.

—¿Qué quieres decir?

—No sé lo que quiero decir. Sólo sé que necesito verte. Hablar como ahora.

—Ni siquiera me dejan hablar con chicos.

—¿Hasta cuándo?

—No sé, nunca. Es una de esas cosas que no tienen lógica. Mi madre no quiere hacer nada que pueda molestar a mi padrastro. Y mi padrastro disfruta torturándonos. Sobre todo a mí. Me odia.

—¿Por qué?

—Porque yo lo odio.

—¿Por qué?

Eleanor deseaba con toda su alma cambiar de tema, pero no lo hizo.

—Porque es mala persona. Créeme. Es de esas personas que se empeñan en destruir todo lo bueno que hay a su alrededor. Si supiera que existes, haría lo posible por separarte de mí.

—No puede separarme de ti —dijo Park.

"Ya lo creo que puede", pensó Eleanor.

—Puede separarme a mí de ti —le explicó—. La última vez que se puso furioso conmigo, me echó de casa y no me dejó volver hasta después de un año.

—Qué fuerte.

—Sí.

—Lo siento.

—No lo sientas —dijo Eleanor—. Sencillamente, no lo pongas a prueba.

—Podríamos vernos en el parque.

—Mis hermanos me acusarían.

—Podríamos vernos en otra parte.

—¿Dónde?

—Aquí —propuso Park—. Podrías venir a mi casa.

—¿Y qué dirían tus padres?

—Encantados de conocerte, Eleanor, ¿te quieres quedar a cenar? —ella se echó a reír. Quería decirle que no saldría bien, pero quizás sí. A lo mejor.

—¿Estás seguro de que quieres que me conozcan?

—Sí —asintió Park—. Quiero que todo el mundo te conozca. Eres la persona que mejor me cae del mundo entero.

Con Park, Eleanor sentía que no corría peligro al sonreír.

—No quiero avergonzarte... —dijo.

—No podrías ni aunque quisieras.

La luz de unos faros se coló por la ventana.

—Maldición —exclamó Eleanor—. Parece que mi padre regresó.

Se levantó y miró por la ventana. Su padre y Donna estaban saliendo del Karmann Ghia. Donna iba toda despeinada.

—Maldición, maldición, maldición —repitió—. No te he dicho por qué me gustas y ahora te tengo que dejar.

—No pasa nada —dijo Park.

—Me gustas porque eres amable —empezó Eleanor—. Y porque entiendes todos mis chistes...

—Ok —se rio él.

—Y eres más listo que yo.

—No es verdad.

—Y tienes pinta de galán —Eleanor hablaba a toda velocidad—. Pareces el típico ganador. Eres muy guapo y estás muy bueno. Tus ojos son mágicos —susurró—. Y despiertas mi instinto caníbal.

—Estás loca.

—Tengo que irme.

Eleanor se inclinó hacia delante para colocar el auricular muy cerca de la base del teléfono.

—Eleanor... espera. Te quiero.

—¿Eleanor?

El padre de Eleanor estaba de pie en el umbral. Se movía en silencio, por si su hija estaba durmiendo. Ella colgó el teléfono y fingió que respiraba muy profundamente.

capítulo 20

eleanor

A la mañana siguiente, Eleanor se sentía como en una nube.

Su padre se quejó de que se había comido todo el yogur.

—No me lo comí yo, se lo di a Matt.

El hombre sólo llevaba siete dólares en la cartera, así que no le dio más. Cuando se disponía a llevarla a casa, Eleanor dijo que tenía que ir al baño. Miró en el armario del vestíbulo, encontró tres cepillos de dientes nuevos y se los encajó en la cintura, junto con una barra de jabón Dove. Puede que Donna la hubiera visto (estaba allí mismo, en el dormitorio), pero no dijo nada.

Eleanor compadecía a Donna. Su padre jamás se reía de los chistes de nadie, salvo de los suyos.

Cuando su padre la dejó en casa, los niños salieron corriendo a saludarlo. Los llevó a pasear por el barrio en el coche nuevo.

Eleanor habría dado lo que fuera por tener un teléfono a la mano para llamar a la policía.

—Hay un hombre raro en los suburbios de Omaha dando vueltas en un convertible por el vecindario con un montón de niños. Estoy segura de que ninguno tiene puesto el cinturón y de que él se ha pasado toda la mañana bebiendo whisky. Ah, y ya que estamos en esto, hay otro tipo en el jardín trasero fumando porros. En una zona escolar.

Cuando el padre de Eleanor se marchó por fin, Mouse no dejaba de hablar de él. Al cabo de unas horas, Richie les dijo a todos que se pusieran los abrigos.

—Vamos al cine. Todos —dijo mirando directamente a Eleanor.

Eleanor y los niños se subieron en la parte trasera de la camioneta y se acurrucaron contra la cabina, haciéndole muecas al bebé, que viajaba dentro. Richie enfiló por la calle de Park para salir del barrio, pero él no estaba en el jardín, gracias a Dios. En cambio, Tina y su novio neandertal estaban en la calle, cómo no. Eleanor ni siquiera intentó esconderse. Para qué. Steve le silbó.

Nevaba cuando salieron del cine (*Cortocircuito*). Richie conducía despacio y la nieve los empapaba, pero al menos nadie salió volando de la camioneta.

"Vaya", pensó Eleanor. "No estoy fantaseando con la idea de caer de un vehículo en marcha. Qué raro."

Cuando pasaron por delante de casa de Park, ya de noche, Eleanor se preguntó cuál sería su ventana.

park

Se arrepentía de haberlo dicho. No porque fuera mentira. La quería, claro que sí. No había otra explicación para... todo lo que Park sentía.

Sin embargo, hubiera deseado no decírselo así tan pronto, y por teléfono, sobre todo sabiendo la opinión que tenía Eleanor de *Romeo y Julieta*.

Park estaba esperando a que su hermano pequeño se vistiera. Los domingos se arreglaban con pantalones y camisas de vestir para ir a comer a casa de sus abuelos. Aquel día, sin embargo, Josh estaba jugando a Super Mario y no quería interrumpir el juego. (Estaba a punto de conseguir una vida extra por primera vez.)

—Me voy —les gritó Park a sus padres—. Nos vemos allá.

Atravesó el jardín corriendo porque no tenía ganas de ponerse el abrigo.

La casa de sus abuelos olía a pollo con papas fritas. El repertorio dominical de su abuela constaba sólo de cuatro platos: pollo con papas fritas, filete de pollo frito, guisado y carne en conserva, pero todos estaban muy buenos.

El abuelo de Park miraba la tele en la sala. Park se detuvo allí para abrazarlo y luego siguió hasta la cocina para abrazar a su abuela. Era tan bajita que hasta Park parecía altísimo junto a ella. Todas las mujeres de su familia eran minúsculas mientras que los hombres destacaban por su tamaño. Sólo el ADN de Park se había saltado el rasgo. A lo mejor sus genes coreanos dominaban a todos los demás.

Sin embargo, eso no explicaba la talla de Josh. Cualquiera diría que los genes coreanos habían pasado de largo en su caso. Tenía los ojos cafés, un poco almendrados, el cabello oscuro pero no negro, ni mucho menos. Josh parecía un muchacho alemán o polaco cuyos ojos se achinaban apenas cuando sonreía.

Su abuela era irlandesa por todas partes. O quizás Park la viera así porque la familia de su padre se enorgullecía muchísimo de sus orígenes irlandeses. Cada año, en Navidad, alguien le regalaba a Park una playera con una inscripción que decía: "Bésame, soy irlandés".

Puso la mesa en casa de sus abuelos sin que nadie se lo pidiera (siempre lo hacía). Cuando llegó su madre, Park se plantó en la cocina para escuchar los chismes que las dos mujeres compartían.

—Me dijo Jamie que Park va en serio con una de las chicas de Richie Trout —dijo la abuela.

Park ya debía haberse imaginado que su padre correría a contárselo a la abuela. El padre de Park era incapaz de guardar un secreto.

—Todos hablan de novia de Park —dijo su madre—. Menos Park.

—Escuché que es pelirroja —continuó diciendo la abuela.

Park fingía leer el periódico.

—No deberías hacer caso de los chismes, abuela.

—Bueno, no tendría que hacerlo —replicó la anciana— si tú nos la presentaras.

Él puso los ojos en blanco, un gesto que le recordaba a Eleanor. Estuvo a punto de hablarles de ella, sólo por tener una excusa para pronunciar su nombre.

—Bueno, se me encoge el corazón sólo de pensar en esos niños —prosiguió la abuela—. Ese Trout siempre ha sido un mala leche. Nos aplastaba el buzón cuando tu padre estaba en el ejército. Sé que era él porque nadie más de por aquí tenía uno el vecindario. Vivió en esa casa hasta que sus padres se mudaron a una zona aún más rural. Creo que a Wyoming. Seguro que se marcharon para librarse de él.

—Shesshhh —la reprendió la madre de Park. A veces la abuela tenía la lengua demasiado larga para el gusto de la madre de Park.

—Pensábamos que él también se había mudado —dijo la anciana—, pero hace poco volvió con una mujer más guapa que una estrella de cine y un montón de hijastros pelirrojos. Gil le dijo a tu abuelo que también tienen un perro. Yo nunca...

Park sintió el impulso de defender a Eleanor. Pero no sabía cómo hacerlo.

—No me sorprende que tengas debilidad por las pelirrojas —prosiguió la abuela—. Tu abuelo se enamoró de una pelirroja. Por suerte para mí, ella no le hizo caso.

¿Qué diría la abuela de Park si le presentaba a Eleanor? ¿Qué les diría a los vecinos?

¿Y qué diría su madre? La miró. Trituraba las papas con un utensilio más grande que su brazo. Traía puestos unos jeans lavados a mano, una blusa con cuello en V y unas botas de piel con flecos. Lucía un ángel de oro en el cuello y pendientes con cruces, también de oro. Ella habría sido la chica más popular del autobús. No se la imaginaba viviendo en ningún otro lugar que no fuera aquél.

eleanor

Nunca le había mentido a su madre. Como mínimo, no respecto a nada importante. El domingo por la noche, sin embargo, mientras Richie estaba en el bar, Eleanor le dijo a su madre que a lo mejor pasaba por casa de una amiga del colegio al día siguiente.

—¿Por casa de quién? —quiso saber la madre.

—De Tina —respondió Eleanor. Había dicho el primer nombre que se le había venido a la cabeza—. Vive aquí cerca.

La madre de Eleanor estaba distraída. Richie estaba retrasado y el bistec se estaba resecando en el horno. Si lo sacaba, le diría que estaba frío. Pero si lo dejaba allí, se quejaría de que parecía una suela de zapato.

—Muy bien —accedió—. Me alegro de que por fin hayas hecho amigos.

capítulo 21

eleanor

¿Se comportaría Park de un modo distinto ahora que le había dicho que la quería? (O más bien que la amó, como mínimo durante un par de minutos, el viernes por la noche. Al menos el tiempo suficiente para decírselo.)

¿Se comportaría de un modo distinto? ¿Desviaría la mirada?

Estaba distinto. Más guapo que nunca. Cuando Eleanor subió al autobús, vio a Park sentado al fondo. Estaba muy tieso para que ella pudiera verlo. (O quizás para ver a Eleanor cuando subiera.) Y después de dejarla pasar, volvió a acomodarse pegado a ella. Se acurrucaron juntos.

—Ha sido el fin de semana más largo de mi vida —dijo Park.

Eleanor se rió y se apoyó contra él.

—¿Te hartas de mí? —le preguntó Park.

Ojalá Eleanor pudiera decir cosas así. Ojalá pudiera preguntarle cosas así, aunque fuera en broma.

—Sí —respondió ella—. Muchísimo.

—¿Sí?

—¿Tú qué crees?

Eleanor se metió la mano en el bolsillo de la chamarra y deslizó el casete de los Beatles en el de Park. Él le agarró la mano y se la llevó al corazón.

—¿Qué es esto?

Se sacó el casete con la otra mano.

—Las mejores canciones que jamás se hayan compuesto. De nada.

Park se frotó la mano de Eleanor contra el pecho. Sólo un poco. Lo suficiente para hacerla sonrojar.

—Gracias —dijo.

Eleanor esperó a estar en los casilleros para darle la segunda noticia del día. No quería que nadie la oyera. De pie a su lado, Park le golpeteaba el hombro con la mochila.

—Le dije a mi madre que a lo mejor pasaba por casa de una amiga después de clases.

—¿En serio?

—Sí, pero no hace falta que sea hoy. No creo que cambie de idea.

—No, mejor hoy. Ven hoy a casa.

—¿No le vas a pedir permiso a tu madre?

Park negó con la cabeza.

—No le importará. Incluso me deja llevar chicas a mi habitación, siempre y cuando deje la puerta abierta.

—¿Chicassss? ¿Has llevado a tantas chicas a tu habitación como para tener normas al respecto?

—Claro —asintió Park—. Ya me conoces.

"No", pensó Eleanor. "En realidad, no".

park

Por primera vez desde hacía semanas, Park no terminó las clases con un nudo en el estómago, como si tuviera que empaparse de Eleanor lo suficiente para sobrevivir hasta el día siguiente.

Lo invadía otro tipo de ansiedad. Ahora que iba a presentársela a su madre no podía evitar verla con otros ojos.

Su madre era estilista y vendía productos Avon. Jamás salía de casa sin ponerse rímel. Cuando había visto a Patti Smith en la tele, la madre de Park se había enfadado.

—¿Por qué viste como hombre? Qué triste.

Aquel día, Eleanor llevaba una chamarra de piel y una vieja camisa vaquera. Tenía más en común con el abuelo de Park que con su madre.

Y el problema no sólo era el look. También ella.

Eleanor no era... simpática.

No se podía negar que fuera buena persona. Honrada y sincera. Habría ayudado a una abuelita a cruzar la calle sin dudarlo un instante. Pero nadie —ni siquiera esa misma abuelita— habría dicho de ella: "¿Conoces a Eleanor Douglas? Qué linda es".

A la madre de Park le gustaba la gente agradable. Le encantaba. Adoraba sonreír, charlar del tiempo y mirar a los ojos... Todo aquello que Eleanor detestaba.

Además, su madre no entendía el sarcasmo. Y Park estaba seguro de que no se debía a sus dificultades lingüísticas. Sencillamente, no lo entendía. Llamaba a David Letterman "el feo antipático después de Johnny".

Park se dio cuenta de que le sudaban las manos y soltó las de Eleanor. Le puso la mano en la rodilla. La sensación fue tan agradable, tan nueva, que dejó de pensar en su madre durante unos minutos.

Cuando llegaron a la parada de Park, él se puso en pie para esperarla, pero Eleanor negó con la cabeza.

—Nos vemos allí —le dijo.

Lo inundó el alivio, y luego el sentimiento de culpa. En cuanto el autobús se alejó, echó a correr hacia su casa. El hermano de Park aún no había llegado, gracias a Dios.

—¡Mamá!

—¡Aquí! —gritó ella desde la cocina. Se estaba pintando las uñas de rosa nacarado.

—Mamá —repitió Park—. Hola. Oye, Eleanor vendrá a casa dentro de un rato. Mi, mmm, mi Eleanor. ¿Te parece bien?

—¿Ahora?

La madre de Park agitó el frasco. Clic, clic, clic.

—Sí, no hagas muchas fiestas, ¿ok? Sólo... sé cool.

—Bueno —dijo ella—. Soy cool.

Park asintió. Echó un vistazo a la cocina y a la sala para asegurarse de que todo estuviera en orden. Luego comprobó su habitación. Su madre le había hecho la cama.

Abrió la puerta antes de que Eleanor tocara el timbre.

—Hola —lo saludó. Parecía nerviosa. Bueno, parecía enfadada, pero Park estaba seguro de que sólo estaba aterrada.

—Hola —dijo Park a su vez. Por la mañana, sólo podía pensar en cómo pasar más rato con Eleanor, pero ahora que ella estaba allí... empezó a preguntarse si todo aquello había sido buena idea—. Entra —la invitó—. Y sonríe —susurró en el último instante—, ¿ok?

—¿Qué?

—Sonríe.

—¿Por qué?

—Da igual.

La madre de Park los esperaba en el umbral de la cocina.

—Mamá, ella es Eleanor —la presentó.

La mujer sonrió de oreja a oreja.

Eleanor intentó sonreír también, pero se hizo un lío. Más parecía que estuviera deslumbrada o que se dispusiera a dar una mala noticia.

Park creyó advertir que las pupilas de su madre se dilataban, pero seguramente fue su imaginación.

Eleanor le tendió la mano a la mujer y ésta agitó las suyas en el aire como diciendo: "Lo siento, me acabo de pintar las uñas", un gesto que dejó perpleja a la otra.

—Encantada de conocerte, Ee...lanor.

El-la-no.

— Encantada de conocerla también —respondió Eleanor, todavía rara y bizqueando.

—¿Vives cerca? —preguntó la madre de Park.

Eleanor asintió.

—Muy bien —dijo la mujer.

La otra volvió a asentir.

—¿Quieren palomitas? ¿Papas fritas?

—No —la interrumpió Park—. O sea...

Eleanor negó con la cabeza.

—Sólo vamos a ver la tele —dijo él—. ¿Te parece bien?

—Claro —asintió la madre—. Sabes dónde encontrarme.

La mujer volvió a la cocina y Park se acercó al sofá. Habría dado lo que fuera por vivir en una casa de dos pisos o con el sótano terminado. Cada vez que iba a casa de Cal, en Omaha oeste, su madre los enviaba abajo y los dejaba en paz.

Park se sentó en el sofá. Eleanor se acomodó en la otra punta. Ella miraba al suelo y se mordisqueaba las cutículas.

Él puso MTV e inhaló profundamente.

Al cabo de unos minutos, Park se deslizó hacia el centro del sofá.

—Eh —dijo. Eleanor miraba la mesa de centro, donde estaba un frutero repleto de uvas. A la madre de Park le encantaban las uvas—. Eh —volvió a decir Park.

Se acercó más a ella.

—¿Por qué me pediste que sonriera? —susurró Eleanor.

—No lo sé —respondió Park—. Porque estaba nervioso.

—¿Por qué estás nervioso? Ésta es tu casa.

—Ya lo sé, pero nunca había traído a nadie como tú.

Eleanor clavó la vista en el televisor. Pasaban un video de Wang Chung.

Se levantó de repente.

—Nos vemos mañana.

—No —exclamó Park. Se levantó también—. ¿Qué dices? ¿Por qué?

—Lo que oíste. Nos vemos mañana —repitió Eleanor.

—No —repitió él. Le tomó los brazos por los codos—. Acabas de llegar. ¿Qué pasa?

Ella lo miró desolada.

—¿A nadie como yo?

—No quise decir eso —se explicó Park—. Me refería a que nunca he traído a nadie que me importe tanto como tú.

Eleanor suspiró y negó con la cabeza. Las lágrimas corrían por sus mejillas.

—Da igual. No debería estar aquí. No quiero avergonzarte. Me voy a casa.

—No —Park la atrajo hacia sí—. Tranquilízate, ¿sí?

—¿Y si tu madre me ve llorar?

—Pues... sería bastante incómodo, pero no quiero que te vayas —Park temía que, si la dejaba marchar, ella no volviera nunca—. Vamos, siéntate a mi lado.

Park se sentó y tiró de Eleanor para obligarla a acomodarse a su lado. Él se sentó en la parte del sofá que quedaba más cerca de la cocina.

—Odio conocer gente —susurró ella.

—¿Por qué?

—Porque no les caigo bien.

—A mí me caíste bien.

—No, no te caí bien. Nos hicimos amigos por puro agotamiento.

—Ahora me caes bien —la rodeó con el brazo.

—No lo hagas. ¿Y si entra tu madre?

—No le importará.

—A mí sí —dijo Eleanor, y lo empujó—. Estoy agobiada. Me estás poniendo nerviosa.

—Ok —accedió Park, separándose de ella—. Pero no te vayas.

Eleanor asintió y se quedó mirando la televisión.

Al cabo de unos veinte minutos, volvió a levantarse.

—Quédate un rato más —le pidió Park—. ¿No quieres conocer a mi padre?

—Lo último que quiero es conocer a tu padre.

—¿Volverás mañana?

—No lo sé.

—Ojalá pudiera acompañarte a casa.

—Puedes acompañarme a la puerta.

Park lo hizo.

—¿Le dirías adiós a tu madre de mi parte? No quiero que piense que soy una maleducada ni nada.

—Sí.

Eleanor salió al portal.

—Eh —dijo Park. Su voz sonó seca y frustrada—. Te pedí que sonrieras porque eres preciosa cuando sonríes.

Ella bajó las escaleras y se volvió a mirarlo.

—¿Qué tal si me dijeras que soy preciosa cuando no lo hago?

—No quería decir eso —intentó explicarse Park, pero Eleanor ya se alejaba.

Cuando Park entró, su madre salió sonriente.

—Tu Eleanor parece simpática —dijo.

Él asintió y se metió en su cuarto. No, pensó mientras se dejaba caer en la cama. No parece simpática.

eleanor

Seguro que Park cortaba con ella al día siguiente. ¿Y qué? Al menos así no tendría que conocer a su padre. Vaya, ¿qué facha tendría? Idéntico a Tom Selleck; Eleanor había visto un retrato familiar en el mueble del televisor. En cuanto a Park de pequeño... Era lindísimo. En plan *Webster*. Toda la familia era linda. Incluido el hermano blanco.

La madre de Park parecía una muñeca. En *El mago de Oz* —el libro, no la película— Dorothy llega a un lugar llamado "El delicado país de porcelana", cuyos habitantes son todos minúsculos y perfectos. Cuando Eleanor era pequeña y su madre le leía el libro, Eleanor había creído que los habitantes del delicado país eran chinos, por la porcelana china. Pero no, sólo eran de porcelana, o más bien se convertían en tal si intentabas llevártelos a Kansas.

Eleanor se imaginaba al padre de Park, Tom Selleck, guardándose a su delicada muñeca en la chamarra antifuego y sacándola de Corea de contrabando.

Comparada con la madre de Park, Eleanor se sentía una giganta. No debía ser mucho más alta que ella, unos cuatro o cinco centímetros, pero sí muchísimo más grande. Si un extraterrestre bajara a la Tierra a estudiar sus formas de vida, daría por supuesto que la madre de Park no pertenecía a la misma especie que ella.

Cuando Eleanor estaba entre chicas así —como la madre de Park, como Tina, como casi todas las chicas del barrio— se preguntaba dónde metían los órganos. O sea, ¿cómo alguien que tiene estómago, intestinos y riñones se puede enfundar unos jeans tan pegados? Eleanor sabía que era gruesa, pero no se sentía gorda hasta tal punto. Notaba los huesos y los músculos justo debajo de la piel, de modo que eran muy grandes también. La madre de Park podría haberse puesto la caja torácica de Eleanor como chaleco y le habría quedado holgada.

Seguro que Park cortaba con ella al día siguiente, y no porque fuera inmensa, cortaría con ella porque era un desastre, porque no sabía relacionarse con gente normal sin ponerse histérica.

Todo aquello la sobrepasaba: conocer a la madre de Park, tan preciosa y perfecta; ver su casa, normal y perfecta. Eleanor no concebía siquiera que existieran casas así en aquel barrio infecto; viviendas tapizadas, con macetas con plantas por todas partes. No concebía que existieran familias como aquélla. Era la ventaja de vivir en una zona tan penosa: sus habitantes hacían honor al sitio. Por más que sus compañeros la detestaran por considerarla una chica enorme y rara, nadie la despreciaría nunca por vivir en un hogar roto y en una casa destartalada. En ese sentido, Eleanor era una más.

Era la familia de Park la que no encajaba. Parecían los Ingalls en versión urbana. Y Park le había dicho que sus abuelos vivían en la casa de al lado, que tenía jardineras y todo. Qué fuerte, ni que fueran los Waltons.

La familia de Eleanor ya era un desastre antes de que llegara Richie y lo mandara todo directamente al infierno.

Nunca se sentiría a gusto en la sala de Park. Jamás estaría cómoda en ninguna parte salvo allí, en su cama, fingiendo encontrarse muy lejos.

capítulo 22

eleanor

Cuando Eleanor subió al autobús al día siguiente, Park no se levantó para cederle el paso. Se limitó a hacerle sitio. Por lo visto, no quería ni mirarla; le tendió unos cómics y apartó la vista.

Steve armaba un gran escándalo. O tal vez fuera el relajo de costumbre. Cuando Park le tomaba la mano, Eleanor ni siquiera oía sus propios pensamientos.

La gente de las últimas filas entonaba el himno de guerra de Nebraska. El próximo fin de semana se celebraba un gran partido, contra Oklahoma u Oregón, o algo así. El señor Stessman había prometido subirles la calificación si se ponían algo rojo aquella semana. Cualquiera habría jurado que el señor Stessman estaba por encima de toda aquella basura fanática, pero al parecer nadie era inmune.

Excepto Park.

Park llevaba una camiseta de U2 con la foto de un niño en el pecho. Eleanor no había dormido en toda la noche pensando que Park iba a cortar con ella y quería dejar atrás aquel trance cuanto antes.

Le tiró de la manga.

—¿Sí? —dijo Park con suavidad.

—¿Me ignoras? —preguntó Eleanor. No lo dijo en tono de broma. Porque no lo era.

Él negó con la cabeza pero siguió mirando por la ventanilla.

—¿Estás enfadado conmigo? —siguió preguntando ella.

Park tenía los dedos entrelazados sobre el regazo, como si estuviera a punto de ponerse a rezar.

—Algo así.

—Lo siento —se disculpó Eleanor.

—Ni siquiera sabes por qué estoy enfadado —objetó él.

—Aun así, lo siento.

Él la miró y esbozó una pequeña sonrisa.

—¿Quieres saberlo? —preguntó.

—No.

—¿Por qué no?

—Porque seguramente estás enfadado por algo que no puedo evitar.

—¿Cómo qué? —siguió preguntando Park.

—Por ser rara —dijo ella—. O por ponerme histérica en tu sala.

—Creo que en parte fue culpa mía.

—Lo siento —repitió Eleanor.

—Eleanor, basta. Escucha. Estoy enfadado porque tengo la sensación de que decidiste marcharte en cuanto pusiste un pie en mi casa, puede que antes.

—No me sentía bien allí —reconoció Eleanor. No lo dijo en voz tan alta como para hacerse oír por encima del escándalo. (En serio. Aquellos cretinos del fondo armaban aún más relajo cuando cantaban que cuando gritaban)—. Tuve la sensación de que no estabas cómodo —dijo en un tono más alto.

Por la expresión de Park, que la miraba mordiéndose el labio inferior, supo que al menos en parte estaba en lo cierto.

Quería estar completamente equivocada. Quería oírle decir que se sentía a sus anchas en su compañía, que volviera cuando quisiera y lo intentaran de nuevo.

Park respondió algo, pero Eleanor no escuchó porque el grupo del fondo coreaba un estribillo. Steve se había plantado en mitad del pasillo y agitaba sus brazos de gorila como un director de orquesta.

¡Dubble Bubble, ra, ra, ra!

¡Dubble Bubble, ra, ra, ra!

¡Dubble Bubble, ra, ra, ra!

Eleanor echó un vistazo a su alrededor. Todo el mundo gritaba lo mismo.

¡Dubble Bubble, ra, ra, ra!

¡Dubble Bubble, ra, ra, ra!

Se quedó helada. Volvió a mirar a la gente del autobús y se dio cuenta de que todos la estaban observando.

¡Dubble Bubble, ra, ra, ra!

Comprendió que la consigna era por ella.

¡Dubble Bubble, ra, ra, ra!

Miró a Park. Él también se había dado cuenta. Con la mirada clavada al frente, apretaba con fuerza los puños a los costados. Eleanor tuvo la sensación de que no lo conocía.

—No pasa nada —dijo ella.

Park cerró los ojos y negó con la cabeza.

El autobús ya estaba estacionándose delante del instituto y Eleanor no veía el momento de bajarse. Se obligó a sí misma a seguir en el asiento hasta que el vehículo dejó de moverse. Luego avanzó con tranquilidad. La consigna cesó con una carcajada general. Park caminaba tras ella, pero se detuvo en cuanto descendió del autobús. Tiró la mochila al suelo y se quitó el abrigo.

Eleanor se paró en seco.

—Oye —exclamó—. Espera, no. ¿Qué estás haciendo?

—Voy a ponerle fin a esto.

—No. Vamos. No vale la pena.

—Sí —replicó él, furioso—. Tú vales la pena.

—No lo hagas por mí —le suplicó ella. Quería detenerlo, pero tenía la sensación de que no podía—. No quiero que lo hagas.

—Estoy harto de que te dejen en ridículo.

Steve bajaba ahora del autobús, y Park volvió a cerrar los puños.

—¿De que me pongan en ridículo a mí? —dijo Eleanor—. ¿O a ti?

Park la miró sorprendido, y ella supo que había vuelto a dar en el clavo. Maldita sea. ¿Por qué siempre acertaba en las cosas más feas?

—Si haces esto por mí —dijo Eleanor con toda la intensidad que fue capaz de transmitir—, escúchame bien: no quiero que lo hagas.

Park la miró fijamente. Sus ojos eran de un verde tan claro que parecían amarillos. Respiraba con dificultad y tenía el rostro congestionado bajo la piel dorada.

—¿Es por mí? —preguntó Eleanor.

Él asintió. La escudriñó con la mirada. Se diría que le estaba suplicando.

—No pasa nada —dijo ella—. Por favor. Vamos a clase.

Park cerró los ojos y, por fin, asintió. Ella se inclinó para recoger el abrigo. En ese momento, Steve le dijo:

—Muy bien, pelirroja. Enséñalo bien, que lo veamos todos.

Y Park perdió la cabeza.

Cuando Eleanor se volvió a mirar, ya estaba empujando a Steve hacia el autobús. Parecían David y Goliat, si David se hubiera acercado tanto como para recibir un buen golpe de Goliat.

La gente gritaba: "¡Pelea, pelea!" y acudía corriendo de todas partes. Eleanor echó a correr también. Oyó que Park decía:

—Te vas a tragar tus comentarios.

Y que Steve replicaba:

—No estarás hablando en serio.

Steve empujó a Park con fuerza, pero el otro no perdió el equilibrio. Park retrocedió unos pasos y, colocándose de lado, saltó en el aire y pateó a Steve en la boca. El público ahogó un grito.

Tina gritó.

Steve saltó hacia delante en cuanto Park aterrizó y, levantando un enorme puño, le dio un puñetazo en la cabeza.

Por un momento, Eleanor pensó que Park iba a perder la vida.

Corrió para interponerse entre ambos, pero Tina ya estaba allí. En seguida llegó un conductor y el ayudante del director. Todos intentaban separarlos.

Park jadeaba con la cabeza entre las rodillas.

Steve se agarraba la boca. Un reguero de sangre le corría por la barbilla.

—Maldición, Park, ¿pero qué demonios...? Me tiraste un diente.

Park levantó la cabeza. Tenía toda la cara llena de sangre. Cuando intentó avanzar tambaleándose, el ayudante del director lo sujetó.

—Deja... a mi novia... en paz.

—No sabía que lo de ustedes fuera en serio —gritó Steve. Más borbotones de sangre salieron de su boca.

—Oye, eso da igual.

—No da igual —escupió Steve—. Eres mi amigo. No sabía que fuera tu novia.

Park apoyó las manos en las rodillas y sacudió la cabeza. La acera se llenó de gotas de sangre.

—Bueno, pues lo es.

—Ok —dijo Steve—. Maldición.

Habían acudido varios adultos, que empujaban a los alumnos hacia el edificio. Eleanor se llevó consigo el abrigo y la mochila de Park. No sabía qué hacer con ellos.

Tampoco sabía qué hacer consigo misma ni cómo sentirse.

¿Debía alegrarse de que Park hubiera dado por supuesto que eran novios? Ni siquiera le había preguntado al respecto. Y tampoco parecía muy contento al decirlo. Lo había declarado con la cabeza gacha y la cara manchada de sangre.

¿Seguro que Park se encontraba bien? ¿No tendría una conmoción cerebral, aunque hablara y estuviera consciente? ¿Y si se desmayaba de repente y entraba en coma? Cuando Eleanor se peleaba con sus hermanos, su madre siempre gritaba:

—¡En la cabeza no! ¡En la cabeza no!

Y por último, ¿y si a Park le quedaban marcas en el rostro? ¿Estaba mal preocuparse por eso?

Steve tenía una de esas caras que no cambian demasiado con un diente más o menos. Unos cuantos huecos en la sonrisa de Steve contribuirían a aumentar ese aire de matón que tanto se esforzaba en cultivar.

El rostro de Park, en cambio, era arte puro. Y no arte abstracto precisamente. Park tenía el tipo de facciones que se trasladan a un lienzo para que pasen a la historia.

¿Se suponía que debía seguir enfadada con él? ¿Debería mostrarse indignada? ¿Debería gritarle en clase de Inglés: "¿Lo has hecho por mí o por ti?".

Eleanor colgó el abrigo de Park en su propio casillero y hundió la cara en la prenda para inhalar su aroma. Notó un rocío a primavera irlandesa, a una mezcla y a algo que sólo se podía describir como olor a chico.

Park no acudió a clase de Inglés y tampoco tomó el autobús después de clases. Igual que Steve. Tina pasó junto al asiento de Eleanor con la cabeza muy alta; ella desvió la mirada. Los demás no paraban de hablar de la pelea. "El puto kung fu, el puto David Carradine" y "el puto David Carradine, el puto Chuck Norris".

Eleanor se bajó en la parada de Park.

park

Lo habían expulsado dos días.

A Steve lo expulsaron dos semanas porque era su tercera pelea en un año. Park se sentía culpable al respecto —había sido él quien había empezado—, pero luego pensó en todas las estupideces que Steve cometía a diario que quedaban impunes.

La madre de Park estaba tan furiosa que ni siquiera fue a buscarlo al instituto. Llamó a su marido al trabajo. Cuando el padre de Park se presentó en el colegio, el director lo confundió con el padre de Steve.

—En realidad —dijo el padre de Park señalando a su hijo— el mío es éste.

La enfermera afirmó que no hacía falta llevar a Park al hospital, pero el chico no tenía buen aspecto. Tenía un ojo morado y seguramente tenía rota la nariz.

A Steve sí hubo que llevarlo al hospital. Había perdido un diente y la enfermera estaba segura de que se había fracturado un dedo.

Con una bolsa de hielo en la cara, Park aguardaba en el despacho mientras su padre hablaba con el director. La secretaria le trajo un Sprite de la sala de profesores.

El hombre no pronunció ni una palabra hasta llegar al coche.

—El taekwondo es el arte de la autodefensa —declaró con gravedad.

Park no respondió. Le dolía toda la cara; la enfermera no tenía permitido administrar Tylenol.

—¿De verdad lo golpeaste en la cara? —preguntó el padre a continuación.

Park asintió.

—¿Un salto con patada?

—Una patada circular inversa —gimió Park.

—No hablas en serio.

Park intentó mirar a su padre de reojo, pero el mero intento de mover la cabeza, fuera como fuera, le dolía como una pedrada en la cara.

—Pues ha tenido suerte de que te pongas tenis hasta pleno invierno —comentó el padre—. ¿En serio? ¿Una patada circular inversa?

Park asintió.

—Vaya... Bueno, tu madre se va a subir por las paredes cuando te vea. Estaba llorando en casa de la abuela cuando me llamó.

No mentía. Cuando Park llegó a casa de sus abuelos, la mujer parecía incapaz de articular dos palabras seguidas.

Lo agarró por los hombros y lo miró a los ojos meneando la cabeza al mismo tiempo.

—¡Luchando! —dijo a la vez que le clavaba el dedo índice en el pecho—. Luchando como un mono estúpido y corriente...

Park había visto a su madre verdaderamente furiosa con Josh —una vez le había tirado una cesta de flores de seda a la cabeza— pero nunca con él.

—Calamidad le dijo—. ¡Calamidad! ¡Luchando! Tu cara se debería caer de vergüenza.

Su marido intentó ponerle la mano en el hombro, pero ella lo apartó.

—Tráele un bistec al chico, Harold —dijo la abuela mientras hacía sentar a Park en la mesa de la cocina y le inspeccionaba la cara.

—No pienso malgastar un bistec en eso —repuso el abuelo.

El padre de Park fue a buscar Tylenol al botiquín y luego le llenó un vaso de agua.

—¿Puedes respirar? —le preguntó la abuela.

—Por la boca —dijo Park.

—Tu padre se rompió la nariz tantas veces que sólo puede respirar por un orificio. Por eso ronca como un tren de carga.

—¡Ya no más taekwondo! —gritó la madre de Park—. ¡Ya no más peleas!

—Mindy... —intervino el padre—. Sólo ha sido una pelea. Se han metido con una chica y Park salió en su defensa.

—No es una chica —gimió Park. La voz le retumbaba tanto en el cráneo que cuando hablaba veía las estrellas—. Es mi novia.

O como mínimo eso esperaba.

—¿La pelirroja? —preguntó la abuela.

—Eleanor —dijo Park—. Se llama Eleanor.

—Nada de novias —dijo su madre cruzándose de brazos—. Castigado.

eleanor

Cuando Eleanor tocó al timbre, Magnum en persona abrió la puerta.

—Hola —dijo ella, tratando de sonreír—. Voy a clases con Park. Le traje sus libros y sus cosas.

El padre de Park la miró de arriba abajo, pero no como si la examinara, gracias a Dios. Más bien como si la estuviera evaluando. (Lo que también resultaba incómodo.)

—¿Eres Helen? —preguntó.

—Eleanor —dijo ella.

—Eleanor, eso... Un momento.

Antes de que pudiera objetar que sólo había pasado a dejar las cosas del chico, el hombre se alejó. Dejó la puerta abierta, y Eleanor lo oyó hablar con alguien, seguramente con la madre de Park.

—Vamos, Mindy...

Y luego:

—Sólo unos minutos...

Después, antes de regresar a la puerta:

—Pues para llamarse Dubble Bubble, no está nada gorda.

—Sólo he venido a dejarle esto —explicó Eleanor cuando el hombre le abrió la puerta de malla.

—Gracias —respondió él—. Entra.

La chica le tendió la mochila.

—Vamos, chiquilla —insistió el padre de Park—. Entra y dáselo tú misma. Estoy seguro de que quiere verte.

"Yo no lo tendría tan claro", pensó ella.

Pese a todo, lo siguió por la sala hasta el pequeño vestíbulo que conducía al cuarto de Park. El hombre llamó suavemente y se asomó al interior.

—Eh, Cassius Clay. Tienes visita. ¿Quieres empolvarte la nariz primero?

Le cedió el paso a Eleanor y se alejó.

El cuarto de Park era pequeño pero estaba atestado: montones de libros, cintas y cómics, maquetas de aviones, maquetas de coches, juegos de mesa, un sistema solar giratorio colgado sobre la cama, como los móviles que se ponen sobre las cunas.

Park estaba en la cama, tratando de incorporarse, cuando Eleanor entró.

Ella ahogó un grito al verle la cara, su aspecto había empeorado muchísimo.

Se le había hinchado el ojo y tenía la nariz deformada y amoratada. A Eleanor le entraron ganas de llorar. Y de besarlo. (Porque, por lo que parecía, le entraban ganas de besarlo por cualquier motivo. Park hubiera podido decirle que tenía piojos, lepra y parásitos en la boca y ella de todos modos se habría puesto brillo labial, lista para un beso. Patético.)

—¿Te encuentras bien? —le preguntó.

Park asintió mientras se recostaba contra la cabecera. Eleanor dejó la mochila y el abrigo del chico antes de acercarse a la cama. Él le hizo sitio, de modo que se sentó.

—Uy —exclamó Eleanor cuando zarandeó a Park al hundirse en la cama. Él gimió y la tomó por el brazo—. Perdona —se disculpó Eleanor—. Oh, Dios mío, lo siento. ¿Estás bien? No me esperaba un colchón de agua.

El mero hecho de hablar de ese tipo de colchón le provocó una risilla. Park también se rio. Sonó como un ronquido.

—Lo compró mi madre —explicó Park—. Dice que son buenos para la espalda.

Él tenía los ojos casi cerrados, incluso el bueno, y no abría la boca para hablar.

—¿Te duele cuando hablas? —preguntó Eleanor.

Park asintió. No le había soltado el brazo, aunque ella ya había recuperado equilibrio. Si acaso se lo sujetaba con más fuerza.

Eleanor alargó la otra mano y le acarició el pelo con suavidad. Se lo apartó de la cara. Lo notó suave y áspero al mismo tiempo, como si pudiera distinguir cada una de las fibras bajo los dedos.

—Perdóname —dijo Park.

Ella no preguntó qué tenía que perdonarle.

Las lágrimas inundaban el párpado inferior de Park y le caían por las mejillas. Eleanor hizo ademán de enjugárselas, pero prefirió no tocarlo.

—No pasa nada —respondió.

Dejó la mano apoyada en el regazo de Park.

Se preguntó si aún querría cortar con ella. De ser así, no se lo reprocharía.

—¿Lo he estropeado todo? —preguntó Park.

—¿Todo... qué? —susurró Eleanor, como si a Park también le dolieran los oídos.

—Lo nuestro.

Ella dijo que *no* con un movimiento de la cabeza, aunque seguramente Park no podía verla.

—Qué va —dijo.

Park le acarició el brazo y le apretó la mano. Eleanor observó la tensión en los músculos del antebrazo, justo bajo la manga de la camiseta.

—Pero puede que te hayas estropeado la cara —bromeó.

Park gimió.

—No te preocupes —prosiguió ella— porque eras demasiado guapo para mí, de todas formas.

—¿Te parezco guapo? —preguntó él con voz espesa a la vez que atraía la mano de Eleanor hacia sí.

Ella se alegró de que Park no pudiera ver su expresión.

—Me pareces...

Hermoso. Arrebatador. Como esas bellezas de las esculturas griegas capaces de hacer que un dios renuncie a su condición divina.

Por alguna razón, los moretones y la hinchazón no hacían sino realzar la belleza de Park. Como si su rostro estuviera a punto de irrumpir de una crisálida.

—Seguirán burlándose de mí —afirmó Eleanor—. Esta pelea no va a cambiar nada. No puedes ir repartiendo patadas por ahí cada vez que alguien se meta conmigo. Prométeme que no lo harás, prométeme que intentarás que no te afecte.

Él le estrechó la mano otra vez y negó con la cabeza, muy despacio.

—Porque a mí me da igual, Park. Si te gusto a ti —continuó—, juro por Dios que nada más me importa.

Park se apoyó en la cabecera y atrajo la mano de Eleanor contra su pecho.

—Eleanor, cuántas veces tengo que repetirte —dijo entre dientes— que no me gustas...

Park estaba castigado y no iría a la escuela hasta el viernes.

Sin embargo, nadie se metió con Eleanor al día siguiente en el autobús. En realidad, nadie se metió con ella en todo el día. Después de la clase de Gimnasia, encontró otro comentario obsceno en su libro de Química, "Ábrete de piernas", escrito en morado. En vez de tachar la frase, Eleanor arrancó el forro y lo tiró. Tal vez fuera patética y no tuviera dinero, pero encontraría por ahí otra bolsa de papel.

Cuando Eleanor llegó a casa después de clases, su madre la siguió al cuarto de los niños. Había dos pares de jeans sin marca extendidos en la litera de arriba.

—Encontré dinero al lavar la ropa —explicó la mujer—. Richie debió de olvidarlo en los pantalones. Si viene a casa borracho, no me lo pedirá; dará por sentado que se lo ha gastado en el bar.

Siempre que su madre encontraba dinero se lo gastaba en cosas que Richie no pudiera ver: ropa para Eleanor, calzoncillos para Ben, latas de atún o paquetes de harina. Cosas que pudiera esconder en cajones y armarios.

La madre de Eleanor se había convertido en una especie de agente secreto genio desde que estaba con Richie. Cualquiera habría pensado que se las ingeniaba para mantener a sus hijos con vida a espaldas del hombre.

Eleanor se probó los jeans antes de que sus hermanos llegaran a casa. Le quedaban un poco anchos, pero eran mucho más bonitos que los que tenía. Todos sus pantalones tenían algún defecto —el cierre roto o un desgarrón en la costura—, algún defecto que procuraba ocultar bajándose la camiseta. Estaba encantada con unos jeans cuya única imperfección fueran las bolsas.

El regalo para Maisie era una bolsa llena de Barbies medio desnudas. Cuando la niña llegó a casa, las colocó todas en la litera de abajo e intentó reunir dos atuendos completos.

Eleanor se subió a la cama con ella y la ayudó a peinar y a trenzar sus enredadas melenas.

—Ojalá hubiera también un Ken —dijo Maisie.

El viernes por la mañana, cuando Eleanor llegó a la parada del autobús, Park ya estaba allí esperándola.

capítulo 23

park

El ojo de Park cambió de lila a azul y luego de verde a amarillo.

—¿Cuánto va a durar el castigo? —le preguntó a su madre.

—Lo suficiente para que lamentes pelear —repuso ella.

—Lo lamento —dijo Park.

Pero no era verdad. La pelea había marcado un antes y un después en el autobús. Park estaba más tranquilo, más relajado. Quizás porque se había enfrentado a Steve. Tal vez porque ya no tenía nada que ocultar...

Además, ninguno de sus compañeros había visto nunca una patada como aquélla en la vida real.

—Fue alucinante —dijo Eleanor de camino al colegio, a los pocos días del regreso de Park—. ¿Dónde aprendiste a hacer eso?

—Mi padre me obliga a tomar clases de taekwondo desde el kínder. En realidad fue una patada muy tonta, en plan espectacular. Si Steve hubiera pensado un poco, me habría agarrado la pierna o me habría empujado.

—Si Steve hubiera pensado un poco —se burló Eleanor.

—Pensaba que te había parecido patético —dijo Park.

—Pues sí.

—¿Patético y alucinante?

—Son tu segundo y tercer nombre...

—Quiero volver a intentarlo.

—¿A intentar qué? ¿Tu exhibición tipo *Karate Kid*? Eso ya no sería tan fantástico. Hay que saber retirarse a tiempo.

—No, quiero que vengas a mi casa otra vez. ¿Qué dices?

—Da igual —repuso Eleanor—. Estás castigado.

—Sí...

eleanor

Todo el instituto sabía que Eleanor había sido la causa de que Park Sheridan pateara a Steve Dixon en la boca.

Ahora, el paso de Eleanor por los pasillos provocaba un nuevo tipo de susurros.

Un compañero le preguntó en Geografía si era verdad que se estaban peleando por ella.

—¡No! —se horrorizó Eleanor—. Qué barbaridad.

Más tarde se arrepintió de haberlo negado, porque si el rumor hubiera llegado hasta Tina, caray, se habría puesto furiosa.

El día de la pelea, DeNice y Beebi le habían pedido a Eleanor que les contara hasta el último detalle, sobre todo los detalles escabrosos. DeNice incluso le había invitado a Eleanor un barquillo de helado para celebrar.

—Todo aquel que patee con fuerza el trasero de Steve Dixon se merece una medalla —declaró DeNice.

—Yo no llegué ni a acercarme al trasero de Steve —objetó Eleanor.

—Pero fuiste la causa de la patada —dijo DeNice—. Escuché que tu amigo le pegó tan fuerte que Steve lloró sangre.

—No es verdad —repuso Eleanor.

—Nena, tienes que aprender un par de cosas sobre lo que significa brillar con luz propia —afirmó DeNice—. Si mi Jonesy le pateara a Steve el trasero, me pasearía por aquí cantando la canción de Rocky. Na-na, naaa, na-na, naaaa...

Bebbie estalló en risillas. Se moría de risa con todo lo que decía DeNice. Eran amigas íntimas desde la primaria, y cuanto más las conocía, más convencida estaba Eleanor de que era un honor pertenecer a su club. Por más que fuera un club muy raro.

Aquel día, DeNice llevaba el overol de siempre con una camisa rosa, ligas para pelo en tonos rosa y amarillo, y un paliacate fucsia atado a la pierna. Mientras hacían fila para comprar un helado, un chico pasó junto a ellas y le dijo a DeNice que parecía una Punky Brewster negra.

DeNice se quedó bien tranquila.

—Lo que diga esa chusma no me afecta —le confesó a Eleanor—. Yo tengo a mi chico.

Jonesy y DeNice estaban comprometidos. Él había terminado los estudios y trabajaba como director adjunto en unos grandes almacenes. Se casarían en cuanto DeNice tuviera mayoría de edad.

—Y tu chico es un sol —dijo Bebbi entre risas.

Cuando Bebbi se echaba a reír, Eleanor se reía también. Así de contagiosa era la risa de Bebbi. Y siempre exhibía una mirada entre maníaca y sorprendida; esa expresión que adopta la gente cuando intenta no estallar en carcajadas.

—A Eleanor no le parecería un sol —se burló DeNice—. A ella sólo le interesan los asesinos a sangre fría.

park

—¿Cuánto tiempo voy a estar castigado? —le preguntó Park a su padre.

—No depende de mí. Eso lo decidirá tu madre.

El padre de Park estaba sentado en el sofá, leyendo *Soldados de la fortuna*.

—Ella dice que para siempre.

—Pues entonces será para siempre.

Se acercaban las vacaciones de Navidad. Si Park seguía castigado durante las fiestas, tardaría tres semanas en volver a ver a Eleanor.

—Papá...

—Tengo una idea —le propuso su padre dejando a un lado la revista—. En cuanto aprendas a conducir estándar, te perdonaré el castigo y podrás traer a tu novia a casa en coche.

—¿Qué novia? —los interrumpió la madre de Park.

Acababa de llegar en aquel momento, con las compras. Park se levantó para ayudarla. Su marido se puso en pie también y le dio la bienvenida con un beso.

—Le he dicho a Park que si aprende a conducir le levantaré el castigo.

—Ya sé conducir —gritó Park desde la cocina.

—Aprender a conducir un coche automático es como hacer una flexión de chica.

—Nada de chicas —dijo la madre de Park—. Castigado.

—Pero ¿cuánto tiempo? —insistió Park, volviendo a entrar en la sala. Sus padres estaban sentados en el sofá—. No me pueden castigar para siempre.

—Ya lo creo que podemos —replicó el padre.

—¿Por qué? —preguntó él.

Su madre parecía nerviosa.

—Tú estás castigado hasta que olvidas esa chica problemática.

Tanto Park como su padre dejaron de lado sus diferencias para voltear a verla.

—¿Qué chica problemática? —preguntó Park.

—¿Dubble Bubble? —añadió el hombre.

—No me gusta —declaró la madre en tono terminante—. Ella viene a mi casa y llora, es muy rara, y dos días después pegas tus amigos y me llaman de colegio, tu cara destrozada... Y todos, todos, dicen que esa familia mejor lejos. Familia problemática. No.

Park inhaló y retuvo el aire. Le ardía el pecho demasiado como para soltarlo.

—Mindy... —intercedió el padre de Park levantando una mano para hacer callar al chico.

—No —repitió la mujer—. No. No quiero blancas raras en casa.

—A lo mejor no te has dado cuenta, pero no tengo más opción que salir con blancas raras —replicó Park alzando un poco la voz. Ni siquiera furioso como estaba podía gritarle a su madre.

—Hay otras chicas —le dijo su madre—. Buenas chicas.

—Es una buena chica —objetó Park—. Ni siquiera la conoces.

El padre de Park se había puesto de pie y empujaba a su hijo hacia la puerta.

—Vete —le dijo muy serio—. Ve a jugar basquetbol o lo que sea.

—Buenas chicas no visten como chicos —replicó la madre.

—Vete —repitió su padre.

Park no tenía ganas de jugar basquetbol y hacía mucho frío para quedarse afuera parado sin abrigo. Esperó un momento y luego echó a andar indignado hacia la casa de sus abuelos. Llamó y luego abrió la puerta; nunca la cerraban.

Estaban los dos en la cocina, mirando *Family Feud*. La abuela de Park preparaba salchichas a la plancha.

—¡Park! —exclamó—. Debo haber presentido que venías. He preparado muchísimas croquetas de papa.

—Pensaba que estabas castigado —le dijo el abuelo.

—Calla, Harold, los abuelos no cuentan. ¿Te encuentras bien, cielo? Pareces congestionado.

—Es que tengo frío —dijo Park.

—¿Te quedas a cenar?

—Sí —aceptó el chico.

Después de cenar, se sentaron a ver *Matlock* en la tele. La abuela de Park tejía con gancho; estaba tejiendo una manta para el nieto de una amiga suya. Park miraba la televisión pero no se enteraba de nada.

La pared de detrás del televisor estaba llena de fotografías enmarcadas. Había fotos del padre de Park y de su tío, que murió en Vietnam, y también fotos de Josh y del mismo Park tomadas a lo largo de sus años escolares. Había también una foto más pequeña de la boda de sus padres. El padre de Park iba de uniforme y la madre llevaba una minifalda rosa. Alguien había escrito "Seul, 1970" en una esquina. Su padre tenía veintitrés años en aquel entonces. Su madre dieciocho, sólo dos más que Park.

Todo el mundo supuso que estaba embarazada, le había contado su padre. Pero no lo estaba.

—Prácticamente embarazada —había dicho—, pero eso es otra cosa. Sencillamente estábamos enamorados.

Park no esperaba que a su madre le cayera bien Eleanor, al menos, no enseguida. Pero tampoco imaginaba que se negaría a aceptarla. La madre de Park era encantadora con todo el mundo.

—Tu madre es un ángel —decía siempre la abuela.

Todo el mundo lo decía.

Después de *El precio del deber*, los abuelos mandaron a su nieto a casa.

La madre de Park se había ido a dormir, pero el padre lo esperaba sentado en el sofá. Park intentó pasar de largo.

—Siéntate —ordenó el hombre.

Park se sentó.

—Ya no estás castigado —le informó su padre.

—¿Por qué no?

—Da igual por qué. El caso es que ya no estás castigado, y tu madre lamenta muchísimo todo lo que dijo.

—Eres tú quien lo dice —protestó Park.

Su padre suspiró.

—Bueno, puede que sí, pero da igual. Tu madre quiere lo mejor para ti, ¿está bien? ¿No ha querido siempre lo mejor para ti?

—Supongo...

—Y ahora está preocupada por ti. Cree que te puede ayudar a elegir novia igual que te ayuda a escoger asignaturas o ropa.

—Ella no escoge mi ropa.

—Por el amor de Dios, Park, ¿quieres callarte y escuchar?

Park se sentó despacio en el sillón azul.

—Esto es nuevo para nosotros, ¿sabes? Tu madre lo siente mucho. Lamenta haber herido tus sentimientos y quiere que invites a tu novia a cenar.

—¿Para hacer que se sienta rara y mal?

—Bueno, un poco rara sí que es, ¿no?

Park no tenía ya fuerzas para enfadarse. Suspiró y dejó caer la cabeza contra el respaldo. El padre siguió hablando.

—¿Es por eso que te gusta?

Debería seguir haciéndose el ofendido.

Park sabía que en toda aquella situación aún había desajustes y malas ondas. Sin embargo, ya no estaba castigado y podría pasar más tiempo con Eleanor. Puede que incluso encontraran la manera de estar solos. Park no veía el momento de decírselo. Apenas podía esperar al día siguiente.

capítulo 24

eleanor

No le gustaba reconocerlo, pero la verdad era que a menudo se dormía en plena pelea.

Al cabo de un par de meses de su regreso, Eleanor se acostumbró. Si tuviera que despertarse cada vez que Richie se enfadaba, si se asustara cada vez que lo oía gritar en la habitación del fondo...

A veces, cuando Maisie se encaramaba a su cama, se despertaba. Maisie no dejaba que Eleanor la viera llorar durante el día, pero se estremecía como una niña pequeña y se chupaba el pulgar por la noche. Los cinco habían aprendido a llorar en silencio.

—No pasa nada —le decía Eleanor a su hermana mientras la abrazaba—. No pasa nada.

Esa noche, cuando Eleanor se despabiló, supo que aquélla no era una bronca más.

Oyó que la puerta trasera se abría de golpe. Y antes de despertarse del todo, comprendió que había oído voces en el exterior. Hombres que maldecían.

Sonaron golpes en la cocina... y luego disparos. Eleanor supo que eran disparos aunque era la primera vez que los oía.

"Delincuentes", pensó. "Traficantes de drogas. Violadores." Seguro que abundaban los malvivientes que tenían cuentas pendientes con Richie; incluso sus amigos daban miedo.

Eleanor debió de levantarse en cuanto oyó los disparos. Ahora estaba en la litera inferior, acurrucada sobre Maisie.

—No te muevas —le susurró, sin saber si estaba despierta.

Eleanor abrió la ventana lo suficiente para deslizarse al exterior. Saltó y se alejó en silencio del cobertizo. Se detuvo en la casa de al lado; un hombre de avanzada edad llamado Gil vivía allí. Usaba camiseta con tirantes y les lanzaba miradas asesinas cuando barría la acera.

Gil tardó siglos en abrir la puerta. Cuando lo hizo, Eleanor se dio cuenta de que, al llamar, había agotado sus reservas de adrenalina.

—Hola —dijo en voz baja.

El tipo provocaba escalofríos. Habría sido capaz, con una sola de sus miradas asesinas, de obligar a Tina a esconderse bajo la mesa; luego le habría dado una patada.

—¿Me deja usar el teléfono? —preguntó Eleanor—. Tengo que llamar a la policía.

—¿Qué? —gritó Gil.

Tenía el pelo aceitoso y usaba tirantes hasta con la piyama.

—Tengo que llamar a emergencias —explicó ella. Lo dijo como si le estuviera pidiendo una taza de azúcar—. O podría llamar usted. Hay unos hombres en mi casa... armados. Por favor.

Gil no parecía impresionado, pero la dejó entrar. Por dentro, la casa era muy bonita. Eleanor se preguntó si alguna vez habría estado casado... o si sencillamente le gustaban los holanes. El teléfono estaba en la cocina.

—Creo que ha entrado gente a mi casa —le dijo Eleanor al telefonista de emergencias—. Escuché disparos.

Gil no le pidió que se fuera, así que Eleanor esperó a la policía en su cocina. Tenía toda una bandeja de brownies en la mesa, pero no le ofreció. Toda clase de imanes en forma de mapas cubrían la puerta del refrigerador, y sobre la barra había un temporizador que tenía forma de pollito. El hombre se sentó en la mesa de la cocina y encendió un cigarro. Tampoco le ofreció.

Cuando llegó la policía, Eleanor salió de la casa. De repente, se sentía una boba con sus pies descalzos. Gil cerró la puerta tras ella.

Los policías no salieron del coche.

—¿Nos llamó usted? —le preguntó uno.

—Creo que hay alguien en mi casa —explicó ella con voz temblorosa—. Oí gritos y disparos.

—Muy bien —dijo el policía—. Espere un momento, entraremos con usted.

"Conmigo", pensó Eleanor. Ni en sueños pensaba volver allí dentro. ¿Qué les iba a decir a los Ángeles del Infierno que campaban a sus anchas en la sala?

Los agentes de policía —dos hombretones calzados con botas negras— estacionaron el auto y la acompañaron al cobertizo.

—Adelante —dijo uno—. Abra la puerta.

—No puedo. Está cerrada con llave.

—¿Y cómo ha salido?

—Por la ventana.

—Pues entre por la ventana.

La próxima vez que llamara a emergencias solicitaría policías que no la obligaran a entrar sola en una casa allanada. ¿Los bomberos también hacían eso? "Eh, niña, entra tú primero y abre la puerta."

Saltó por la ventana, pasó por encima de Maisie (que seguía durmiendo), corrió a la sala, abrió la puerta y volvió corriendo a su habitación. Luego se sentó a esperar en la litera de abajo.

—Policía —oyó.

A continuación escuchó la voz de Richie.

—¿Pero qué carajos...?

Y la de su madre:

—¿Qué pasa?

—Policía.

Sus hermanos se fueron despertando y acurrucándose todos juntos, frenéticos. Alguien pisó al nene, que empezó a llorar.

Eleanor oyó los pasos de los policías, que recorrían la casa. Richie gritaba. La puerta del cuarto se abrió cediendo el paso a la madre de Eleanor, que entró como la esposa del señor Rochester, con un camisón blanco, largo y desgarrado.

—¿Los llamaste tú? —le preguntó a Eleanor.

Ella asintió.

—Oí disparos —explicó.

—Chist —la hizo callar su madre, que corrió a la cama y le apretó la mano contra la boca—. No digas nada más —cuchicheó—. Si te preguntan, di que te has confundido, que todo ha sido un error.

La puerta se abrió y la madre de Eleanor apartó la mano. Dos rayos de luz recorrieron el cuarto. Todos los pequeños estaban despiertos, llorando. Les brillaban los ojos como a los gatos.

—Sólo están asustados —explicó la mujer—. No entienden a qué viene esto.

—Aquí no hay nadie —dijo el policía, enfocando con la linterna en dirección a Eleanor—. Hemos inspeccionado el jardín y el sótano.

Parecía más una acusación que un intento de tranquilizarla.

—Lo siento —dijo ella—. Me había parecido oír algo...

Las luces se apagaron y Eleanor oyó que los tres hombres hablaban en la sala. Luego los policías salieron al cobertizo, haciendo mucho ruido con sus pesadas botas, y por fin el coche se alejó. La ventana seguía abierta.

Richie entró en el cuarto de Eleanor... Nunca entraba a su habitación. La adrenalina volvió a inundarla.

—¿En qué estabas pensando? —dijo el hombre con suavidad.

Ella no respondió. Su madre le tomó la mano y Eleanor se plantó firme.

—Richie, la niña no lo sabía —intercedió su madre—. Escuchó disparos.

—Qué la chingada —replicó él dando un puñetazo a la puerta. El contrachapado se astilló.

—Sólo quería protegernos, ha sido un error.

—¿Intentas deshacerte de mí? —gritó él—. ¿Pensabas que podías deshacerte de mí?

Eleanor escondió la cara en el hombro de su madre. Menuda protección, era como esconderse tras un objeto que tenía numerosas probabilidades de recibir un golpe.

—Fue un error —repitió la madre de Eleanor—. Sólo quería ayudar.

—No vuelvas a llamarlos —le ordenó Richie a Eleanor con voz apagada y ojos de loco—. Nunca.

Y luego añadió gritando:

—Puedo librarme de todos ustedes en cuanto quiera.

Cerró la puerta a su espalda de un portazo.

—A la cama —ordenó la madre—. Todos.

—Pero mamá... —susurró Eleanor.

—A la cama —repitió ésta, y ayudó a Eleanor a trepar por la escalera hasta la litera de arriba. Luego se inclinó hacia ella, con la boca pegada al oído de su hija—. Fue Richie —susurró—. Había unos chicos jugando basquetbol en el parque, armando escándalo. Sólo quería asustarlos. Pero no tiene permiso de portar armas y hay otras cosas en la casa que... podrían haberlo arrestado. Ya basta por hoy. Ni una palabra más.

Se arrodilló con los niños un rato, acariciándolos y tranquilizándolos. Luego salió de la habitación como un fantasma.

Eleanor habría jurado que oía el latido de cinco corazones. Todos estaban ahogando un sollozo. Llorando hacia dentro. Eleanor descendió a la cama de Maisie.

—No pasa nada —susurró a todos los presentes—. Ya pasó.

capítulo 25

park

Eleanor parecía ausente aquella mañana. No dijo ni una palabra mientras esperaban el autobús. Cuando subieron, se dejó caer en el asiento y se apoyó en la ventana.

Park le tiró de la manga y ella ni siquiera esbozó una sonrisa.

—¿Estás bien? —le preguntó.

Ella alzó la vista.

—Ahora sí —dijo.

Park no le creyó. Volvió a tirarle de la manga.

Eleanor se dejó caer contra él y escondió la cara en su hombro.

Él le apoyó la cabeza en el pelo y cerró los ojos.

—¿Bien? —le preguntó.

—Casi —respondió ella.

Cuando el autobús se detuvo, Eleanor se apartó. Nunca dejaba que la tomara de la mano una vez que bajaban del autobús. Jamás lo tocaba en los pasillos.

—La gente nos mirará —decía.

Park no podía creer que aún le afectara ese rollo. Las chicas que quieren pasar desapercibidas no se atan pompones de cortina en el pelo ni zapatos de golf y todo eso.

Aquel día permaneció junto al casillero de Eleanor, soñando con tocarla. Quería darle las buenas noticias, pero ella parecía tan distante que seguramente ni le oiría.

eleanor

¿Adónde iría esta vez?

¿De nuevo a casa de los Hickman?

"Eh, ¿se acuerdan de que una vez mi madre les pidió que me dieran asilo unos días y me dejó un año entero? Les agradezco muchísimo que no llamaran a servicios sociales. Fue muy caritativo de su parte. Por cierto, ¿está libre el sofá-cama?"

Maldición.

Antes de la llegada de Richie, Eleanor sólo conocía ésa y otras palabras sacadas de los libros y de los grafitis de los baños.

Pinche mujer. Pinches niños. Púdrete, zorra. ¿Quién ha tocado mi equipo, demonios?

La última vez, Eleanor no lo vio venir. La vez que Richie la echó de casa.

No lo vio venir porque jamás se le había pasado por la cabeza que pudiera hacerle eso. Nunca se le ocurrió que lo intentaría. Y jamás en la vida pensó que su madre accedería. (Richie debió de darse cuenta antes que Eleanor de que su madre había cambiado de bando.)

Le agobiaba recordar cómo sucedió (fue bochornoso además de muchas otras cosas) porque la verdad es que Eleanor se lo buscó. Lo estaba pidiendo a gritos.

Estaba en su cuarto, pasando letras de canciones con la vieja máquina de escribir que su madre había comprado de segunda mano. La cinta estaba gastada (Eleanor tenía una caja llena de cartuchos para otros modelos), pero funcionaba. Le encantaba aquella máquina: el tacto de las teclas, el crujido y el chasquido que hacían al estamparse contra el papel. Incluso le gustaba el olor, una mezcla de metal y aceite.

Aquel fatídico día, Eleanor se aburría.

Tenía demasiado calor como para hacer nada que no fuera tumbarse a leer o a mirar la tele. Richie descansaba en la sala. No se había levantado hasta las dos o las tres de la tarde y saltaba a la vista que estaba de mal humor. La madre de Eleanor andaba nerviosa de acá para allá, ofreciéndole a Richie limonada, bocadillos o aspirinas. Ella odiaba que su madre se arrastrara. No la aguantaba cuando se ponía en plan sumiso. Eleanor se sentía humillada sólo de presenciarlo.

Así que estaba en el piso de arriba pasando a máquina letras de canciones: "Scarborough Fair".

Oyó las protestas de Richie.

—¿Qué demonios es ese ruido?

Y luego:

—Demonios, Sabrina, ¿no puedes hacer que se calle?

La madre de Eleanor subió las escaleras de puntillas y asomó la cabeza.

—Richie no se encuentra bien —dijo—. ¿Puedes hacer otra cosa?

Estaba pálida y nerviosa. Eleanor detestaba verla así.

Esperó a que su madre llegara abajo. Después, sin saber por qué, pulsó una tecla.

A

Crunch-tac.

Le temblaban los dedos sobre el teclado.

RE

Crunch-crunch-tac-tac.

No pasó nada. Nadie se movió. El aire era pesado y caliente. La casa estaba tan callada como una biblioteca en el infierno. Eleanor cerró los ojos y levantó la barbilla.

YOU GOING TO SCRABOROUGH FAIR PARSLEY SAAGE ROSEMARY AND THYME

Richie subió las escaleras tan deprisa que, de confiar en sus recuerdos, Eleanor juraría que llegó volando. De realmente confiar en sus recuerdos, diría que abrió la puerta con una bola de fuego.

Entró en la habitación como una tromba, sin que Eleanor tuviera tiempo a reaccionar. Le arrancó la máquina de las manos y la estrelló contra la pared con tanta fuerza que el yeso se rompió y el artefacto se quedó un momento colgando entre las tablas de madera. Eleanor estaba demasiado horrorizada para distinguir los insultos: gorda, puta y zorra.

Nunca lo había tenido tan cerca. Tenía miedo de que le partiera la espalda. No quería mirarlo a los ojos así que se tapó la cara con la almohada.

GORDA, PUTA y ZORRA. Y también: TE LO ADVERTÍ, SABRINA.

—Te odio —susurró Eleanor en la almohada.

Oía fuertes golpes por el cuarto. Oía a su madre, que hablaba con suavidad desde la puerta, como si quisiera tranquilizar a un niño para que se volviera a dormir.

GORDA, PUTA y ZORRA, y LO PEDÍA A GRITOS, ES QUE LO ESTÁ PIDIENDO A GRITOS, MIERDA.

—Te odio —repitió Eleanor, ahora en voz más alta—. Te odio, te odio, te odio.

VETE AL DIABLO.

—Te odio.

QUE SE PUDRAN TODOS.

—Púdrete.

ESTÚPIDAS ZORRAS.

—Púdrete, púdrete, púdrete.

¿PERO QUÉ ESTÁS DICIENDO?

En el recuerdo de Eleanor, la casa había temblado.

Su madre la había jalado para arrancarla de la cama. Eleanor quería seguirla, pero tenía tanto miedo que las piernas no la sostenían. Quería tirarse al suelo y salir a gatas. Quería fingir que la habitación estaba llena de humo.

Richie gritaba como un loco. La madre de Eleanor la llevó hasta las escaleras y la hizo bajar a toda prisa. Él les pisaba los talones.

Eleanor se estrelló contra la barandilla y prácticamente corrió a gatas hacia la puerta. Salió y siguió corriendo hasta llegar a la acera. Ben estaba sentado en el cobertizo, jugando con los coches Hot Wheels. Dejó de jugar y se le quedó mirando a Eleanor.

Ella se preguntó si debía seguir corriendo, pero ¿hacia dónde? Ni siquiera de pequeña había fantaseado con la idea de escapar de casa. No se imaginaba a sí misma más allá del jardín. ¿Adónde iría? ¿Quién la acompañaría?

Cuando la puerta principal volvió a abrirse, Eleanor se alejó unos cuantos pasos.

Era su madre, que la tomó del brazo y echó a andar rápidamente hacia la casa del vecino.

Si Eleanor hubiera sabido entonces lo que iba a pasar, habría corrido a casa para despedirse de Ben. Habría buscado a Maisie y a Mouse y les habría dado un beso a cada uno. A lo mejor habría pedido que la dejaran ver al bebé.

Y si se hubiera cruzado con Richie, quizás le habría suplicado de rodillas que la dejara quedarse. Puede que le hubiera dicho todo lo que quería oír.

Y si era eso lo que Richie pretendía ahora —si buscaba que le implorara perdón, que le pidiera clemencia, si ése era el precio que debía pagar para quedarse—, lo haría.

Esperaba que Richie no se diera cuenta.

No quería que ninguno de ellos supiera lo que quedaba de ella.

park

Eleanor ignoró al señor Stessman en la clase de Inglés.

En Historia, se dedicó a mirar por la ventana.

De camino a casa, no parecía de mal humor, porque ni siquiera estaba allí.

—¿Está todo bien? —le preguntó Park.

Eleanor asintió con un movimiento de cabeza.

Cuando ella se bajó del autobús, Park aún no se lo había dicho. Así que se bajó también y la siguió, aunque sabía que no era buena idea.

—Park —dijo, mirando nerviosa hacia a su casa.

—Ya lo sé —repuso él—, pero quería decirte que... ya no estoy castigado.

—¿No?

—Ajá.

—Es genial —dijo Eleanor.

—Sí...

Ella volvió a desviar la mirada.

—Eso significa que puedes venir a casa —aclaró él.

—Ah —repuso Eleanor.

—Si quieres, claro.

Las cosas no estaban saliendo como Park se las había imaginado. Eleanor no lo veía ni siquiera cuando lo miraba.

—Ah —repitió.

—¿Eleanor? ¿Está todo bien?

Ella asintió.

—¿Aún...? —Park agarró las tiras de la mochila—. O sea, ¿te gustaría? ¿Aún me echas de menos?

Eleanor asintió otra vez. Parecía a punto de echarse a llorar. Park esperaba que no volviera a llorar en su casa... si alguna vez volvía. Tenía la sensación de que estaba escapando.

—Es que estoy muy cansada —se disculpó Eleanor.

capítulo 26

eleanor

¿Que si lo echaba de menos?

Quería perderse en él. Rodearlo con los brazos como un torniquete.

Si Park se daba cuenta de lo mucho que lo necesitaba, huiría.

capítulo 27

eleanor

Al día siguiente, Eleanor se sintió mejor. Las mañanas sacaban lo mejor de ella.

Aquel día, Eleanor despertó con ese gato tan pesado acurrucado a su lado como si aún no se hubiera enterado de que no lo aguantaba, ni a él ni a ningún gato del mundo.

Luego su madre le dio un sándwich de huevo frito que a Richie no le había apetecido y le prendió una flor de cristal algo gastada en la solapa de la chamarra.

—La encontré en la tienda de segunda mano —le dijo—. Maisie la quería, pero la guardé para ti.

Le aplicó unas gotas de esencia de vainilla detrás de las orejas.

—A lo mejor voy a casa de Tina después de clases —mencionó Eleanor.

—Muy bien —respondió la madre—. Que te diviertas.

Eleanor tenía la esperanza de que Park la estuviera esperando en la parada, pero entendería perfectamente que la hubiera evitado.

Estaba. La aguardaba en la penumbra, ataviado con una gabardina gris y unas tobilleras negras, y la buscaba con la mirada.

—Buenos días —dijo Eleanor empujándolo con ambas manos.

Park se rio y retrocedió un paso.

—¿Quién eres?

—Soy tu novia —respondió ella—. Pregúntale a quien quieras.

—No... mi novia es una chica triste y callada que me hace pasarla fatal.

—Qué mala onda. Deberías cambiar de novia.

Park sonrió y negó con la cabeza.

Hacía frío y estaban casi a oscuras. Eleanor veía el aliento de Park. Resistió el impulso de aspirarlo.

—Le dije a mi madre que iría a casa de una amiga después de clases —dijo.

—¿Sí?

Eleanor no conocía a nadie, aparte de Park, que llevara la mochila a los hombros y no colgando a un lado. Además, siempre agarraba las tiras, como si acabara de saltar de un avión o algo así. Era un gesto encantador, sobre todo cuando se ponía en plan tímido y bajaba la cabeza.

Le tiró del flequillo.

—Sí.

—Genial —repuso Park sonriendo, todo mejillas brillantes y labios llenos.

No le muerdas los labios, se dijo Eleanor. Te tomaría por una chica rara e insegura. Además, nadie hace cosas así en las comedias de la tele ni en las películas que acaban en grandes besos.

—Perdona por lo de ayer —se disculpó.

Él apretó con fuerza las tiras de la mochila y se encogió de hombros.

—Cosas que pasan.

Ay, madre, como siguiera así le mordería la cara hasta el hueso.

park

Estuvo a punto de contarle las cosas que había dicho su madre.

No le parecía bien tener secretos con Eleanor; sin embargo, le parecía aún peor compartir un secreto como ése. Eleanor se pondría más nerviosa todavía. Puede que se negase a ir a casa de Park.

Y se veía tan contenta... Como si fuera otra persona. Le apretaba la mano cada dos por tres. Incluso le mordió el hombro cuando bajaban del autobús.

Además, si se lo contaba, como mínimo querría pasar por su casa para cambiarse. Aquel día llevaba una playera de rombos de color naranja, muy grande, con la corbata verde de seda y unos jeans anchos.

Park no sabía si Eleanor tenía siquiera alguna ropa de chica, y le daba igual. En parte prefería que vistiera como lo hacía. A lo mejor sí tenía una ligera facha gay, pero no lo creía, porque Eleanor no podría pasar por un chico ni aunque se cortara el pelo y llevara bigote. Todas esas prendas masculinas no hacían sino realzar su feminidad.

No le contaría lo de su madre. Ni le pediría que sonriera. Ahora bien, si volvía a morderlo, no respondía de sí mismo.

—¿Quién eres? —volvió a preguntarle en clase de Inglés.

—Pregúntale a quien quieras —respondió ella.

eleanor

En clase de Español les encargaron que escribieran una carta a un amigo. La señora Bouzon les puso un episodio de *¿Qué pasa, USA?*, una serie bilingüe, mientras la redactaban.

Eleanor intentó escribirle una carta a Park. No le salió muy larga.

> *Estimado señor Sheridan:*
> *Me gusta comer su cara.*
> *Besos,*
> *Leonor*

Durante el resto del día, cada vez que Eleanor se ponía nerviosa o se asustaba, se ordenaba a sí misma hacer esfuerzos por seguir contenta. (La estrategia no le servía para sentirse mejor, pero al menos impedía que se sintiera peor.)

Se repitió que la familia de Park seguramente era de buenas personas si habían criado a alguien como él. Daba igual que el principio no pudiera aplicarse en su caso. Además, no tendría que enfrentarse a ellos sola. Park estaría a su lado. Todo se reducía a eso. No podía existir en el mundo ningún lugar tan horrible como para que renunciara a la compañía de Park.

Se encontró con él por casualidad en el pasillo del tercer piso, Park cargaba un microscopio. Cruzarse allí con él le hizo muchísima más ilusión que cuando se veían en los lugares acostumbrados.

capítulo 28

park

Llamó a su madre a la hora de comer para decirle que Eleanor lo acompañaría aquella tarde. La orientadora le dejó usar el teléfono. (A la señora Dunne le encantaba prestar ayuda en casos de crisis, así que Park sólo tuvo que dar a entender que se trataba de una emergencia.)

—Sólo quería decirte que Eleanor irá conmigo a casa después de clases —informó Park a su madre—. Papá dijo que no había problema.

—Bien —respondió ella, sin molestarse siquiera en aparentar que le parecía bien—. ¿Se quedará a cenar?

—No lo sé —dijo Park—. Seguramente no.

La mujer suspiró.

—Procura ser simpática con ella, ¿ok?

—Soy simpática con todos —repuso la madre de Park—. Lo sabes.

En el autobús, Park notó que Eleanor estaba nerviosa. Guardaba silencio y se mordía el labio inferior con tanta fuerza que cambiaba de rojo a blanco. Era así como se advertía que también tenía pecas en los labios.

Park trató de distraerla hablando de *Watchmen*; acababan de leer el cuarto capítulo.

—¿Qué te parece la historia de piratas? —le preguntó.

—¿Qué historia de piratas?

—Ya sabes, hay un personaje que siempre está leyendo un cómic de piratas. La historia dentro de la historia, la historia de piratas.

—Siempre me salto esa parte —explicó Eleanor.

—¿Te la saltas?

—Es un rollo. Bla, bla, bla... ¡Piratas! Bla, bla, bla.

—Nada de lo que escribe Alan Moore se puede describir como un bla, bla, bla —declaró Park solemnemente.

Eleanor se encogió de hombros y se mordió el labio.

—Comienzo a pensar que no debería haberte iniciado en los cómics con una historia que prácticamente deconstruye los últimos cincuenta años del género —dijo Park.

—Sólo he oído: bla, bla, bla, género.

El autobús se detuvo a pocos metros de la casa de Eleanor. Ella miró a Park.

—¿Qué te parece si bajamos en mi parada? —preguntó él.

Eleanor volvió a encogerse de hombros.

Bajaron en la parada de Park, junto con Steve, Tina y casi todos los que se sentaban al fondo. Cuando Steve no estaba trabajando, sus compañeros de clase se reunían en su garaje, incluso en invierno.

Park y Eleanor caminaron tras ellos.

—Hoy parezco un poco boba. Lo siento —se disculpó Eleanor.

—Estás como siempre —repuso Park.

Eleanor se había colgado la bolsa del brazo. Park intentó llevársela, pero ella no lo dejó.

—¿Siempre parezco boba?

—No quise decir eso...

—Pues es lo que dijiste —murmuró ella.

Lo último que quería Park en aquel preciso instante era que Eleanor se enfadara. O sea, en cualquier momento menos ahora. Que se pasara todo el día siguiente de malas si quería.

—Sabes cómo hacer que una chica se sienta especial —se burló ella.

—Nunca he dicho que supiera nada de chicas —objetó Park.

—Pues no es eso lo que me han dicho —respondió ella—. Por lo que yo sé, te dejan llevar chicasss a tu cuarto.

—Han estado ahí —reconoció Park—, pero no he aprendido nada.

Se detuvieron al llegar al cobertizo. Park agarró su bolsa e hizo esfuerzos por no parecer nervioso. Eleanor miraba la acera como si estuviera a punto de salir corriendo.

—Lo que quería decir es que hoy tienes el mismo aspecto de siempre —le explicó él en voz baja, por si su madre estuviera al otro lado de la puerta—. Y siempre estás guapa.

—Nunca estoy guapa —replicó ella como si Park fuera un cretino.

—A mí me gusta tu aspecto —afirmó él. Su tono era más de reproche que de cumplido.

—Eso no significa que sea bueno.

Eleanor también susurraba.

—Ok, pues, tienes facha de vagabundo.

—¿De vagabundo?

Eleanor frunció el ceño.

—Sí, de nómada —aclaró él—. Pareces sacada del casting de *Godspell*.

—Ni siquiera lo conozco.

—Es un musical malísimo.

Eleanor dio un paso hacia él.

—¿Tengo facha de vagabundo?

—Peor aún —replicó Park—. De payaso vagabundo.

—¿Y a ti te gusta?

—Me encanta.

Nada más oírlo, Eleanor sonrió. Y cuando Eleanor sonreía, algo se rompía dentro de Park.

Algo se rompía siempre.

eleanor

Menos mal que la madre de Park abrió la puerta en aquel momento, porque Eleanor estaba a punto de besar a Park, y de haberlo hecho se habría metido en camisa de once varas; Eleanor no sabía nada de besos.

Bueno, claro, había visto millones de besos por la tele (gracias, Fonzie), pero la televisión nunca mostraba la sustancia del asunto. Si Eleanor hubiera intentado besar a Park, habría hecho lo mismo que hacen las niñas cuando fingen que Barbie y Ken se besan: estamparle su cara.

Además, si la madre de Park hubiera abierto la puerta en pleno beso, por penoso que fuera, la habría odiado aún más de lo que ya lo hacía.

Y la madre de Park la odiaba, saltaba a la vista. O puede que sólo odiara el concepto de Eleanor, la idea de que una chica sedujera a su primogénito en su propia sala.

Eleanor siguió a Park hasta la sala y se sentó. Actuó con muchísima educación. Cuando la madre de Park les ofreció merienda, ella dijo:

—Me encantaría, muchas gracias.

La mujer miraba a Eleanor como si fuera una mancha en el sofá azul cielo. Les llevó galletas y luego los dejó solos.

Park estaba contentísimo. Eleanor trató de concentrarse en lo agradable que era estar allí con él; pero el mero hecho de no perder los nervios requería de toda su concentración.

Eran los pequeños detalles de la casa de Park los que la sacaban de quicio. Como los adornos de cristal que colgaban por todas partes, y las cortinas a juego con el sofá y con los tapetes extendidos bajo las lámparas.

Cualquiera habría jurado que en una casa tan agradable y aburrida como aquélla no podía vivir nadie interesante. Sin embargo, Park era el chico más inteligente y divertido que Eleanor había conocido jamás, y aquél era su planeta natal.

Eleanor quería sentirse superior a la madre de Park y a su hogar de mujer de Avon. En cambio, no dejaba de pensar en lo increíble que sería vivir en una casa como aquélla. Tener tu propia habitación. Y tus propios padres. Y seis tipos de galletas distintos en la despensa.

park

Eleanor tenía razón. No era guapa exactamente. Emanaba algo artístico, y el arte no busca ser bonito, busca despertar tus sentimientos.

A Park, la presencia de Eleanor en el sofá le hacía sentir que se había abierto una ventana a mitad de la sala. Como si todo el aire de la habitación hubiera sido reemplazado de repente por otro más fresco y puro.

Junto a Eleanor, tenía la sensación de que sucedían cosas. Incluso allí, sentados en el sofá.

Eleanor no dejó que la tomara de la mano, no en casa de Park, y tampoco se quedó a cenar. Pero aceptó volver al día siguiente... si a sus padres les parecía bien, como así fue.

De momento, la madre de Park se había mostrado amable. No había desplegado su encanto, como hacía con sus clientes y con los vecinos, pero tampoco había sido brusca. Y si quería esconderse en la cocina cada vez que Eleanor fuera de visita, pensó Park, estaba en su derecho.

Eleanor volvió el jueves por la tarde y luego el viernes. El sábado, mientras jugaban Nintendo con Josh, el padre de Park la invitó a cenar.

Park alucinó cuando ella aceptó. El padre añadió otro servicio a la mesa del comedor y Eleanor se sentó junto a Park. Estaba nerviosa, se le notaba. Apenas tocó el sándwich de carne con chile y al cabo de un rato su sonrisa empezó a parecer una mueca.

Después de cenar, vieron todos juntos *Volver al futuro* en HBO. La madre de Park hizo palomitas. Eleanor se sentó con Park en el suelo, de espaldas contra el sofá, y cuando él le agarró la mano a hurtadillas, no la retiró. Park le acarició la palma porque sabía que a ella le gustaba. Eleanor entrecerró los ojos como si se estuviera durmiendo.

Cuando acabó la película, el padre de Park se empeñó en que su hijo acompañara a Eleanor a casa.

—Gracias por invitarme, señor Sheridan —se despidió ella—. Y gracias por la cena, señora Sheridan. Estaba deliciosa. Me la he pasado muy bien.

No había ni sombra de sarcasmo en su voz.

Desde la puerta, volvió a gritar:

—¡Buenas noches!

Park cerró la puerta a sus espaldas. Casi podía ver cómo la tensión la abandonaba. Sintió deseos de abrazarla, para escurrirle las últimas gotas de ansiedad.

—No me puedes acompañar a casa —le dijo ella en el tono brusco de costumbre—. Lo sabes, ¿verdad?

—Ya lo sé. Pero te puedo acompañar una parte del camino.

—No sé...

—Vamos —insistió Park—. Es de noche. Nadie nos verá.

—Está bien —aceptó Eleanor, pero se metió las manos en los bolsillos. Echaron a andar despacio.

—Tu familia es fantástica —dijo ella al cabo de un momento—. De verdad.

Park la agarró del brazo.

—Mmm, quiero enseñarte una cosa.

La arrastró hacia el camino de entrada a una casa, entre un pino y un remolque.

—Park, esto es allanamiento.

—No lo es. Mis abuelos viven aquí.

—¿Y qué me quieres enseñar?

—En realidad nada. Sólo quería estar un momento a solas contigo.

La llevó hacia el fondo del camino, donde los árboles, el remolque y el garaje los ocultaban casi por completo.

—¿En serio? —dijo Eleanor—. Qué feo.

—Ya lo sé —reconoció él, volviéndose a mirarla—. La próxima vez, te diré: Eleanor, sígueme a este callejón oscuro que quiero besarte.

Ella no puso los ojos en blanco. Respiró profundamente y cerró la boca. Park estaba aprendiendo a agarrarla desprevenida.

Eleanor hundió aún más las manos en los bolsillos, así que Park la tomó por los codos.

—La próxima vez —prosiguió— me limitaré a decir: Eleanor, escóndete tras esos arbustos conmigo, porque me voy a volver loco si no te beso.

Como ella no se movió, Park juzgó que podía acariciarle la cara. Su piel era tan suave como había imaginado, blanca y lisa como porcelana pecosa.

—Sólo te diré: Eleanor, sígueme a la madriguera del conejo...

Le pasó el pulgar por los labios para ver si Eleanor se apartaba. No lo hizo. Park se inclinó hacia ella. Quería cerrar los ojos, pero temía que lo dejara allí plantado.

Cuando sus labios empezaban a rozarse, Eleanor hizo un gesto negativo con la cabeza. Frotó la nariz de Park con la suya.

—Nunca lo he hecho —dijo.

—No pasa nada —la tranquilizó él.

—Sí pasa. Lo voy a hacer fatal.

Él negó con un gesto.

—No.

Eleanor meneó la cabeza un poco más. Sólo un poco.

—Te vas a arrepentir —insistió.

Park se echó a reír al oírla, así que tuvo que esperar un instante antes de besarla.

No fue un completo desastre. Los labios de Eleanor eran suaves y cálidos. Notaba el pulso de ella en la mejilla. Park se alegró de que estuviera tan nerviosa. Eso lo obligaba a permanecer tranquilo; sentir su temblor lo relajaba.

Park se apartó antes de lo que habría querido. Aún no había aprendido a respirar en pleno beso.

Cuando se separaron, vio que Eleanor tenía los ojos casi cerrados. Había luz en el cobertizo delantero de los abuelos de Park y el rostro de ella capturaba hasta el último reflejo. Debería estar casada con el hombre de la luna.

Al cabo de un momento, ella agachó la cara y Park le posó la mano en el hombro.

—¿Está todo bien? —susurró.

Eleanor asintió. Park la atrajo hacia sí y le besó la frente. Trató de encontrarla bajo todo aquel pelo.

—Ven aquí —dijo—. Quiero enseñarte una cosa.

Ella se rio. Él le levantó la barbilla.

La segunda vez fue aún menos desastrosa.

eleanor

Salieron juntos del callejón. Escondido entre las sombras, Park se quedó mirando cómo Eleanor se alejaba hacia su casa, sola.

Ella tuvo que hacer esfuerzos para no voltear y mirarlo.

Richie estaba en casa. Y todos salvo la madre de Eleanor miraban la tele. No era tan tarde; Eleanor trató de comportarse como si cada día llegara a casa después del anochecer.

—¿Dónde has estado? —preguntó Richie.

—En casa de una amiga.

—¿Qué amiga?

—Ya te lo he dicho, cariño —intervino la madre de Eleanor. Entró en la salita secando una sartén—. Eleanor ha hecho una amiga en el barrio. Lisa.

—Tina —la corrigió Eleanor.

—Una amiga, ¿eh? —se burló Richie—. ¡Pues sí que renuncias pronto a los hombres!

Se rio mucho de su propio chiste.

Eleanor entró en su cuarto y cerró la puerta. No encendió la luz. Subió a la cama vestida como estaba, descorrió las cortinas y limpió el vapor de la ventana. No veía la calle, ni nada que se moviera en el exterior.

La ventana volvió a empañarse. Eleanor cerró los ojos y apoyó la frente contra el cristal.

capítulo 29

eleanor

El lunes por la mañana, cuando vio a Park plantado en la parada del autobús escolar, se le escapó una risilla. En serio, una risilla. Se sintió como un personaje de caricatura, roja como un tomate y sacando corazoncitos por las orejas.

Qué boba.

park

Cuando vio a Eleanor caminando hacia él, sintió el impulso de correr hacia ella y levantarla en el aire, como los protagonistas de las telenovelas que veía su madre. Agarró las tiras de la mochila para contenerse...

En cierto modo, fue maravilloso.

eleanor

Park y ella medían lo mismo pero él parecía más alto.

park

Las pestañas de Eleanor eran del mismo color que sus pecas.

eleanor

De camino al instituto, hablaron de *The White Album*, de los Beatles, pero sólo fue una excusa para mirarse los labios. Cualquiera habría pensado que sabían leerlos.

Tal vez por eso Park no podía parar de reír, ni siquiera cuando hablaban de "Helter Skelter", que no es precisamente la canción más divertida de los Beatles. No lo era ni aun antes de que Charles Manson se apropiara de ella.

capítulo 30

park

—Hey —le dijo Cal a Park, dando un mordisco a un sándwich de carne ahumada de su amigo—. Deberías ir al partido de basquetbol del jueves. Y no me vengas con que no te gusta el básquet, Magic.

—No sé...

—Kim estará allí.

Park gimió.

—Cal...

—Sentada a mi lado —prosiguió Cal—. Porque estamos juntos, colega.

—¿Cómo? ¿En serio? —Park se tapó la boca para no escupir al otro con trozos de pan—. ¿Hablamos de la Kim que yo conozco?

—¿Tan increíble te parece? —Cal abrió el cartón de leche y dio un trago como si bebiera de una taza—. Ni siquiera le gustabas, ¿sabes? Estaba aburrida, y tú le parecías misterioso y callado. Ya sabes: "Cuanto más hondo es el río, menos ruido". Yo le dije que no todos los ríos ruidosos son tan hondos.

—Gracias.

—Pero está conmigo, así que puedes venir si quieres. Los partidos de basquetbol son un desmadre. Venden nachos y de todo.

—Lo pensaré —dijo Park.

No pensaba ir. No iría a ninguna parte sin Eleanor. Y no se la imaginaba en un partido de basquetbol.

eleanor

—Eh, guapa —llamó DeNice a Eleanor después de la clase de Gimnasia. Estaban en los vestidores poniéndose la ropa de calle—. He pensado que deberías venir a Sprite Nite esta semana con nosotras. Jonesy arregló el coche y este jueves tiene la noche libre. Disfrutaremos a tope, tope, tope, durante toda, toda la noche.

—Ya sabes que no me dejan salir por ahí —objetó Eleanor.

—Tampoco te dejan ir a casa de tu novio —replicó DeNice.

—Di que sí —terció Beebi.

Eleanor no debería haberles hablado de sus visitas a casa de Park, pero se moría por contárselo a alguien. (Por eso los asesinos acababan entre rejas tras cometer el crimen perfecto.)

—Ay, mi madre —exclamó Eleanor—. Baja la voz.

—Deberías venir —insistió Beebi. Tenía la cara completamente redonda, con unos hoyuelos tan profundos que, cuando sonreía, parecían los botones de un cojín—. Nos divertiremos muchísimo. Seguro que nunca has ido de fiesta.

—No sé... —dudó Eleanor.

—¿Lo dices por tu chico? —preguntó DeNice—. Porque él también está invitado. No ocupa mucho espacio.

Bebbi se rio y Eleanor soltó una risilla también. No se imaginaba a Park bailando. Seguro que lo hacía bien, si antes no le estallaban los oídos con Los Cuarenta Principales. Park era un as en todo.

Sin embargo, no se veía a sí misma saliendo con Park en compañía de DeNice y Beebi. Ni en compañía de nadie, en realidad. Creía que salir con Park en público era tan descabellado como quitarse el casco en mitad del espacio.

park

La madre de Park le dijo que si pensaban verse cada día después de clases, como así era, tendrían que hacer la tarea.

—Tiene razón —observó Eleanor en el autobús—. Llevo toda la semana haciéndome tonta en Inglés.

—¿Te hacías la tonta hoy? ¿En serio? No lo parecía.

—Estudiamos a Shakespeare el año pasado en la otra escuela... Pero no puedo hacerlo en Mate. Ni siquiera puedo... ¿qué es lo contrario de hacerse el tonto?

—Te puedo ayudar con Mate, ¿sabes? Soy bueno en álgebra.

—¿Ah, sí, listillo? Pues a ver si es verdad.

—Pensándolo mejor —replicó él—, me parece que no te voy a ayudar con Mate.

La sonrisa de Eleanor lo volvía loco, por más maliciosa que fuera.

Intentaron estudiar en la sala, pero Josh quería ver la tele, así que se llevaron las cosas a la cocina.

La madre de Park les aseguró que por ella no había inconveniente; luego alegó que tenía algo que hacer en el garaje. Mejor.

Eleanor movía los labios cuando leía.

Park le dio un suave puntapié por debajo de la mesa y luego le tiró bolitas de papel a la cabeza. Casi nunca los dejaban solos y ahora que prácticamente lo estaban, ansiaba su atención.

Le cerró el libro de álgebra con la pluma.

—¿Qué haces?

Eleanor intentó volver a abrirlo.

—No —protestó Park, atrayéndolo hacia sí.

—Pensaba que estábamos estudiando.

—Ya lo sé —repuso Park—. Es que... estamos solos.

—Más o menos.

—Pues deberíamos hacer las cosas que se hacen a solas.

—Ahora mismo me das miedo.

—Me refiero a hablar.

Park no sabía muy bien a qué se refería. Se quedó mirando la mesa. El libro de álgebra de Eleanor estaba todo pintarrajeado; la letra de una canción se entrelazaba con el título de otra. Park vio su nombre escrito en letra cursiva (uno nunca pasa por alto su propio nombre), oculto entre el estribillo de un tema de los Smiths.

Una sonrisa se extendió por su rostro.

—¿Qué pasa? —preguntó Eleanor.

—Nada.

—¿Qué?

Park volvió a mirar el libro. Pensaría en ello más tarde, cuando Eleanor se fuera a su casa. Imaginaría a Eleanor sentada en clase, pensando en él y escribiendo su nombre con cuidado en un lugar que sólo ella pudiera ver.

En aquel momento, descubrió algo más. Era una inscripción tan pequeña como la otra, escrita con el mismo cuidado, toda en minúsculas: "eres una puta, hueles a semen".

—¿Por qué no me dijiste que seguía sucediendo?

—¿A qué te refieres?

Park no quería decirlo en voz alta, no quería señalar las palabras. No quería posar los ojos en aquella frase.

—A esto —dijo haciendo con un gesto vago.

Eleanor miró... y de inmediato empezó a tachar el insulto con la pluma. Estaba pálida como el papel, pero tenía el cuello congestionado.

—¿Por qué no me lo dijiste? —repitió él.

—No sabía que estaba ahí.

—Pensaba que eso había terminado.

—¿Y por qué lo pensabas?

¿Por qué lo había pensado? ¿Porque ahora Eleanor estaba con él?

—Es que... ¿por qué no me lo contaste?

—¿Y por qué te lo iba a contar? —preguntó ella—. Es desagradable y embarazoso.

Eleanor seguía rayando el libro. Park le agarró la muñeca.

—A lo mejor te puedo ayudar.

—¿Ayudarme, cómo? —Eleanor empujó el libro hacia él—. ¿Quieres darle una patada?

—¿Sospechas de alguien? —preguntó Park.

—¿Les vas a dar una patada a los sospechosos?

—Puede...

—Pues bien... —dijo Eleanor—, sospecho de todos los que me tiran mala onda.

—No creo que sea cualquiera. Ha de ser alguien que tiene acceso a tus libros sin que lo sepas.

Un momento antes, Eleanor estaba furiosa como una loca. Ahora parecía resignada, hundida sobre la mesa con los dedos en las sienes.

—No sé... —negó con la cabeza—. Tengo la impresión de que casi siempre aparecen los días que hay clase de Gimnasia.

—¿Dejas los libros en los vestidores?

Eleanor se frotó los ojos con ambas manos.

—¿Te estás haciendo el tonto adrede o qué? Eres el peor detective del mundo.

—¿Alguien de la clase de Gimnasia te tira mala onda?

—Ja —Eleanor no se había destapado la cara—. ¿Que si alguien de la clase de Gimnasia me tira mala onda?

—Deberías tomártelo en serio —la reprendió Park.

—No —replicó ella con firmeza, cerrando los puños—. Éstas son justo las cosas que no debería tomarme en serio. Eso es exactamente lo que Tina y sus secuaces quieren que haga. ¿Qué pasará si se dan cuenta de que me afecta? Que nunca me dejarán en paz.

—¿Qué tiene que ver Tina con esto?

—Tina es la reina de las hordas que me odian.

—Tina nunca haría algo tan horrible.

Eleanor lo fulminó con la mirada.

—¿Lo dices en serio? Tina es un monstruo. Si el demonio tuviera un hijo con la bruja mala y lo rebozaran en máxima crueldad, el resultado sería Tina.

Park pensó en la Tina que lo había delatado en el garaje y se burlaba de la gente en el autobús... pero luego recordó las muchas veces que Steve se había metido con él y Tina lo había defendido.

—Conozco a Tina de toda la vida —objetó Park—. No es tan mala. Antes éramos amigos.

—No se portan como amigos.

—Bueno, ahora sale con Steve.

—¿Y eso qué tiene que ver?

Park consideró cómo responder a esa pregunta.

—¿Qué tiene que ver?

Los ojos de Eleanor se habían convertido en dos rendijas negras. Si le decía una mentira, ella jamás se lo perdonaría.

—Ahora ya nada —dijo—. Son bobadas... Tina y yo estuvimos saliendo cuando íbamos en sexto de primaria. Aunque nunca fuimos a ninguna parte ni hicimos nada.

—¿Tina? ¿Saliste con Tina?

—En primaria. No fue nada.

—¿Pero eran novios? ¿Se daban la mano?

—No me acuerdo.

—¿La besaste?

—Todo eso da igual.

Pero sí importaba. Porque Eleanor lo estaba mirando como si no lo conociera. Sentía que era un extraño. Park sabía que Tina tenía un racha de crueldad, pero también estaba seguro de que jamás llegaría tan lejos.

¿Y qué sabía de Eleanor? Poca cosa. A menudo tenía la sensación de que ella no quería que llegara a conocerla. Eleanor le inspiraba fuertes sentimientos, pero ¿qué sabía de ella en realidad?

—Tú siempre escribes en minúsculas... —apenas hubo pronunciado las palabras, Park se dio cuenta de que había metido la pata, pero siguió hablando de todos modos—. ¿No lo habrás escrito tú?

La palidez de Eleanor mudó a un tono oscuro, como si estuviera a punto de desmayarse. Lo miró con la boca abierta.

Luego, acto seguido, reaccionó. Empezó a amontonar los libros.

—Si me diera por escribirme a mí misma una nota para llamarme puta asquerosa —dijo sin inmutarse—, a lo mejor prescindiría de las mayúsculas, tienes razón. Pero sin duda habría puesto un punto. Soy una fanática de la puntuación.

—¿Qué haces? —le preguntó Park.

Eleanor negó con la cabeza y se levantó. A Park no se le ocurría manera humana de detenerla.

—No sé quién escribe esas cosas en mis libros —prosiguió ella con frialdad—, pero acabo de averiguar por qué Tina me odia tanto.

—Eleanor...

—No —dijo ella, con la voz quebrada—. No quiero seguir hablando.

Salió de la cocina justo cuando la madre de Park volvía del garaje. La mujer lo miró con una expresión que él empezaba a reconocer. "¿Pero qué ves en esa blanca tan rara?"

park

Por la noche, tumbado en la cama, Park se imaginaba a Eleanor pensando en él y escribiendo su nombre en el libro.

Seguramente lo había tachado también.

Trató de discernir por qué había defendido a Tina.

¿Por qué le importaba tanto si Tina era buena o mala persona? Eleanor tenía razón, Tina y él no eran amigos. Llevaban desde sexto casi sin hablarse.

Tina había invitado a salir a Park, y él había dicho que sí porque era la chica más popular de la clase. Salir con Tina suponía un estatus social tan importante que Park aún vivía de él.

Ser el primer novio de Tina había impedido que Park se convirtiera en un marginado. Aunque todos lo consideraban un bicho raro y nunca había encajado, no podían llamarlo tarado ni amarillo ni marica porque... bueno, en primer lugar porque su padre era un hombre imponente y veterano de guerra, y además de todo eso se había criado en el barrio. En segundo lugar, porque ¿en qué lugar habría quedado Tina entonces?

Y Tina jamás había criticado a Park ni había fingido que nunca habían salido juntos. De hecho... Bueno. De vez en cuando, tenía la sensación de que aún sentía algo por él.

O sea, de tanto en tanto aparecía por casa de Park fingiendo que había confundido la cita con su madre para cortarse el pelo, y acababa en el cuarto del chico, buscando temas de conversación.

La noche del baile de bienvenida, cuando había acudido a peinarse, había pasado por la habitación de Park para preguntarle qué le parecía el vestido azul sin tirantes. Le había pedido que le retirara el pelo de la nuca, con el pretexto de que se le había enredado con el collar.

Park siempre simulaba que no se daba cuenta.

Steve lo mataría si se involucraba con Tina.

Además, Park no quería enredarse con ella. No tenían nada en común —o sea, nada de nada—, ni siquiera era el tipo de "nada" que puede resultar emocionante; se aburrían juntos.

Ni siquiera creía que Tina, en el fondo, se sintiera atraída por él. Más bien quería que siguiera pendiente de ella. Y no tan en el fondo Park tampoco quería que Tina se olvidara de él.

Era agradable que la chica más popular de la escuela se te insinuara de vez en cuando.

Park se puso boca abajo y hundió la cara en la almohada. Creía que había dejado de importarle lo que la gente pensara de él. Pensaba que su amor por Eleanor era prueba más que suficiente.

Por desgracia, no paraba de encontrar nuevos signos de banalidad en su interior. No dejaba de idear nuevos modos de traicionarla.

capítulo 31

eleanor

Sólo faltaba un día para las vacaciones de Navidad. Eleanor no fue a clases. Le dijo a su madre que estaba enferma.

park

Cuando llegó a la parada del autobús el viernes por la mañana, Park estaba dispuesto a disculparse. Pero Eleanor no apareció. Se le quitaron las ganas de pedir perdón.

—¿Y ahora qué? —preguntó en dirección a la casa de Eleanor.

¿Iban a cortar por eso? ¿Iban a pasar tres semanas sin hablarse?

Sabía que Eleanor no tenía la culpa de que en su casa no hubiera teléfono y que aquel lugar era la Fortaleza de la Soledad, pero... vamos. Qué fácil le resultaba desaparecer del mapa cada vez que se le antojaba.

—Lo siento —dijo mirando su casa, en voz demasiado alta. En el jardín que Park tenía detrás, un perro empezó a ladrar—. Lo siento —le susurró al animal.

El autobús dobló la esquina y se paró. Tina lo miraba desde la ventanilla trasera.

"Lo siento", pensó, ahora sin volver la vista atrás.

eleanor

Como Richie estaba en el trabajo, Eleanor no tenía que quedarse en su cuarto, pero lo hizo de todos modos. Como un perro escondido en su casita.

Se le acabaron las pilas. Se le acabó la lectura...

Pasó acostada tanto tiempo que cuando se levantó el domingo por la tarde para cenar, se mareó. (Su madre le dijo que tendría que salir de la cripta, si tenía hambre.) Eleanor se sentó en el sofá junto a Mouse.

—¿Por qué lloras? —le preguntó el niño.

Sostenía un burrito de frijol que le goteaba por la camiseta y el suelo.

—No lloro —dijo Eleanor.

Mouse levantó el burrito para lamer las gotas.

—Sí lloras.

Maisie miró a Eleanor y luego devolvió la vista a la tele.

—¿Es porque odias a papá? —preguntó Mouse.

—Sí —dijo Eleanor.

—Eleanor —la reprendió su madre, que salía de la cocina.

—No —se corrigió Eleanor, negando con la cabeza—. Ya te lo he dicho, no lloro.

Volvió a su cuarto y se acostó. Frotó la cara contra la almohada.

Nadie la siguió para preguntarle qué le pasaba.

Tal vez su madre se hubiera dado cuenta de que había perdido el derecho a hacerle preguntas por toda la eternidad cuando la había mandado a casa de unos extraños durante un año entero.

O puede que le diera igual.

Eleanor se puso de espaldas y agarró el agotado walkman. Sacó el casete y lo sostuvo contra la luz mientras hacía girar las ruedas con el dedo y miraba la letra de Park, escrita en la etiqueta.

"Never Mind the Sex Pistols... Canciones para Eleanor."

Park pensaba que había sido ella misma quien había escrito aquellas groserías.

Y se había puesto de parte de Tina contra ella. De Tina, nada menos.

Volvió a cerrar los ojos y recordó aquel primer beso. Eleanor se había echado hacia atrás y había separado los labios. Le había creído a Park cuando le dijo que la consideraba especial.

park

Llevaban ya una semana de vacaciones cuando el padre de Park le preguntó a su hijo si Eleanor y él habían roto.

—Más o menos —respondió Park.

—Es una pena —dijo el hombre.

¿Ah, sí?

—Bueno, debe serlo, porque pareces un niño de cuatro años perdido en una gran tienda.

Park suspiró.

—¿Y no puedes pedirle que vuelva? —le preguntó su padre.

—Ni siquiera quiere hablar conmigo.

—Ojalá pudieras hablar de esto con tu madre. La única estrategia que conozco para ligar es usar uniforme.

eleanor

Llevaban ya una semana de vacaciones cuando la madre de Eleanor la despertó antes del alba.

—¿Vienes de compras conmigo?

—No —dijo Eleanor.

—Vamos, necesitaré ayuda para llevar las cosas.

La madre de Eleanor tenía las piernas muy largas y caminaba rápidamente. Ella se veía forzada a trotar un poco para no quedarse atrás.

—Hace frío —dijo.

—Ya te dije que te pusieras un gorro.

También le había sugerido que se pusiera calcetines, pero quedaban fatal con los Vans de Eleanor.

La caminata duró cuarenta minutos.

Cuando llegaron a la tienda, la madre de Eleanor compró un envase de crema en polvo de oferta y un café de veinticinco centavos para cada una. Eleanor echó crema en polvo y sacarina en el suyo. Luego siguió a su madre al cubo de saldos; tenía la manía de ser la primera en rebuscar entre las cajas de cereales aplastadas y las latas abolladas.

Después se dirigieron a la tienda de segunda mano. Eleanor encontró un montón de revistas *Analog* y se acomodó en el sofá menos mugriento que encontró de la sección de muebles.

Cuando llegó la hora de marcharse, la madre de Eleanor se acercó por detrás con una gorra horripilante y se la plantó en la cabeza.

—Genial —dijo Eleanor—. Ahora tendré piojos.

Se sintió mejor de camino a casa. (Aquélla, seguramente, había sido la finalidad de aquel viaje.) Seguía haciendo frío, pero brillaba el sol y la madre de Eleanor tarareaba una canción de Joni Mitchell sobre nubes y circos.

Eleanor estuvo a punto de contárselo todo. De hablarle de Park, de Tina, del autobús y de la pelea, acerca de aquel lugar entre la casa de los abuelos de Park y el remolque.

Las palabras le quemaban la garganta, como si tuviera una bomba a punto de estallar —o un tigre a punto de saltar— en la base de la lengua. Le costó tanto guardárselas para sí que se le saltaron las lágrimas.

Las bolsas de plástico le rebanaban las palmas. Eleanor negó con la cabeza y tragó saliva.

park

Una mañana, Park se dedicó a pasar en bici por delante de la casa de Eleanor una y otra vez hasta que la camioneta del padrastro partió y un niño salió a jugar en la nieve.

Era el mayor, Park no recordaba su nombre. El chico subió las escaleras a toda prisa cuando Park se detuvo delante de la vivienda.

—Hey, espera —le llamó Park—. Perdona, oye... ¿está tu hermana en casa?

—¿Maisie?

—No, Eleanor...

—No te lo pienso decir —replicó el niño mientras se metía corriendo en casa.

Park se dio impulso y se alejó pedaleando.

capítulo 32

eleanor

La caja con la piña llegó en Nochebuena. A juzgar por la reacción de los hermanos, cualquiera habría pensado que el mismísimo Santa Claus había aparecido en persona con un saco de regalos para cada uno.

Maisie y Ben ya se estaban peleando por la caja. Maisie la quería para las Barbies. Ben no tenía nada que guardar, pero Eleanor albergaba la esperanza de que se la quedara él.

Ben acababa de cumplir doce años y Richie había declarado que ya era demasiado mayor para compartir dormitorio con chicas y niños pequeños. Trajo a casa un colchón y lo llevó al sótano. Ahora Ben tenía que dormir allí abajo, con el perro y las pesas de Richie.

En la otra casa, Ben no bajaba al sótano ni para lavar la ropa; y eso que aquél no tenía humedad y estaba casi ordenado. Ben tenía miedo de los ratones, de los murciélagos, de las arañas y de cualquier cosa que empezara a moverse en cuanto apagabas la luz. Richie ya le había gritado dos veces por tumbarse a dormir en lo alto de las escaleras.

La caja de piña llegó con una carta del tío y de su esposa. La madre de Eleanor fue la primera en leerla, y se emocionó mucho.

—Oh, Eleanor —exclamó nerviosa—. Geoff quiere que vayas a visitarlos en verano. Dice que la universidad de la zona organiza un campamento para los estudiantes de preparatoria que sacan buenas notas...

Antes de que Eleanor pudiera considerar siquiera lo que aquello implicaba —Saint Paul, un campamento donde nadie la conocía, pero también sin Park— Richie empezó a poner obstáculos.

—No puedes enviarla sola a Minnesota.

—Mi hermano vive allí.

—¿Y él qué sabe de adolescentes?

—Ya sabes que yo vivía con él cuando iba en la secundaria.

—Sí, y quedaste embarazada.

Ben se había tumbado encima de la caja y Maisie le daba patadas a su hermano en la espalda. Los dos gritaban.

—Es una puta caja —gritó Richie—. De haber sabido que querían cajas para Navidad, me habría ahorrado una lana.

Aquella explosión hizo callar a todo el mundo. Nadie esperaba que Richie comprara regalos de Navidad.

—Tendría que haber esperado a mañana —dijo—, pero estoy harto de esto.

Se llevó un cigarro a la boca y se puso las botas. Lo oyeron abrir la puerta de la camioneta. Poco después llegó con una gran bolsa de las grandes tiendas. Empezó a tirar cajas al suelo.

—Mouse —dijo.

Un tranformer a control remoto.

—Ben.

Un gran pista de carreras.

—Maisie... para ti, porque te gusta cantar.

Richie sacó un teclado, un teclado electrónico de verdad. Seguro que no era de marca ni nada, pero funcionaba. No lo tiró al suelo. Se lo tendió a Maisie.

—Y para el pequeño Richie... ¿Dónde está el pequeño Richie?

—Está tomando una siesta —dijo la madre de Eleanor.

Richie se encogió de hombros y tiró al suelo un oso de peluche. La bolsa estaba vacía, y Eleanor respiró aliviada.

Entonces Richie se sacó un billete de la cartera y se lo tendió a Eleanor.

—Toma, Eleanor. Cómprate algo de ropa normal.

Eleanor miró a su madre, que lo observaba todo atónita desde la puerta de la cocina. Luego se acercó y tomó el dinero. Era un billete de cincuenta dólares.

—Gracias —dijo en el tono más neutro posible.

A continuación, se sentó en el sofá. Los niños ya estaban abriendo sus regalos.

—Gracias, papá —repetía Mouse—. ¡Vaya, gracias, papá!

—Claro —dijo Richie—. De nada. Esto es una Navidad como Dios manda.

Richie se quedó en casa todo el día viendo a los niños jugar con sus regalos. A lo mejor el Broken Rail no abría en Nochebuena. Eleanor se encerró en su cuarto para alejarse de él (y del teclado nuevo de Maisie).

Estaba harta de añorar a Park. Quería verlo. Aunque la considerara una pervertida psicópata que se escribía a sí misma amenazas con mala puntuación. Aunque se hubiera pasado la adolescencia besándose con Tina. Nada de todo aquello era tan terrible como para quitarle las ganas de ver a Park. (¿Qué atrocidad tendría que cometer para que las perdiera?, se preguntó.)

A lo mejor debería plantarse en su casa en ese mismo instante y fingir que no había pasado nada. Y de no haber sido Navidad, tal vez lo hubiera hecho. ¿Por qué ni siquiera Dios estaba de su parte?

Más tarde, la madre de Eleanor entró en su cuarto para decirle que se iban al supermercado a comprar víveres para la cena de Navidad.

—Saldré a echarle un vistazo a los niños —dijo Eleanor.

—Richie quiere que vayamos todos —le explicó la mujer, sonriendo—, en familia.

—Pero mamá...

—Nada de "peros", Eleanor —le advirtió su madre con suavidad—. No estropees un día estupendo.

—Vamos, mamá... Se ha pasado todo el día bebiendo.

La mujer negó con la cabeza.

—Richie está perfectamente, nunca ha tenido problemas con el coche.

—¿Me estás diciendo que como está acostumbrado a conducir borracho no tengo que preocuparme?

—No soportas vernos contentos, ¿verdad? —preguntó la madre de Eleanor con rabia contenida—. Mira —prosiguió en un tono más suave—, ya sé que estás pasando por... —miró a Eleanor y volvió a negar con la cabeza— un momento difícil. Pero el resto de la familia está pasando un gran día. Todos los demás merecemos disfrutar. Somos una familia, Eleanor. Todos.

También Richie. Y lamento que eso te haga tan infeliz. Lamento que las cosas no siempre sean de tu agrado. Pero es la vida que tenemos. No puedes continuar enfadada por toda la eternidad. No puedes seguir haciendo lo posible por huir de esta familia. No te dejaré.

Eleanor apretó los dientes.

—Tengo que pensar en todo el mundo —siguió diciendo "lo entiendes"—. ¿Lo entiendes? Tengo que pensar en mí misma. Dentro de pocos años tú te marcharás de casa, pero Richie es mi marido.

Hablaba casi con sentido común, pensó Eleanor. Si no supieras de antemano que toda aquella sensatez se apoyaba en un delirio.

—Levántate —le dijo a su madre Eleanor— y ponte el abrigo.

Tras ponerse el abrigo y el gorro nuevo, Eleanor acompañó a sus hermanos a la caja del Isuzu.

Cuando llegaron al supermercado, Richie aguardó en el coche mientras todos los demás entraban. Nada más lo perdió de vista, Eleanor puso el billete arrugado en la mano de su madre.

No le dio las gracias.

park

Habían salido a comprar la cena de Navidad y estaban tardando siglos porque a la madre de Park le ponía muy nerviosa cocinar para la abuela.

—¿Qué relleno prefiere? —preguntó.

—El precocinado de Pepperidge Farm —respondió Park, que estaba usando el carrito como patineta.

—¿Clásico o pan de maíz?

—No sé, el clásico.

—Si no sabes, mejor no dices nada... Mira —indicó la madre de Park a la vez que miraba por encima del hombro de su hijo—, allí está tu Ee...lanor.

El-la-no.

Park se dio media vuelta y vio a Eleanor de pie junto al refrigerador de la carne con sus cuatro hermanos, todos pelirrojos. (Sólo que ninguno de ellos tenía el pelo tan rojo como Eleanor. Nadie lo tenía como ella.)

Una mujer se acercó al carro y metió un pavo.

"Debe de ser la madre de Eleanor", pensó Park. Era idéntica a ella, pero más angulosa y con más curvas. Como Eleanor, pero más alta. Como Eleanor, pero cansada. Como Eleanor después del otoño.

La madre de Park también los estaba mirando.

—Mamá, vamos —susurró Park.

—¿No vas a saludar? —preguntó ella.

Park negó con la cabeza, pero no se movió del sitio. No creía que a Eleanor le hiciera gracia y, aunque así fuera, no quería meterla en líos. ¿Y si su padrastro andaba por allí?

Eleanor parecía distinta, más apagada que de costumbre. No llevaba ningún adorno en el cabello ni trapos atados a las muñecas.

Seguía estando preciosa. Los ojos de Park la echaban tanto de menos como el resto de sí mismo. Quería correr hacia ella para decírselo: disculparse con ella y confesarle lo mucho que la necesitaba.

Eleanor no lo vio.

—Mamá —volvió a susurrar Park—. Vamos.

Park pensó que su madre haría algún comentario crítico en el coche, pero la mujer guardó silencio. Cuando llegaron a casa, dijo que estaba cansada. Le pidió a Park que metiera las bolsas y se pasó el resto de la tarde en su habitación con la puerta cerrada.

Hacia la hora de la cena, el padre de Park fue a preguntarle a su mujer cómo se encontraba. Una hora después, cuando por fin salieron los dos del dormitorio, el hombre anunció que irían a cenar a Pizza Hut.

—¿En Nochebuena? —protestó Josh.

Siempre preparaban wafles y veían películas en Nochebuena. Ya habían alquilado *Billy, el defensor*.

—Al coche —ordenó el hombre.

La madre de Park tenía los ojos enrojecidos y no se molestó en retocarse el maquillaje antes de salir.

Cuando volvieron a casa, Park se dirigió directamente a su habitación. Quería estar a solas para pensar en su encuentro con Eleanor. Sin embargo, su madre entró unos minutos después. Se sentó en la cama sin provocar ni una ola en el colchón.

Le tendió un regalo de Navidad.

—Es... para tu Eleanor —dijo—. De mi parte.

Park miró el regalo. Lo agarró pero negó con la cabeza.

—No sé si tendré la ocasión de dárselo.

—Tu Eleanor —afirmó la mujer— procede de gran familia.

Park agitó el regalo con suavidad.

—Yo procedo de gran familia —continuó su madre—. Tres hermanas pequeñas. Tres hermanos pequeños.

Tendió la mano y la movió como si fuera tocando cabezas sucesivamente.

Se había tomado un vino en la cena y se le notaba. Casi nunca hablaba de Corea.

—¿Cómo se llamaban? —preguntó Park.

La madre de Park devolvió la mano al regazo.

—En grandes familias —dijo—, todo... todo se hace muy fino. Como papel, ¿sabes? —hizo un gesto como de romper un papel—. ¿Entiendes?

Dos vinos quizás.

—No estoy seguro —respondió Park.

—Nadie tiene bastante —dijo—. Nadie tiene lo que necesita. Siempre tienes hambre, el hambre se mete en tu cabeza —se tocó la frente—. ¿Entiendes?

Park no sabía qué decir.

—Tú no entiendes —concluyó ella, meneando la cabeza de lado a lado—. Es mejor que no entiendas. Lo siento.

—No lo sientas —dijo Park.

—Lamento cómo he recibido a tu Eelanor.

—Mamá, no pasa nada. Tú no tienes la culpa.

—Me parece que no explico esto bien.

—No pasa nada, Mindy —intervino el padre de Park desde el umbral—. Ven a dormir, cariño —se acercó a la cama de Park y ayudó a su esposa a levantarse. Luego la rodeó con el brazo como si quisiera protegerla—. Tu madre sólo quiere que seas feliz —le dijo a Park—. No nos des en la madre.

La madre de Park frunció el ceño, como si no supiera si aquel comentario contaba como palabrota.

Park esperó hasta que la televisión dejó de sonar en el dormitorio de sus padres. Luego aguardó media hora más. Transcurrido ese rato, agarró el abrigo y salió por la puerta trasera, que estaba situada en la otra punta de la casa.

Corrió hasta llegar al final del callejón.

Eleanor dormía a dos pasos de allí.

Vio la camioneta del padrastro estacionada en el camino de entrada. Quizás fuera suerte; Park no quería que llegara mientras él estaba allí plantado frente al cobertizo. Las luces estaban apagadas, por lo que Park podía ver, y no parecía que el perro anduviera cerca...

Subió la escalera sin hacer el menor ruido.

Sabía cuál era la habitación de Eleanor. Ella le había dicho una vez que dormía junto a la ventana, y recordaba que ocupaba la litera de arriba. Se quedó junto al cristal, pegado a la pared para no proyectar ni una sombra. Golpearía la ventana con suavidad y si alguien que no era Eleanor se asomaba, correría como alma que lleva el diablo.

Park llamó a la ventana. Nada. La cortina, la sábana o lo que fuera no se movió.

Eleanor debía de estar dormida. Volvió a golpear el cristal, con más fuerza esta vez, y se dispuso a salir corriendo. Alguien apartó levemente la esquina de la sábana, pero Park no vio quién era.

¿Debía echarse a correr? ¿Esconderse?

Se colocó delante de la ventana. La sábana se desplazó aún más. Park vio el rostro de Eleanor. Parecía aterrorizada.

—Vete —vocalizó sin voz.

Él negó con la cabeza.

—Vete —volvió a vocalizar. Luego señaló a lo lejos—. Al colegio —dijo o, como mínimo, eso le pareció a Park.

Echó a correr.

eleanor

Cuando oyó ruidos, Eleanor sólo atinó a pensar que, si alguien entraba en casa por su ventana, ¿cómo escaparía para llamar a emergencias?

Aunque seguro que, después de lo sucedido la última vez, la policía ni siquiera se molestaría en acudir. Eso sí, despertaría al imbécil de Gil y se comería sus malditos brownies.

Park era la última persona que se esperaba encontrar al otro lado del cristal.

Cuando lo vio, el corazón se le desbocó en el pecho. Conseguiría que los mataran a los dos. En aquella casa se habían repartido tiros por mucho menos.

En cuanto Park desapareció, Eleanor echó de la cama a aquel estúpido gato y, a oscuras, se puso el brasier y los tenis. Llevaba una camiseta grande y unos viejos pantalones de piyama de su padre. Tenía el abrigo en la sala, así que agarró una playera.

Maisie se había quedado dormida delante de la tele, de modo que no le costó trabajo bajar a la litera inferior y salir por la ventana.

"Esta vez me va a matar a palos", pensó Eleanor mientras cruzaba el cobertizo de puntillas. Richie pasaría la mejor Navidad de su vida.

Park la esperaba sentado en la escalera de la escuela. Justo en el sitio donde se habían sentado a leer *Watchmen* aquella noche. En cuanto la vio, se levantó y echó a correr hacia ella. Echó a correr, literalmente.

Park corrió hacia ella y le tomó el rostro entre las manos. Antes de que Eleanor pudiera negarse, la besó. Y Eleanor le devolvió el beso sin pararse a pensar que había decidido no volver a besar a nadie nunca, y menos a él, después de todo lo que la había hecho sufrir.

Eleanor estaba llorando y también Park. Cuando ella le agarró la cara a su vez, advirtió que tenía las mejillas mojadas. Y calientes. Qué cálido era.

Echó la cabeza hacia delante y lo besó como nunca lo había hecho. Al cuerno la inexperiencia.

Park la apartó para decirle cuánto lo sentía, pero Eleanor hizo un gesto negativo con la cabeza, porque si bien quería que se disculpara, aún deseaba más que la besara.

—Perdóname, Eleanor —Park pegó el rostro al de ella—. Estaba equivocado en todo. En todo.

—Yo también lo siento —dijo Eleanor.

—¿Qué?

—Haberme enfadado tanto contigo.

—No pasa nada —la tranquilizó Park—. A veces me gusta.

—Pero no siempre.

Él negó con la cabeza.

—Ni siquiera sé por qué lo hago —explicó Eleanor.

—Da igual.

—Pero no lamento haberme enfadado por lo de Tina.

Park apretó la frente contra la de Eleanor con tanta fuerza que se hizo daño.

—Ni siquiera pronuncies su nombre —dijo—. Ella no es nada y tú eres... todo. Lo eres todo para mí, Eleanor.

Volvió a besarla. Eleanor abrió los labios.

Se quedaron allí hasta que Park ya no pudo calentarle las manos. Hasta que a Eleanor se le entumecieron los labios del frío y los besos.

Park quería acompañarla a casa, pero ella le dijo que hacerlo sería suicida.

—Ven a mi casa mañana —propuso él.

—No puedo. Es Navidad.

—Entonces pasado mañana.

—Pasado mañana —accedió Eleanor.

—Y al otro.

Ella se echó a reír.

—A tu madre no le hará gracia. Me parece que no le caigo bien.

—Te equivocas —arguyó Park—. Ven.

Eleanor subía las escaleras de la entrada cuando lo oyó susurrar su nombre. Se volvió, pero las sombras lo ocultaban.

—Feliz Navidad —dijo Park.

Ella sonrió, pero no respondió.

capítulo 33

eleanor

La mañana de Navidad, Eleanor durmió hasta el mediodía, hasta que su madre entró y la despertó.

—¿Te encuentras bien? —le preguntó.

—Tengo sueño.

—Pareces resfriada.

—¿Eso quiere decir que puedo seguir durmiendo?

—Supongo que sí. Eleanor... —la mujer dio unos pasos hacia ella y bajó la voz—. Voy a hablar con Richie sobre lo de este verano. Creo que podré convencerlo de que te deje ir al campamento.

Eleanor abrió los ojos.

—No. No, no quiero ir.

—Pero pensaba que estabas descando salir de aquí.

—No —repitió la hija—. No quiero tener que dejarlos a todos... otra vez —se sintió una imbécil integral al pronunciar la frase, pero diría lo que hiciera falta con tal de no separarse de Park durante el verano. (Aunque lo más probable era que a esas alturas ya se hubiera cansado de ella)—. Quiero quedarme en casa —dijo.

257

Su madre asintió.

—Está bien —accedió—. Entonces no lo mencionaré. Pero si cambias de idea...

—No lo haré —le aseguró Eleanor.

Cuando la madre de Eleanor salió del dormitorio, ella fingió que se volvía a dormir.

park

La mañana de Navidad, Park durmió hasta el mediodía, hasta que Josh lo salpicó con agua de un rociador de la peluquería.

—Dice papá que, si no te levantas, dejará que me quede con todos tus regalos.

Park golpeó a Josh con una almohada.

Los demás lo estaban esperando y toda la casa día a pavo. La abuela de Park quería que abriera su regalo en primer lugar: otra playera con la inscripción: "Bésame, soy irlandés". Le había comprado una talla más que la del año pasado, así que le quedaría más grande.

Sus padres le dieron una tarjeta de regalo de cincuenta dólares para la tienda de punk-rock Drastic Plastic. (A Park le sorprendió que se les hubiera ocurrido. También le sorprendió que Drastic Plastic vendiera tarjetas regalo. No era muy punk que digamos.)

También le regalaron dos playeras negras que no estaban mal, agua de colonia de Avon en un frasco en forma de guitarra eléctrica y un llavero vacío que su padre se encargó de exhibir.

El decimosexto cumpleaños de Park había quedado atrás y ya ni siquiera le importaba sacar su licencia de conducir para ir al colegio. No pensaba renunciar al único rato en que la compañía de Eleanor estaba garantizada.

Ella ya le había dicho que, por muy alucinante que hubiera sido la noche anterior —y ambos estaban de acuerdo en que había sido alucinante— no podía correr el riesgo de volverse a escapar.

—Mis hermanos podrían haber despertado (aún podrían despertar), y lo habrían contado todo. No tienen muy claras sus lealtades.

—Pero si no haces ruido...

Fue entonces cuando Eleanor le reveló que compartía cuarto con sus hermanos. Con todos. En un dormitorio del tamaño del de Park, le explicó ella, sin contar la cama de agua.

Estaban sentados contra la puerta trasera del colegio, en una pequeña alcoba que no se veía desde la calle a menos que te fijaras bien, al resguardo de la nieve que caía. Se colocaron el uno al lado del otro, mirándose y con las manos entrelazadas.

Ya nada se interponía entre ellos. Ni el egoísmo ni las estupideces les arrebataban espacio.

—Así pues, ¿tienes dos hermanos y dos hermanas?

—Tres hermanos y una hermana.

—¿Cómo se llaman?

—¿Por qué?

—Por curiosidad —respondió Park—. ¿Es información confidencial?

Eleanor suspiró.

—Ben, Maisie...

—¿Maisie?

—Sí. Luego está Mouse... Jeremiah. Tiene cinco años. Y el nene, el pequeño Richie.

Park se echó a reír.

—¿Lo llaman "pequeño Richie"?

—Bueno, su padre es el "gran Richie", aunque tampoco es que sea muy grande...

—Ya lo sé pero ¿pequeño Richie? ¿Como Little Richard? ¿Tutti-Frutti?

—Ay, madre, no lo había pensado. ¿Por qué nunca se me habrá ocurrido?

Park atrajo las manos de Eleanor contra su pecho. Aún no se había atrevido a tocarla por debajo de la barbilla o por encima del codo. No creía que ella lo detuviera si lo intentaba, pero ¿y si lo hacía? Sería horrible. De cualquier manera, se conformaba con la cara y las manos.

—¿Se llevan bien?

—A veces... Están todos locos.

—¿Cómo va a estar loco un niño de cinco años?

—¿Quién, Mouse? Es el peor de todos. Siempre lleva un martillo o una bomba o algo en el bolsillo trasero, y se niega a ponerse camisa.

Park se rio.

—¿Y Maisie? ¿Por qué está loca?

—Pues verás, es mala. Eso para empezar. Y pelea como una guarra. En plan "quítate los aretes".

—¿Cuántos años tiene?

—Ocho. No, nueve.

—¿Y Ben?

—Ben... —Eleanor desvió la mirada—. Ya has visto a Ben. Tiene casi la edad de Josh. Necesita un corte de pelo.

—¿Y Richie también los odia?

Eleanor le empujó las manos.

—¿Por qué quieres hablar de esto?

Park se las empujó a su vez.

—Porque... es tu vida, porque me interesa. Pones un montón de barreras absurdas, como si sólo me dejaras acceder a una pequeña parte de ti.

—Sí —dijo Eleanor, cruzándose de brazos—. Barreras. Cordón de seguridad. Te estoy haciendo un favor.

—Pues no lo hagas —replicó él . Podré soportarlo —Park trató de borrarle el ceño con el pulgar—. Los secretos fueron la causa de esta estúpida pelea.

—Los secretos sobre tu malvada exnovia. Yo no tengo "ex nada" demoniacos.

—¿Richie también odia a tus hermanos?

—Deja de pronunciar su nombre.

Eleanor lo dijo en susurros.

—Lo siento —susurró Park a su vez.

—Me parece que odia a todo el mundo.

—A tu madre no.

Sobre todo a ella.

—¿La trata mal?

Eleanor puso los ojos en blanco y se frotó la mejilla con la manga de la piyama.

—Mmm. Sí.

Park volvió a tomarle las manos.

—¿Por qué no se marcha?

Ella negó con la cabeza.

—No creo que pueda... No creo que quede gran cosa de ella.

—¿Le tiene miedo? —preguntó Park.

—Sí...

—¿Y tú le tienes miedo?

—¿Yo?

—Ya sé que temes que te eche de casa, pero ¿le tienes miedo a él?

—No —Eleanor levantó la barbilla—. No... Sólo tengo que ser cuidadosa, ¿sabes? Mientras no me interponga en su camino, todo va bien. Sólo tengo que ser invisible.

Park sonrió.

—¿Qué? —preguntó ella.

—Tú. Invisible.

Eleanor sonrió también. Park le soltó las manos y le tomó la cara. Tenía las mejillas frías, los ojos insondables en la oscuridad.

Park sólo la veía a ella.

Al final, hacía demasiado frío para permanecer a la intemperie. Tenían la boca helada, por fuera y por dentro.

eleanor

Richie declaró que Eleanor tendría que salir de su cuarto para la cena de Navidad. Bueno, era verdad que se estaba resfriando. Por lo menos, nadie pensaría que se había pasado el día haciéndole al cuento.

La cena fue alucinante. La madre de Eleanor cocinaba de maravilla cuando disponía de materia prima. (Aparte de los frijoles, claro.)

Comieron pavo relleno y puré de papa rebosante de eneldo y mantequilla. De postre había arroz con leche y galletas a la pimienta, dos dulces que la mujer siempre reservaba para Navidad.

Al menos ésa era la costumbre en el pasado, cuando cocinaba todo tipo de galletas durante el resto del año. Los más pequeños no sabían de lo que se perdían. Cuando Eleanor y Ben eran niños, su madre usaba el horno constantemente. Eleanor llegaba a casa del colegio y siempre encontraba galletas recién hechas en la cocina. Y tomaban un desayuno de verdad por las mañanas... Huevos con tocino, tortitas con salchichas o avena con crema y azúcar morena.

En aquel entonces, Eleanor pensaba que estaba gorda a causa de tanto banquete. Pero se equivocaba. Ahora se moría de hambre a diario y seguía siendo inmensa.

La noche de Navidad comieron como si fuera su última cena, y de hecho lo sería, al menos durante un tiempo. Ben se zampó las dos piernas del pavo y Mouse un plato entero de puré de papa.

Richie llevaba todo el día bebiendo, así que estaba muy contento. Se reía mucho, con fuertes carcajadas. En verdad, no podías alegrarte de su buen humor, porque era de esos que no presagian nada bueno. Todos esperaban que saltara de un momento a otro.

Y lo hizo, en cuanto supo que no había pastel de calabaza.

—¿Qué carajos es esto? —exclamó dejando caer la cuchara en el arroz con leche.

—Arroz con leche —respondió Ben, medio atontado de tanta comida.

—Ya sé que es arroz con leche —replicó Richie—. ¿Dónde está el pastel de calabaza, Sabrina? —gritó en dirección a la cocina—. Te pedí que prepararas una auténtica cena de Navidad. Te di dinero para poder disfrutar una cena de Navidad como Dios manda.

La madre de Eleanor se quedó plantada en la puerta de la cocina. Aún no se había sentado a comer.

—Es...

"Es un postre tradicional danés, típico de las Navidades", pensó Eleanor. "Mi abuela lo preparaba, y la abuela de ésta, y es mucho mejor que el pastel de calabaza. Es especial."

—Es que... olvidé comprar calabaza —se disculpó la mujer.

—¿Cómo es posible que hayas olvidado comprar una pinche calabaza el día de Navidad? —gritó Richie, que arrojó a lo lejos el plato de arroz. Se estrelló contra la pared, junto a su esposa, y lo llenó todo de grandes pegotes.

Todos los presentes salvo Richie guardaban silencio.

El hombre se levantó de la silla tambaleándose.

—Voy a comprar pastel de calabaza... para que esta estúpida familia pueda celebrar una auténtica cena de Navidad.

Se dirigió a la puerta trasera.

En cuanto oyeron que la camioneta arrancaba, la madre de Eleanor recogió el plato con lo que quedaba del arroz y añadió la parte superior del montón que había en el suelo.

—¿Quién quiere salsa de cereza? —preguntó.

Todos quisieron.

Eleanor limpió los restos del desastre y Ben encendió la tele. Vieron *El Grinch*, *Frosty, el muñeco de nieve* y *Cuento de Navidad*.

Hasta su madre se sentó a mirar películas con ellos.

Eleanor pensó, sin poder evitarlo, que al fantasma de las Navidades pasadas le horrorizaría aquella situación si apareciese por allí. Pero Eleanor se fue a dormir satisfecha y feliz.

capítulo 34

eleanor

La madre de Park no dio muestras de sorpresa al ver a Eleanor al día siguiente. Debían de haberle avisado que iría.

—Eleanor —la saludó la mujer en plan súper amable—. Feliz Navidad. Entra.

Cuando Eleanor pasó a la sala, Park acababa de salir de la ducha. Sin saber por qué, eso la incomodó. Park tenía el pelo mojado y la camiseta algo pegada al cuerpo. Estaba encantado de verla. Saltaba a la vista. (Qué bien.)

Eleanor no sabía qué hacer con el regalo que había traído para él, así que cuando Park se acercó, se lo plantó delante.

El chico sonrió sorprendido.

—¿Esto es para mí?

—No es... —dijo Eleanor. No se le ocurrió ninguna respuesta ingeniosa—. Sí, es para ti.

—No tenías que traerme nada.

—Y no es nada. De verdad.

—¿Puedo abrirlo?

Eleanor seguía sin pensar nada gracioso, así que asintió. Por suerte, la familia del chico estaba en la cocina, de modo que nadie los estaba mirando.

El regalo iba envuelto en papel para cartas. El papel para cartas favorito de Eleanor, con dibujos de hadas y flores de acuarela.

Park retiró el papel con cuidado y miró el libro. Era *El guardián entre el centeno*. Una edición muy rara. Eleanor había decidido dejarle la camisa porque era bastante bonita, aunque llevaba el precio de la tienda de segunda mano escrito con lápiz de cera.

—Ya sé que es un poco pretencioso —se excusó—. Te iba a regalar *La colina de Watership*, pero trata de conejos y no a todo el mundo le gusta leer sobre conejos...

Park miró el libro sonriendo. Por un horrible instante, Eleanor pensó que iba a mirar el interior. No quería que leyera la dedicatoria. (No delante de ella.)

—¿Es tuyo?

—Sí, pero ya lo he leído.

—Gracias —dijo Park, encantado. Cuando estaba muy contento, los ojos se le hundían dentro de las mejillas—. Muchas gracias.

—De nada —respondió Eleanor mirando al suelo—. Ahora no vayas a matar a John Lennon o algo parecido.

—Ven aquí —dijo él jalándola de la chamarra para atraerla hacia sí.

Eleanor lo siguió a su habitación, pero se detuvo en la puerta como si hubiera una reja invisible. Park dejó el libro sobre la cama y tomó dos cajitas de un estante. Ambas estaban envueltas en papel de regalo con motivos navideños y decoradas con grandes moños rojos.

Caminó hacia el umbral y se detuvo frente a Eleanor. Ella se apoyó de espaldas contra el marco.

—Éste es de mi madre —dijo él tendiéndole una caja—. Es perfume. Por favor, no te lo pongas —desvió la vista un instante y luego volvió a mirarla—. Éste es mío.

—No tenías que darme un regalo —protestó Eleanor.

—No seas tonta.

Como ella no lo agarraba, Park le tomó la mano y le puso la caja en la palma.

—Quería regalarte algo que pudiera pasar desapercibido —explicó a la vez que se apartaba el flequillo de la cara—. Para que no tuvieras que darle explicaciones a tu madre... Había pensado en comprarte una pluma muy bonita, pero luego...

La miró mientras ella abría el regalo. Eleanor estaba tan nerviosa que rompió el papel sin querer. Park se lo quitó y ella abrió la cajita gris.

Contenía un collar. Una fina cadena con un pequeño dije de plata.

—Si no te lo puedes quedar, lo entenderé —dijo Park.

Eleanor no debería aceptarlo, pero deseaba quedárselo.

park

Tonto. Tendría que haberle regalado la pluma. Las joyas son tan llamativas... y personales. Precisamente por eso la había comprado. No podía regalarle a Eleanor una pluma. Ni un separador de libro. Un separador no expresaba lo que sentía por ella.

Park había gastado en el collar casi todo el dinero que tenía ahorrado para el estéreo del coche. Lo había encontrado en una joyería del centro comercial adonde va la gente a probarse anillos de compromiso.

—Guardé la nota —dijo.

—No —repuso Eleanor, alzando la vista hacia él. Parecía nerviosa, pero Park no sabía si en el buen sentido o en el malo—. No. Es precioso. Gracias.

—¿Te lo pondrás? —preguntó Park.

Ella asintió.

Park le pasó la mano por el pelo y se lo sostuvo por la nuca. Hacía esfuerzos por controlarse.

—¿Ahora?

Eleanor lo miró a los ojos y luego volvió a asentir. Park sacó el collar de la caja y se lo abrochó con cuidado al cuello. Tal como había imaginado cuando lo compró. Puede que lo hubiera comprado por eso, para experimentar la sensación de posar unas manos cálidas en su nuca, debajo del pelo. Recorrió la cadena con los dedos y le dejó caer el dije sobre la garganta.

Ella se estremeció.

Park quería tirar de aquella cadena, atraerla a su pecho y anclarla allí.

Apartó las manos con timidez y apoyó la espalda en el marco de la puerta.

eleanor

Estaban sentados en la cocina, jugando cartas, con prisa. Eleanor enseñó a jugar a Park. Le ganó las primeras partidas pero enseguida perdió rapidez. (Maisie también le ganaba a Eleanor después de unas cuantas partidas.)

Preferían jugar cartas en la cocina, aunque la madre de Park estuviera presente, a quedarse en la sala pensando en todas las cosas que harían si estuvieran solos.

La madre de Park le preguntó a Eleanor qué tal le había ido en Navidad y ésta respondió que muy bien.

—¿Qué cenaron? —preguntó la mujer—. ¿Pavo o jamón?

—Pavo —respondió Eleanor— con papas al eneldo. Mi madre es danesa.

Park dejó de jugar para mirarla. Ella le hizo una mueca. "Sí, soy danesa, qué pasa", le habría dicho de no haber estado la otra delante.

—Por eso tienes ese precioso pelo rojo —comentó la madre de Park en plan muy entendida.

Park sonrió. Eleanor puso los ojos en blanco.

Cuando la mujer salió a hacer un mandado para los abuelos de Park, él le dio a Eleanor un puntapié por debajo de la mesa. Iba descalzo.

—No sabía que fueras danesa —dijo.

—Ahora que ya no tenemos secretos el uno para el otro, ¿vamos a tener siempre conversaciones tan fantásticas como ésta?

—Sí. ¿Tu madre es danesa?

—Sí —asintió Eleanor.

—¿Y tu padre?

—Un imbécil.

Park frunció el ceño.

—¿Qué pasa? ¿No querías sinceridad e intimidad? Estoy siendo mucho más sincera que si te dijera que es escocés.

—Escocés —dijo Park, y sonrió.

Eleanor había estado pensando en el acuerdo que él le había propuesto. Ser totalmente sinceros el uno con el otro. No creía que pudiera empezar a contarle la triste verdad de la noche a la mañana.

¿Y si Park se equivocaba? ¿Y si no podía asumirla? ¿Y si se daba cuenta de que tras todo aquel misterio Eleanor ocultaba una vida sencillamente... deprimente?

Cuando Park le preguntó qué había hecho el día de Navidad, Eleanor le habló de las galletas de su madre y de las películas, y le contó que Mouse pensaba que el Grinch era como "esas personas tan buenas que vivían en Villabién".

Casi esperaba que le dijera:

—Ya, pero ahora cuéntame los detalles desagradables.

Él, en cambio, se echó a reír.

—¿Crees que a tu madre le parecería bien que salieras conmigo? —le preguntó—. Ya sabes, si no fuera por tu padrastro.

—No sé —respondió Eleanor. Aferraba con fuerza el dije de plata.

Eleanor pasó el resto de las vacaciones en casa de Park. A la madre del chico no parecía importarle, y el padre le insistía en que se quedara a cenar.

La madre de Eleanor, por su parte, daba por supuesto que su hija estaba en casa de Tina. En una ocasión, le comentó:

—Espero que no estés abusando de la hospitalidad de esa gente, Eleanor.

Y otro día dijo:

—Tina también podría venir aquí de vez en cuando, ¿no?

Ambas sabían que aquello era un chiste. Nadie llevaba amigos a casa de Eleanor, ni siquiera los niños. Ni siquiera Richie. Y la madre de Eleanor ya no tenía amigas.

Antes sí.

Cuando sus padres estaban juntos, la casa estaba llena de gente. Hombres con el pelo largo. Mujeres con vestidos largos. Vasos de vino tinto por todas partes. Era una fiesta constante.

Y cuando el padre de Eleanor se marchó, seguían acudiendo mujeres. Madres solteras que traían consigo a sus hijos y todo lo necesario para preparar daiquirís de plátano. Despiertas hasta la madrugada, charlaban en voz baja de sus exmaridos e intercambiaban chismes sobre sus nuevos novios mientras los niños jugaban al parchís en la habitación de al lado.

Al principio, Richie no era más que una de aquellas historias. Decía así:

La madre de Eleanor acudía al supermercado a primera hora de la mañana, mientras los niños dormían. En aquel entonces, tampoco tenían coche. (La madre de Eleanor no había vuelto a tener coche propio desde que acabó los estudios) El caso es que Richie la veía pasar andando cuando conducía de camino al trabajo. Un día paró el auto y le pidió el teléfono. Le dijo que era la mujer más hermosa que jamás había visto.

Cuando Eleanor oyó hablar de Richie por primera vez, estaba tendida en el viejo sofá, leyendo un ejemplar de la revista *Life* y bebiendo un daiquirí de plátano sin alcohol. Apenas escuchaba la conversación de las mujeres; a las amigas de su madre les gustaba que Eleanor anduviera por allí. Cuidaba de los pequeños sin protestar y todas decían que era muy madura para su edad. Si Eleanor guardaba silencio, prácticamente se olvidaban de que estaba presente. Y si bebían demasiado, les daba igual.

—¡Nunca confíes en un hombre, Eleanor! —le gritaban en un momento u otro.

—¡Sobre todo si no le gusta bailar!

Cuando la madre de Eleanor les contó que Richie la encontraba más bonita que un día de primavera, todas suspiraron y pidieron más detalles.

Por supuesto que la consideraba la mujer más guapa del mundo, pensó Eleanor. Sin duda lo era.

Eleanor tenía doce años por aquel entonces y no concebía que ningún hombre pudiera ser aún más imbécil que su padre.

Ignoraba que hay defectos peores que el egoísmo.

En fin. Eleanor nunca se quedaba a cenar con Park, por si su madre tenía razón con lo de abusar de la hospitalidad ajena. Además, si llegaba a casa temprano, había más probabilidades de no encontrar a Richie allí.

Desde que pasaba tanto tiempo con Park, su rutina de higiene se había ido al traste. (Jamás se lo diría, por muchos secretitos que compartieran.)

Sólo si se bañaba al volver del instituto podía hacerlo sin peligro. Ahora bien, si Eleanor pasaba por casa de Park después de clases, tenía que confiar en que Richie seguiría en el Broken Rail cuando ella llegara a casa. Y entonces tenía que bañarse muy deprisa porque la puerta trasera estaba pegada al baño y se podía abrir en cualquier momento.

Sabía que tanto pudor ponía nerviosa a su madre, pero Eleanor no tenía la culpa. Había considerado la posibilidad de ducharse en los vestidores del instituto, pero el peligro habría sido aún mayor. Tina y las demás.

Hacía unos días, a la hora del almuerzo, Tina se lo había dejado muy claro. Se había acercado a la mesa de Eleanor y le había dirigido con voz inaudible la palabra más grosera del mundo. Panocha. (Ni siquiera Richie la empleaba, lo que indica hasta qué punto es asquerosa.)

—¿Qué le pasa? —dijo DeNice. Era una pregunta retórica.

—Se cree que no hay nadie como ella —observó Beebi.

—Pues no es para tanto —afirmó DeNice—. Parece un niño pequeño en minifalda.

Bebbi soltó una risilla.

—Y ese peinado le queda fatal —añadió DeNice, sin dejar de mirar a Tina—. Debería levantarse más temprano para decidir si quiere parecerse a Farrah Fawcett o a Rick James.

Bebbi y Eleanor se morían de risa.

—O sea, escoge uno, nena —prosiguió DeNice, sacándole jugo al chiste—. Escoge uno.

—Eh, guapa —exclamó Bebbi a la vez que palmeaba la pierna de Eleanor—. Allá va tu chico.

Las tres voltearon hacia el ventanal de la cafetería. Park pasaba por el otro lado junto con unos cuantos chicos. Llevaba jeans y una camiseta con el nombre del grupo Minor Threat estampado en el pecho. Echó un vistazo al comedor y sonrió al reconocer a Eleanor.

Bebbi rió.

—Es guapo —dijo DeNice. Como si fuera un hecho constatable.

—Ya lo sé —asintió Eleanor—. Tengo ganas de morderle la cara.

Las tres estallaron en risas hasta que DeNice las calmó.

park

—Así que... —dijo Cal.

Park seguía sonriendo, aunque ya habían dejado atrás la cafetería.

—Eleanor y tú, ¿eh?

—Eh... Sí —reconoció Park.

—Ya —asintió Cal—. Todo el mundo lo sabe. O sea, hace siglos que lo sabemos. Lo sabía por tu forma de mirarla en la clase de Inglés. Estaba esperando a que me lo dijeras.

—Ah —repuso Park, y miró a Cal—. Perdona. Salgo con Eleanor.

—¿Por qué no me lo habías dicho?

—Creí que ya lo sabías.

—Lo sabía —dijo Cal—. Pero es que se supone que somos amigos. Se supone que hablamos de estas cosas.

—Creí que no lo entenderías.

—Y no lo entiendo. No te ofendas. Esa chica me pone los pelos de punta. Pero si vas, ya sabes, si vas en serio, quiero un informe completo.

—¿Lo ves? —replicó Park—. Por eso no te lo había dicho.

capítulo 35

eleanor

La madre de Park le pidió a su hijo que pusiera la mesa. Era el momento que Eleanor solía escoger para marcharse. Ya casi había anochecido. Eleanor bajó las escaleras a toda prisa antes de que Park pudiera detenerla... y estuvo a punto de estrellarse con el padre de Park.

—Eh, Eleanor —la llamó.

Ella se sobresaltó. El hombre arreglaba el motor de la camioneta.

—Hola —respondió Eleanor, sin detenerse.

El padre de Park se parecía muchísimo a Magnum. Una nunca se acostumbra a algo así.

—Espera, ven un momento —dijo él.

A Eleanor se le encogió el estómago, sólo un poco. Se detuvo y dio unos pasos hacia la camioneta.

—Mira —empezó el padre de Park—. Estoy un poco cansado de pedirte que te quedes a cenar.

—Ya... —asintió Eleanor.

—Lo que quiero decir es que te puedes quedar cuando quieras. Nos gusta tenerte aquí, ¿ok?

Parecía incómodo, y la estaba incomodando a ella. Se sentía mucho más incómoda de lo que solía en su presencia.

—Mira, Eleanor... Conozco a tu padrastro.

Aquello podía tomar un millón de rumbos distintos. Todos horribles.

El padre de Park siguió hablando con una mano en el motor de la camioneta y la otra en la nuca, como si le dolieran las cervicales.

—Nos criamos juntos. Soy mayor que Richie, pero este barrio es pequeño, y he pasado algún que otro rato en el Rail...

Estaba demasiado oscuro como para verle la cara. Eleanor aún no estaba segura de lo que el hombre intentaba decirle.

—Ya sé que tu padrastro no es una persona fácil —afirmó el padre de Park por fin dando un paso hacia ella—. Lo que quiero decir es que si te resulta más fácil estar aquí que en tu casa, deberías pasar más tiempo con nosotros. Mindy y yo nos sentiríamos mucho mejor, ¿está bien?

—Ok —respondió Eleanor.

—Así que no volveré a pedirte que te quedes a cenar.

Eleanor sonrió, él sonrió a su vez y por un segundo le recordó mucho más a Park que a Tom Selleck.

park

Eleanor en el sofá, con la mano entre las suyas; al otro lado de la mesa de la cocina, haciendo la tarea; Eleanor cargando con Park las compras de la abuela; agradeciendo la cena con educación, aunque fuera algo tan asqueroso como el hígado encebollado. Siempre estaban juntos y sin embargo a Park no le bastaba.

Aún no se atrevía a rodearla con los brazos y seguía sin tener muchas oportunidades de besarla. Eleanor no quería entrar en el dormitorio de Park.

—Podemos oír música —le decía él.

—Tu madre...

—No le importa. Dejaremos la puerta abierta.

—¿Y dónde nos sentaremos?

—En la cama.

—¿Estás loco? Ni hablar.

—En el suelo entonces.

—No quiero que me considere una cualquiera.

Park no estaba seguro de que la considerara una chica siquiera.

Sin embargo, a su madre le caía bien Eleanor. Mucho más que antes. El otro día, sin ir más lejos, había comentado que sus modales eran excelentes.

— Es muy callada —dijo como si fuera una virtud.

—Porque es nerviosa —explicó Park.

—¿Por qué?

—No sé —respondió él—. Lo es.

Park sabía que su madre aún odiaba la forma de vestir de Eleanor. Siempre la miraba de arriba abajo y meneaba la cabeza de lado a lado cuando ella no estaba mirando.

Eleanor trataba a la madre de Park con muchísima cortesía. Incluso se esforzaba por entablar conversación. Un sábado por la noche, después de cenar, la mujer empezó a ordenar sus productos Avon en la mesa del comedor mientras ellos dos jugaban cartas.

—¿Cuánto tiempo hace que es estilista? —preguntó Eleanor.

A la madre de Park le encantó aquella palabra.

—Desde que Josh empezó a ir a la escuela. Saqué mi título, fui a escuela de belleza y conseguí mi permiso.

—¡Wow! —se sorprendió Eleanor.

—Yo siempre he cortado pelo —prosiguió la mujer—. Antes también —abrió un frasco de color rosa y olisqueó la loción—. De pequeña... cortaba pelo de muñecas y ponía maquillaje.

—Igual que mi hermana —comentó Eleanor—. Yo sería incapaz.

—No es difícil —repuso la madre de Park, alzando la vista hacia ella. Se le iluminó la mirada—. Tengo buena idea —dijo—. Hacemos sesión de maquillaje.

Eleanor la miró de hito en hito. Seguramente se estaba imaginando a sí misma con el cabello cepillado y pestañas postizas.

—Oh, no... —replicó—. Yo no...

—Sí —insistió la madre de Park—. Será divertido.

—Mamá, no —intervino Park—. Eleanor no quiere que la maquilles... No necesita maquillaje —se corrigió.

—Ponemos poco maquillaje —propuso la mujer. Ya estaba palpando la melena de Eleanor—. Y no cortamos. Todo se puede quitar después.

Park le lanzó a Eleanor una mirada suplicante. Le pedía que complaciera a su madre, no que se maquillara para estar más guapa. Esperaba que lo entendiera.

—¿No me lo cortará? —preguntó Eleanor.

La madre de Park ya tenía un rizo enrollado al dedo.

—Mejor luz en garaje —dijo—. Vamos.

eleanor

La madre de Park obligó a Eleanor a sentarse en la silla de lavado y chasqueó los dedos para llamar a su hijo. Para horror de Eleanor —para su creciente horror— Park se acercó y procedió a llenar de agua la pila. Agarró una toalla rosa de un gran montón y, levantándole el pelo con cuidado, se la fijó alrededor del cuello con movimientos expertos.

—Lo siento —le susurró— ¿Quieres que me vaya?

—No —respondió ella con voz inaudible a la vez que lo sujetaba por la camisa.

"Sí", pensó. Quería que la tragara la tierra. No sentía la punta de los dedos. Pero si Park se marchaba, no habría nadie para echarle la mano si la mujer decidía cortarle un gran flequillo de lado o hacerle una permanente de caireles. O ambas cosas.

Eleanor no pensaba detenerla, hiciera lo que hiciera; era la invitada en aquel garaje. Se había comido su comida y había hecho sufrir a su hijo, no estaba en posición de discutir.

La mujer empujó a Park a un lado y obligó a Eleanor a colocarse en el reposacabezas.

—¿Qué champú usas?

—No sé —dijo Eleanor.

—¿No sabes? —preguntó la madre de Park mientras le palpaba el pelo—. Tienes muy seco. Pelo rizado es seco, ¿sabes?

Eleanor dijo que *no* con un gesto.

—Mmm... —musitó la mujer. Echó la cabeza de Eleanor hacia atrás para mojarle el pelo y le dijo a Park que metiera una bolsa de aceite en el microondas.

Le producía una sensación rarísima que la madre de Park le estuviera lavando el pelo. Estaba prácticamente encima de

Eleanor; el dije de ángel que llevaba la mujer pendía junto a su boca. Además, las cosquillas la estaban matando. Eleanor no sabía si Park estaba mirando. Esperaba que no.

Unos minutos después, luego de untarle el aceite y enjuagarle la melena, la madre de Park envolvió la cabeza de Eleanor con una toalla horriblemente apretada. Park estaba sentado frente a ella, intentando sonreír, pero con cara de sentirse casi tan incómodo como Eleanor.

La mujer inspeccionaba caja tras caja de muestras de Avon.

—Está aquí, en alguna parte —dijo—. Canela, canela, canela... ¡Ajá!

Hizo rodar el taburete hasta Eleanor.

—Muy bien. Cierra ojos.

Eleanor la miró de hito en hito. La madre de Park llevaba en la mano un lapicillo marrón.

—Cierra ojos —repitió esta última.

—¿Por qué? —preguntó Eleanor.

—Tranquila. Todo se quita.

—Pero yo no uso maquillaje.

—¿Por qué no?

Tal vez Eleanor debería haber dicho que porque no la dejaban. Habría sido una respuesta más amable que: "Porque maquillarse se parece a mentir".

—No sé —dijo al fin—. No va conmigo.

—Sí va —opinó la madre de Park, mirando el lápiz—. Muy buen color para ti, ya verás. Canela.

—¿Es lápiz labial?

—No, lápiz de ojos.

Eleanor no se ponía lápiz de ojos. Nunca.

—¿Y para qué sirve?

—Es maquillaje —replicó la mujer, exasperada—. Para estar guapa.

Eleanor se sintió como si le hubiera entrado algo en los ojos, como si le ardieran.

—Mamá... —intervino Park.

—Mira —dijo la madre—. Yo te enseñaré.

Se volvió hacia Park, y antes de que ni él ni Eleanor adivinaran lo que se proponía, colocó el pulgar en el rabillo del ojo de su hijo.

—Canela muy pálido —murmuró. Escogió otro lápiz—. Ónice.

—Mamá... —protestó Park, pero no se movió.

Ésta se sentó de forma que Eleanor pudiera ver lo que hacía y luego trazó hábilmente una línea a lo largo de las pestañas de Park.

—Abre —él lo hizo—. Muy bien... Cierra —pintó el otro ojo. Luego añadió otra línea en el párpado inferior y se lamió el pulgar para limpiar un manchón—. Muy guapo.

Park no estaba guapo. Estaba peligroso. Como Ming "el Inclemente" o como un miembro de Duran Duran.

—Te pareces a Robert Smith —observó Eleanor. "Sólo que... sí", pensó, "más guapo".

Park bajó la vista. Eleanor no podía dejar de mirarlo.

La madre de Park se colocó entre ambos.

—Bueno, ahora cierra ojos —le dijo a Eleanor—. Abre. Bien... Cierra otra vez.

Eleanor tuvo la misma sensación exacta que si le estuvieran pintando el ojo con un lápiz. De repente todo terminó, y la madre de Park le frotaba algo frío en las mejillas.

—Es muy fácil —dijo—. Base, polvos, lápiz de ojos, sombra, rímel, lápiz de labios, labial, rubor. Ocho pasos, quince minutos máximo.

La madre de Park hablaba en un tono muy profesional, como el presentador de un programa de cocina en la televisión. Acto seguido, desenvolvió el pelo de Eleanor y se colocó tras ella.

Eleanor quería volver a mirar a Park, ahora que podía, pero no quería que él la viera a ella. Sentía la cara dura y pegajosa. Seguro que parecía sacada de *Los años dorados*.

Park acercó la silla y empezó a golpearle la rodilla con el puño. Eleanor tardó un segundo en comprender que la estaba retando a una partida de "piedra, papel o tijeras".

Aceptó el desafío. Cómo no. Cualquier excusa era buena para tocarlo, cualquier excusa era buena para no mirarlo a los ojos. Park se había frotado los ojos, así que ya no los llevaba pintados, pero seguía teniendo un aspecto que Eleanor no sabía cómo expresar.

—Así distrae Park a niños cuando estoy cortando su pelo —explicó la madre—. Debes parecer asustada, Eleanor. Tranquila. Prometo que no cortaré.

Tanto Eleanor como Park sacaron tijeras.

La mujer le untó medio frasco de espuma y luego se lo secó con secadora (algo de lo que Eleanor nunca había oído hablar pero que, al parecer, era importantísimo).

Según la madre de Park, todo lo que se hacía en el pelo —lavarlo con cualquier cosa, cepillarlo, atarse cuentas y flores de seda— era un error.

Debería usar difusor, estrujárselo para darle forma y dormir, si podía, con una almohada satinada.

—Creo que te queda muy bien flequillo —opinó la mujer por fin—. Probaremos próxima vez.

No habría una próxima vez, juró Eleanor ante Dios.

—Muy bien, ya está —la madre de Park era toda sonrisas—. Muy guapa. ¿Lista? —giró la silla para que Eleanor se mirara al espejo—. ¡Tachán!

Ella se miró el regazo.

—Tú tienes que mirar, Eleanor. Mira en espejo, eres muy guapa.

No podía. Eleanor notaba las miradas de madre e hijo clavadas en ella. Quería que la tragara la tierra. Todo aquello había sido un error, una malísima idea. Se iba a echar a llorar, iba a montar una escena. La madre de Park volvería a odiarla.

—Eh, Mindy —el padre de Park abrió la puerta y se asomó al garaje—. Te llaman por teléfono. Eh, oye, mírate, Eleanor, pareces una bailarina del ballet Zoom.

—¿Ves? —le dijo la madre de Park—. Lo que yo digo... muy guapa. No miras en espejo hasta que vuelvo, ¿eh? Mirarse en espejo es lo más emocionante.

Entró en casa a toda prisa y Eleanor se tapó la cara con las manos, procurando no estropear nada. Notó las manos de Park en las muñecas.

—Lo siento —se disculpó él—. Imaginaba que todo esto no te haría ninguna gracia pero no sabía que te sentaría tan mal.

—Es que me da mucha vergüenza.

—¿Por qué?

—Porque... todos me están mirando.

—Yo siempre te estoy mirando.

—Ya lo sé, y ojalá no lo hicieras.

—Sólo quiere conocerte mejor. Es su forma de comunicarse contigo.

—¿Parezco una bailarina del ballet Zoom?

—No...

—No, maldita sea, lo parezco.

—No, pareces... Mírate.

—No quiero.

—Mírate ahora —le propuso Park—, antes de que vuelva mi madre.

—Sólo si cierras los ojos.

—Ok, están cerrados.

Eleanor se destapó la cara y se miró en el espejo. No resultó tan bochornoso como esperaba, porque era como mirar a otra persona. Alguien con pómulos altos, largas pestañas y labios brillantes. Seguía teniendo el cabello rizado, más rizado que nunca, pero como más sereno, menos alocado.

El look le pareció horrible, hasta el último detalle.

—¿Puedo abrir los ojos? —preguntó Park.

—No.

—¿Estás llorando?

—No.

Claro que sí. Iba a estropear el maquillaje, y la madre de Park volvería a odiarla.

Park abrió los ojos y se sentó frente a ella en el tocador.

—¿Tanto te horroriza? —le preguntó.

—No soy yo.

—Pues claro que eres tú.

—Es que me siento como si estuviera disfrazada. Como si quisiera hacerme pasar por alguien que no soy.

Como si quisiera ser guapa y popular. Lo que de verdad le dolía era aquel "quisiera".

—El peinado te queda muy bien —opinó Park.

—No es mi pelo.

—Lo es...

—No quiero que tu madre me vea así. No quiero herir sus sentimientos.

—Bésame.

—¿Qué?

Park la besó. Eleanor notó que se le relajaban los hombros y se le deshacía el nudo del estómago. Luego su estómago volvió a anudarse en el sentido opuesto. Se apartó.

—¿Me besas porque parezco otra persona?

—No pareces otra persona. Además, eso es absurdo.

—¿Te gusto más así? —quiso saber Eleanor—. Porque nunca volveré a tener esta facha.

—Me gustas de todas formas... Aunque echo de menos tus pecas —le frotó la mejilla con la manga—. Ya está.

—Tú pareces otra persona —observó Eleanor— y sólo llevas lápiz de ojos.

—¿Te gusto más así?

Eleanor puso los ojos en blanco, pero notó que estaba a punto de ruborizarse.

—Estás distinto. Inquietante.

—Tú pareces tú —dijo él—. Con más volumen.

Ella volvió a mirarse al espejo.

—Lo más curioso es —comentó Park— que estoy seguro de que mi madre se ha contenido. Te ha aplicado lo que ella considera un maquillaje natural.

Eleanor se rio. La puerta que comunicaba con la casa se abrió.

—Nooo, les he pedido que esperaran —les riñó la madre de Park—. ¿Te has sorprendido?

Eleanor asintió.

—¿Has llorado? ¡Oh, qué pena que me he perdido!

—Siento haberlo estropeado —se disculpó Eleanor.

—No estropeas nada —replicó la mujer—. Es rímel a prueba de agua y maquillaje de larga duración.

—Gracias —dijo Eleanor con tacto—. La diferencia es increíble.

—Prepararé un estuche —propuso la madre del chico—. Son colores que nunca uso de todas formas. Ven, siéntate, Park. Cortaré puntas mientras estamos aquí. Luces desgreñada.

Eleanor se sentó a su lado y lo retó a una partida de "piedra, papel o tijera".

park

Eleanor parecía una persona distinta y Park no sabía si le gustaba más maquillada. O si le gustaba, sin el "más".

No entendía por qué se había disgustado tanto. A veces Park tenía la sensación de que ella procuraba ocultar su belleza e intentaba parecer fea.

Era el tipo de comentario que habría hecho su madre. Por eso no le había dicho nada a Eleanor al respecto (¿Contaría como secreto?).

Podía entender por qué Eleanor se esforzaba en parecer distinta. Más o menos. Lo hacía porque era distinta... porque no le asustaba ser diferente. (O quizás porque aún le daba más miedo ser como todo el mundo.)

A Park, aquella actitud le parecía estimulante. Le gustaba formar parte de ello, de esa postura loca y transgresora.

—¿Inquietante en qué sentido? —había querido preguntarle.

Al día siguiente, Park se llevó al baño el lápiz de ojos color ónix y se lo aplicó. Las líneas no le quedaron tan limpias como a su madre, pero el resultado le gustó aún más. Era más masculino.

Se miró al espejo. "Resalta tus ojos", les decía siempre su madre a las clientas, y era verdad. El lápiz le resaltaba los ojos y le daba un aspecto aún más exótico.

Luego Park se peinó como de costumbre: con el pelo encrespado y de punta, como electrificado por la parte de arriba. Normalmente ensayaba el peinado y volvía a alisarse el pelo al instante.

Aquel día se lo dejó revuelto.

El padre de Park alucinó en la mesa durante el desayuno. Alucinó de verdad. Park intentó escabullirse sin que lo viera, pero su madre no le permitía marcharse sin comer nada. Park clavó la mirada en el plato de cereal.

—¿Qué le pasa a tu pelo? —le preguntó su padre.

—Nada.

—Espera un momento, mírame... He dicho que me mires.

Park levantó la cabeza pero desvió la vista.

—¿Pero qué diablos, Park?

—¡Jamie! —protestó su esposa.

—¡Míralo, Mindy, se ha maquillado! ¿Te burlas de mí, Park?

—No hay excusas para palabrotas —lo reprendió la mujer.

Miró a Park con expresión nerviosa, como si se sintiera culpable. Puede que con razón. Quizás no debería haber usado a Park como conejillo de Indias para probar los labiales cuando éste iba al kínder. Y conste que Park no pensaba pintarse los labios...

De momento.

—Mierda —rugió el padre—. Ve a lavarte la cara, Park.

El chico no se movió.

—Ve a lavarte la cara. Park.

Park tomó una cucharada de cereal.

—Jamie —dijo su madre.

—No, Mindy. No. Normalmente estos chicos hacen lo que les da la maldita gana. Pero no. Park no saldrá de esta casa pareciendo una chica.

—Muchos chicos se maquillan —objetó Park.

—¿Qué? ¿De qué hablas?

—David Bowie —dijo Park—. Marc Bolan.

—No pienso escucharte. Lávate la cara.

—¿Por qué?

Park apretó los puños contra la mesa.

—Porque lo digo yo. Porque pareces una chica.

—No es nada nuevo.

Park apartó el plato de cereal.

—¿Qué has dicho?

—He dicho que no es nada nuevo. ¿Acaso no piensas eso?

Park notó que le corrían las lágrimas por las mejillas, pero no quería tocarse los ojos.

—A clase, Park —le sugirió su madre con suavidad—. Perderás tu autobús.

—Mindy... —dijo el padre, que apenas podía contenerse—, lo van a hacer pedazos.

—Tú dices que Park ya es mayor, casi un hombre, toma sus propias decisiones. Pues deja que tome propias decisiones. Deja que se vaya.

El padre de Park no respondió; nunca le levantaba la voz a su esposa. Park aprovechó la ocasión y se marchó.

Acudió a su propia parada, no a la de Eleanor. Quería afrontar la reacción de Steve antes de verla. Si Steve iba a ponerlo de cabeza, Park prefería que Eleanor no formara parte del público.

Steve, sin embargo, apenas mencionó el tema.

—Eh, Park, ¿pero qué demonios? ¿Te maquillaste?

—Sí —dijo Park. Agarró las tiras de la mochila.

Los presentes se rieron un poco, deseosos de presenciar qué pasaría a continuación.

—Te pareces a Ozzy, amigo —comentó Steve—. Cualquiera diría que estás a punto de arrancarle la cabeza a un murciélago de una mordida.

Todo el mundo se echó a reír. Steve le enseñó los dientes a Tina y gruñó. Eso fue todo.

Cuando subió al autobús, Eleanor estaba de buen humor.

—¡Viniste! Pensaba que tal vez estuvieras enfermo. Como no te vi en la parada...

Park alzó la vista. Eleanor puso cara de sorpresa. Luego se sentó en silencio y se miró las manos.

—¿Parezco una bailarina del ballet Zoom? —preguntó Park por fin, cuando no pudo soportar más el silencio.

—No —dijo Eleanor, mirándolo de reojo—. Pareces...

—¿Inquietante?

Ella se rio y asintió.

—¿Inquietante en qué sentido? —preguntó él.

Eleanor le dio un beso con lengua. En el autobús.

capítulo 36

park

Park le dijo a Eleanor que mejor no lo acompañara a casa después de clases. Suponía que estaba castigado. Se lavó la cara en cuanto llegó. Luego se encerró en su cuarto.

Su madre entró a charlar.

—¿Estoy castigado? —preguntó Park.

—No lo sé —repuso ella—. ¿Qué tal tus clases?

En realidad, le estaba preguntando: "¿Alguien intentó hundirte la cabeza en el retrete?".

—Bien —respondió él.

Un par de chicos lo habían insultado en los pasillos, pero Park no se había sentido tan mal como esperaba. Mucha gente le había dicho que se veía muy cool.

La madre se sentó en la cama. Se diría que había tenido un día muy largo; se le marcaba el delineador alrededor de los labios.

La mujer se quedó mirando las figurillas de *La guerra de las galaxias* que se amontonaban en un estante. Park llevaba años sin tocarlas.

—Park —dijo ella—. Tú... ¿quieres parecer chica? ¿Es por eso? Eleanor viste como chicos. ¿Tú quieres parecer chica?

—No —respondió Park—. Es que me gusta. Me siento bien.

—¿Maquillado como chica?

—No —dijo Park—. Como yo mismo.

—Tu padre...

—No quiero hablar de él.

La madre de Park se quedó allí sentada un minuto. Luego se marchó.

Park permaneció en su cuarto hasta que Josh lo llamó. La cena estaba lista. El padre no alzó la vista cuando Park se sentó.

—¿Dónde está Eleanor? —le preguntó.

—Pensaba que estaba castigado.

—No estás castigado —respondió el hombre, concentrado en el rollo de carne.

Park miró a su alrededor. Sólo Josh le devolvió la mirada.

—¿No vamos a hablar sobre lo que pasó esta mañana? —preguntó Park.

Su padre tomó otro bocado de carne, lo masticó a conciencia y se lo tragó.

—No, Park, en este momento no se me ocurre nada que decirte.

capítulo 37

eleanor

Park tenía razón. Nunca estaban solos.

Pensó en volver a escaparse, pero hacerlo suponía un riesgo inconcebible y en el exterior hacía un frío tan espantoso que seguramente Eleanor perdería una oreja por congelación. Algo que su madre no podría dejar de notar.

Ya se había fijado en el rímel (aunque era de un tono marrón claro y en la caja decía "sutil y natural").

—Me lo dio Tina —explicó Eleanor—. Su madre vende productos Avon.

Si cambiaba el nombre de Park por el de Tina cada vez que mentía, tenía la sensación de estar contando una gran mentira en vez de un millón de mentiras pequeñas.

Le divertía imaginarse a sí misma yendo cada día a casa de Tina para charlar de sus cosas mientras se pintaban los labios y se hacían la manicura.

No quería ni imaginar lo que pasaría si su madre llegara a conocer a Tina, pero le parecía improbable; la madre de Eleanor nunca hablaba con nadie. Si no habías nacido en aquella zona (si tu familia no se remontaba a diez generaciones, si tus padres no compartían tatarabuelos con todos los vecinos), te consideraban forastero.

Park siempre decía que por eso la gente lo dejaba en paz, aunque fuera un bicho raro y, para colmo, asiático. Porque su familia ya poseía tierras allí cuando en la zona sólo había campos de maíz.

Park. Eleanor se sonrojaba cada vez que pensaba en él. Seguramente siempre había sido así, pero últimamente la cosa había empeorado. Porque antes ya era guapo e interesante, pero últimamente se estaba superando.

Hasta DeNice y Bebbi se habían dado cuenta.

—Parece una estrella de rock —decía DeNice.

—Parece El DeBarge —asentía Beebi.

Parece él mismo, pensaba Eleanor, pero más duro. Parece Park con más volumen.

park

Nunca estaban solos.

Se entretenían cuanto podían en el trayecto del autobús a casa y a veces se quedaban un rato en las escaleras de entrada hasta que la madre de Park abría la puerta y les decía que se iban a quedar helados allí fuera.

Tal vez las cosas mejoraran en verano. Podrían pasar más rato en el exterior. A lo mejor darían paseos. Puede que Park sacara su licencia de una vez.

No. Desde el día de la discusión, su padre no le dirigía la palabra.

—¿Qué le pasa a tu padre? —le preguntó Eleanor.

Estaban de pie en la escalera de entrada, ella un peldaño más abajo.

—Está enfadado conmigo.

—¿Por qué?

—Porque no me parezco a él.

Eleanor lo miró con expresión escéptica.

—¿Lleva dieciséis años enfadado contigo?

—Más o menos.

—Pero siempre me había parecido que se llevaban bien —observó ella.

—No —repuso Park—, nunca nos hemos llevado bien. O sea, últimamente las cosas habían mejorado entre nosotros porque me metí en una pelea y porque mi padre pensaba que mi madre no te estaba tratando bien.

—¡Sabía que le caía mal!

Eleanor le dio un codazo.

—Bueno, ahora le caes bien —señaló Park—, así que mi padre ha vuelto a enfadarse conmigo.

—Tu padre te quiere —afirmó Eleanor. Parecía muy preocupada.

Park negó con la cabeza.

—Porque no tiene más remedio. Lo he decepcionado.

Eleanor le puso la mano en el pecho. En ese momento, la madre de Park abrió la puerta.

—Adentro, adentro —dijo—. Hace frío.

eleanor

—Tu cabello muy bonito, Eleanor —afirmó la madre de Park.

—Gracias.

Eleanor no usaba la secadora, pero sí el acondicionador que la mujer le había dado. Además, había encontrado una funda de almohada de satín entre la ropa blanca del armario de su cuarto.

La madre de Park parecía haberle tomado cariño. Eleanor no había accedido a otra sesión de maquillaje, pero Mindy siempre le estaba probando sombras de ojos o toqueteándole el pelo cuando Park y ella se sentaban en la mesa de la cocina.

—Debí tener chica —decía la madre de Park.

"Debería tener yo una familia como ésta", pensaba Eleanor. Y no siempre se sentía una traidora por pensarlo.

capítulo 38

eleanor

La noche del miércoles era la peor.

Los miércoles Park tenía clase de taekwondo, así que Eleanor volvía directamente a casa después de clases, se bañaba e intentaba pasar el resto de la noche recluida en su cuarto, leyendo.

Como hacía demasiado frío para salir a jugar, los niños se subían por las paredes. Cuando Richie llegaba a casa, no había espacio para esconderse.

Ben tenía tanto miedo de que Richie lo mandara al sótano antes de tiempo, que se escondía en el armario del dormitorio a jugar con sus coches.

Cuando Richie se puso a ver *Mike Hammer* en la tele, la madre de Eleanor envió a Maisie al dormitorio, aunque él la dejaba quedarse.

Maisie entró en la habitación, aburrida e irritable. Se dirigió a la litera.

—¿Puedo subir?

—No.

—Por favor...

Las camas eran de tamaño infantil, más pequeñas de lo normal, apenas lo bastante amplias para Eleanor, y Maisie no era precisamente una niña esquelética.

—Ok —gruñó la mayor.

Se hizo a un lado con cuidado, como si estuviera sentada sobre una capa de hielo, y empujó la caja de las toronjas a un rincón.

Maisie subió y se sentó en la almohada de Eleanor.

—¿Qué estás leyendo?

—*La colina de Watership*.

Maisie no prestaba atención. Se cruzó de brazos y se inclinó hacia su hermana.

—Sabemos que tienes novio —le susurró.

A Eleanor le dio un vuelco el corazón.

—No tengo novio —replicó con indiferencia y de inmediato.

Eleanor miró a Ben, que seguía sentado en el armario. El niño le devolvió la mirada sin inmutarse. Gracias a Richie, todos eran expertos en poner cara de indiferencia. Deberían presentarse a un torneo familiar...

—Bobbie nos lo dijo —siguió diciendo Maisie—. Su hermana mayor va a clase con Josh Sheridan, y Josh dice que su hermano tiene novia. Ben dijo que no eras tú y Bobbie se rió de él.

Ben ni siquiera parpadeó.

—¿Se lo van a decir a mamá? —preguntó Eleanor. Quería acabar con aquello cuanto antes.

—Aún no se lo hemos dicho —replicó Maisie.

—¿Se lo van a decir? —Eleanor reprimió el impulso de tirar a Maisie de la cama de un empujón. Su hermana tendría una rabieta—. Me echará de casa, lo sabes, ¿no? —prosiguió con intensidad—. Eso con suerte.

—No se lo vamos a decir —susurró Ben.

—Pero no es justo —protestó Maisie, apoyándose contra la pared.

—¿Qué no es justo?

—No es justo que te marches cuando quieras —explicó la niña.

—¿Y qué quieren que haga? —preguntó Eleanor.

Sus dos hermanos la miraron, desesperados y casi... casi esperanzados. Todas las palabras que se pronunciaban en aquella casa tenían un tono desesperado.

En lo que concernía a Eleanor, la desesperación sólo era una interferencia. Fue la esperanza, con sus deditos sucios, lo que le estrujó el corazón.

Debía de tener los cables cruzados o algún defecto de fábrica, porque en vez de conmoverse —en vez de mostrar ternura— respondió con indiferencia.

—No voy a llevarlos conmigo —dijo—, si es eso lo que están insinuando.

—¿Por qué no? —preguntó Ben—. Nos quedaríamos jugando con los otros niños.

—No hay otros niños —replicó Eleanor—. Las cosas no son así.

—No nos quieres —se lamentó Maisie.

—Sí que los quiero —cuchicheó Eleanor—. Es que... no los puedo ayudar.

La puerta se abrió y Mouse entró a toda prisa.

—Ben, Ben, Ben, ¿dónde está mi coche, Ben? ¿Dónde está mi coche? Ben.

Se abalanzó sobre Ben sin motivo. Era difícil saber, hasta que ya lo tenías encima, si Mouse venía a abrazarte o a matarte.

Ben trató de apartarlo sin hacer ruido. Eleanor le tiró un libro. (Uno de bolsillo. El que tenía a la mano.)

Mouse salió corriendo del cuarto, y Eleanor se inclinó desde la cama para cerrar la puerta. Prácticamente podía abrir el armario sin bajar de la litera.

—No los puedo ayudar —dijo. Se sintió como si los hubiera dejado caer en aguas profundas—. Ni siquiera puedo ayudarme a mí misma.

La niña la miró con expresión implacable.

—Por favor, no me delates —le suplicó Eleanor.

Maisie y Ben volvieron a intercambiar una mirada. Luego Maisie, fría como un témpano, se volvió hacia su hermana.

—¿Nos dejarás agarrar tus cosas?

—¿Qué cosas? —preguntó Eleanor.

—Tus cómics —dijo Ben.

—No son míos.

—Tu maquillaje —añadió Maisie.

Seguramente tenían todas sus cosas catalogadas. La caja de las toronjas estaba atiborrada de productos de contrabando, casi todos de Park. Los tenían detectados del primero al último, seguro.

—Pero tienen que esconderlas en cuanto acaben de usarlas —accedió Eleanor—. Y los cómics no son míos, Ben, me los han prestado. Cuídalos mucho.

—Y si los atrapan —Eleanor se volvió a mirar a Maisie—, mamá nos lo quitará todo. Sobre todo el maquillaje. Nos quedaremos sin nada.

Los niños asintieron.

—Les habría prestado mis cosas de todos modos —le dijo a Maisie—. Sólo tenían que pedirlas.

—Mentirosa —replicó su hermana.

Y tenía razón.

park

El miércoles era el peor día. Sin Eleanor, y encima su padre lo había ignorado durante toda la cena y luego en taekwondo.

Park se preguntaba si su padre se había disgustado sólo por el lápiz de ojos o si el maquillaje era la gota que derramó el vaso. Parecía como si el padre de Park llevara dieciséis años soportando estoicamente las cursilerías de su hijo. Y que un día, cuando a Park le había dado por maquillarse, había decidido evitarlo.

Tu padre te quiere, le había dicho Eleanor. Y tenía razón. Pero daba igual, ésa era una apuesta mínima. Su padre lo quería porque era su obligación, igual que Park quería a Josh.

En realidad, no lo soportaba.

Park siguió pintándose los ojos para ir a clases, y continuó retirándose el maquillaje al llegar a casa. Y su padre siguió comportándose como si Park no existiera.

eleanor

Era cuestión de tiempo. Si Maisie y Ben lo sabían, su madre se enteraría tarde o temprano, o bien los niños se lo dirían o encontraría algo que Eleanor había pasado por alto: no había escapatoria.

No tenía un escondite en el cual guardar sus secretos. Sólo la caja y la cama. Y la casa de Park, a una manzana de distancia.

Sus días con él estaban contados.

capítulo 39

eleanor

El jueves por la noche, después de la cena, la abuela de Park pasó por casa del chico para arreglarse del pelo, y la madre se metió con ella en el garaje. El padre estaba cambiando el triturador de basura del fregadero. En la sala, Park le hablaba a Eleanor de su nuevo descubrimiento: Elvis Costello. Estaba alucinado.

—Hay un par de temas que a lo mejor te gustan, dos baladas. El resto es súper intenso.

—¿Rollo punk?

Eleanor arrugó la nariz. Toleraba alguna que otra canción de Dead Milkmen, pero aparte de eso odiaba los grupos punk que tanto le gustaban a Park.

—Tengo la sensación de que me gritan —le decía cuando Park se empeñaba en incluir temas punk en las cintas—. ¡Para de gritarme, Glenn Danzig!

—Ése es Henry Rollins.

—Todos suenan igual cuando me gritan.

Últimamente, a Park le había dado por el New Wave, o el postpunk o algo parecido. Andaba siempre a la caza de grupos igual que Eleanor buscaba libros.

—No —dijo Park—. Elvis Costello es más melódico, más suave. Te grabaré una copia del casete.

—También podría escucharlo. Ahora.

Park ladeó la cabeza.

—Para eso tendríamos que ir a mi cuarto.

—Ok —repuso ella en un tono no del todo inocente.

—¿Ok? —preguntó Park—. ¿Llevas meses negándote y ahora me dices que sí?

—Sí —repitió Eleanor—. Siempre dices que a tu madre no le importa.

—A mi madre no le importa.

—¿Pues?

Park se levantó de un salto, sonriendo, y tiró de ella. Se detuvo en la cocina.

—Vamos a oír música en mi habitación.

—Bien —le dijo su padre con la cabeza bajo el fregadero—. Mientras no dejes a nadie embarazada...

En otras circunstancias, Eleanor se habría sentido incómoda, pero no podías sentirte incómoda con el padre de Park. Lamentaba que últimamente no les hiciera ni caso.

Seguramente, si la madre de Park le dejaba llevar chicas a su habitación era porque desde la sala se veía casi todo el cuarto. Además, tenías que pasar por ahí para ir al baño.

A Eleanor, sin embargo, le pareció un lugar increíblemente privado.

No podía obviar el hecho de que en ese espacio Park casi siempre estaba en posición horizontal (sólo eran noventa grados de diferencia, pero imaginarlo tumbado le hacía saltar los fusibles). También era allí donde se cambiaba de ropa.

No había ningún asiento aparte de la cama, y Eleanor no pensaba sentarse en ella. Se acomodaron en el suelo, entre la cama y el equipo de música, con las piernas dobladas.

En cuanto se sentó, Park empezó a buscar canciones de Elvis Costello en la cinta. El chico tenía montones y montones de casetes. Eleanor tomó unos cuantos para echarles un vistazo.

—Eh... —exclamó Park, agobiado.

—¿Qué?

—Ésas están por orden alfabético.

—Tranquilo. Conozco el alfabeto.

—Bien —Park parecía avergonzado—. Lo siento. Es que Cal siempre me las desordena cuando viene. Bueno, ésta es la canción que quería que oyeras. Escucha.

—¿Cal viene a tu casa?

—Sí, a veces —Park subió el volumen—. Lleva un tiempo sin venir.

—Porque ahora sólo vengo yo.

—Y por mí genial, porque tú me gustas mucho más.

—Pero, ¿no echas de menos a tus otros amigos? —quiso saber Eleanor.

—No estás escuchando —le riñó él.

—Ni tú tampoco.

Park puso pausa, como si no quisiera desperdiciar una canción tan buena dejándola como música de fondo.

—Perdona —dijo—. ¿Me preguntabas que si echo de menos a Cal? Almuerzo con él casi todos los días.

—¿Y no le importa que pases el resto del tiempo conmigo? ¿A ninguno de tus amigos le importa?

Park se pasó la mano por el pelo.

—Los veo en el instituto... No sé, no los echo de menos. En realidad nunca he echado a nadie de menos más que a ti.

—Pero ahora no me puedes echar de menos —observó Eleanor—. Siempre estamos juntos.

—¿Hablas en serio? Te añoro constantemente.

Aunque Park se lavaba la cara en cuanto llegaba a casa, la pintura de los ojos no desaparecía del todo. A causa de eso, cuanto decía últimamente adquiría un tono dramático.

—Es absurdo —dijo Eleanor.

Park se echó a reír.

—Ya lo sé.

Ella quiso hablarle de Maisie y de Ben, de que sus días estaban contados y todo eso, pero él no lo habría entendido. Además, ¿qué esperaba que hiciera?

Park puso *play*.

—¿Cómo se llama esta canción? —preguntó Eleanor.

—"Alison".

park

Park puso música de Elvis Costello... y de Joe Jackson, y de Jonathan Richman and The Modern Lovers.

Ella se burló de que todo fuera tan bonito y melódico, "de la misma cuerda que Hall & Oates", y Park amenazó con echarla de la habitación.

Cuando entró la madre de Park a ver qué hacían, seguían en el suelo con cientos de cintas entre los dos. En cuanto la mujer se alejó, Park aprovechó la ocasión para inclinarse y besar a Eleanor.

Ella parecía algo distante, así que Park la tomó por la espalda para atraerla hacia sí. Trató de fingir que no estaba cohibido, como si tocar una nueva parte del cuerpo de Eleanor no fuera algo parecido a descubrir una nueva frontera.

Eleanor se acercó. Apoyó las manos en el suelo y se inclinó hacia él. La reacción de ella le pareció tan prometedora que Park le rodeó la cintura con la otra mano. Eso de "abrazarla aunque no del todo" fue demasiado para él; se dejó caer de rodillas y la estrechó con fuerza.

Media docena de casetes crujió bajo el peso combinado de los dos. Eleanor cayó hacia atrás y Park hacia adelante.

—Lo siento —se disculpó ella—. Vaya... mira lo que le hemos hecho a *Meat Is Murder*.

Park volvió a sentarse y miró las cintas. Tenía ganas de apartarlas de un manotazo.

—Casi todo son fundas —dijo—. No te preocupes.

Empezó a recoger trozos de plástico.

—Los Smiths y los Smithereens... —leyó Eleanor—. Hasta las hemos roto en orden alfabético.

Park intentó sonreírle, pero ella no lo miraba.

—Debería irme —dijo Eleanor—. Son casi las ocho.

—Ah. Está bien, te acompaño.

Ella se levantó y Park la imitó. Salieron juntos y, cuando llegaron a la entrada de los abuelos, Eleanor no se paró.

eleanor

Maisie olía como una vendedora de Avon e iba maquillada como una prostituta de Babilonia. Los iban a descubrir, estaba claro. Estaban más condenados que un castillo de cartas. Maldición.

Para colmo, Eleanor no podía siquiera discurrir una estrategia, porque sólo podía pensar en las manos de Park en su cintura, en su espalda y en su barriga. Seguro que nunca había tocado nada parecido. En la familia de Park eran todos tan delgados que servirían de modelos para un anuncio de cereal con fibra. Hasta la abuela.

Eleanor, en cambio, sería ideal para la escena en la que la actriz se pellizca la cintura y luego mira a la cámara como si fuera el fin del mundo. E incluso para eso tendría que adelgazar. En el cuerpo de Eleanor había mucho que pellizcar. Seguro que hasta se podía pellizcar la frente.

No la incomodaba tomarse de las manos; las manos no la avergonzaban. Y los besos le parecían seguros porque los labios gruesos se consideran bonitos... y porque Park casi siempre cerraba los ojos.

Ahora bien, el torso era otra historia. Del cuello a las rodillas, su cuerpo carecía por completo de una estructura descifrable.

En cuanto Park le tocó la cintura, había metido el estómago y se había echado hacia delante, lo que había provocado daños colaterales... Y entonces se había sentido como Godzilla. (Pero ni siquiera Godzilla estaba gordo, sólo era monstruoso.)

Lo más desesperante de todo era que Eleanor quería que Park volviera a tocarla. Quería que la tocara constantemente, aunque él acabara concluyendo que le recordaba demasiado a una morsa como para salir con ella, hasta ese punto le gustaban sus caricias. Eleanor se sentía como uno de esos perros que no pueden dejar de morder una vez que han probado la sangre humana. Era una morsa que había probado la sangre humana.

capítulo 40

eleanor

Park quería que Eleanor examinara los libros con regularidad, sobre todo al salir de Gimnasia.

—Porque si es Tina —dijo (se notaba que seguía sin creer que fuera ella)—, tienes que decírselo a alguien.

—¿A quién?

Estaban sentados en la habitación de Park, apoyados contra su cama, intentando fingir que Park no la rodeaba con el brazo por primera vez desde que Eleanor aplastó las cintas. La rodeaba apenas, casi sin tocarla.

—Se lo podrías decir a la señora Dunne —propuso Park—. Te aprecia.

—Ok, se lo digo a la señora Dunne, le enseño todas las groserías que Tina ha escrito en mis libros, faltas de ortografía incluidas, y la señora Dunne me pregunta: "¿Y cómo sabes que ha sido Tina?". Se mostrará tan escéptica como tú, pero sin el complicado trasfondo romántico.

—No hay ningún complicado trasfondo romántico —objetó Park.

—¿La besaste?

Eleanor no quería preguntarlo. No en voz alta. Se lo había preguntado mentalmente tantas veces que se le escapó.

—¿A la señora Dunne? No. Pero nos abrazamos a menudo.

—Ya sabes a quién me refiero... ¿La besaste?

Estaba segura de que se habían besado. Y no dudaba de que también hubieran hecho otras cosas. Tina era tan minúscula que Park podía rodearla con los brazos y estrecharse su propia mano.

—No quiero hablar de eso —replicó él.

—Porque lo hiciste —dijo Eleanor.

—¿Y eso qué importa?

—Importa. ¿Fue tu primer beso?

—Sí —reconoció Park—. Y por eso, entre otras razones, no cuenta. Fue como un entrenamiento.

—¿Y cuáles son las otras razones?

—Era Tina, yo tenía doce años, ni siquiera me gustaban las chicas aún.

—Pero siempre lo recordarás —observó Eleanor—. Fue tu primer beso.

—Recordaré que no tuvo ninguna importancia —afirmó Park.

Eleanor quería olvidar el tema. La voz del sentido común le gritaba: "¡No sigas por ahí!".

—Pero... —continuó insistiendo—, ¿cómo pudiste besarla?

—Tenía doce años.

—Pero es una persona horrible.

—Ella también tenía doce años.

—Pero... ¿cómo pudiste besarla a ella y después besarme a mí?

—Ni siquiera sabía que existías.

De repente, el brazo de Park entró en contacto con la cintura de Eleanor, un contacto pleno. La abrazó contra sí y ella se enderezó instintivamente para esconder la barriga.

—Tina y yo somos de dos planetas distintos —dijo Eleanor—. ¿Cómo es posible que te hayamos gustado las dos? ¿Te diste un golpe en la cabeza al entrar a preparatoria?

Park la rodeó con el otro brazo también.

—Por favor. Escúchame, no fue nada. No tiene importancia.

—Sí que la tiene —susurró Eleanor. Envuelta en los brazos de Park, apenas tenía espacio para moverse—. Porque tú eres la primera persona a la que he besado. Y es importante.

Park apoyó la frente contra la de Eleanor. Ella no sabía qué hacer con los ojos ni con las manos.

—Lo que pasó antes de conocerte no cuenta —afirmó él—. Y no me puedo imaginar un después.

Ella negó con la cabeza.

—No digas eso.

—¿Qué?

—No hables de después.

—Quiero decir que... quiero ser el último en besarte... Eso sonó como una amenaza de muerte o algo así. Lo que intento decirte es que tú eres la definitiva. Eres la persona con la que quiero estar.

—No digas eso.

Eleanor no deseaba oírlo decir esas cosas. Había querido presionarlo pero no hasta ese punto.

—Eleanor...

—No quiero pensar en un después.

—A eso me refiero, no tiene por qué haberlo.

—Claro que lo habrá —Eleanor le apoyó las manos en el pecho para poder apartarlo de ser necesario—. O sea, por el amor de Dios, claro que lo habrá. No nos vamos a casar, Park.

—Ahora no.

—Para.

Eleanor intentó poner los ojos en blanco, pero casi no podía.

—No te estoy pidiendo que te cases conmigo —le explicó él—. Lo que digo es que... te quiero. Y no me imagino un final...

Ella negó con la cabeza.

—Pero si tienes doce años.

—Tengo dieciséis... —dijo Park—. Bono tenía quince cuando conoció a su esposa y Robert Smith, catorce...

—Romeo, dulce Romeo...

—No es eso, Eleanor, y lo sabes.

Park la abrazaba con fuerza. El tono jocoso había desaparecido de su voz.

—No hay razón para pensar que un día dejaremos de amarnos —insistió—. Y muchas para pensar que seguiremos juntos.

"Yo nunca he dicho que te ame", pensó Eleanor.

Ella no le quitó las manos del pecho, ni siquiera cuando Park la besó.

En fin. El caso es que Park quería que inspeccionara los forros de los libros. Sobre todo al salir de Gimnasia. Así que Eleanor esperaba a que todas las chicas se hubieran cambiado y hubieran abandonado el vestidor para examinar los libros en busca de algo sospechoso.

Todo resultaba muy sombrío.

DeNice y Beebi solían quedarse con ella. A veces llegaban tarde a comer pero, gracias a eso, se cambiaban en relativa intimidad, algo que debían haber pensado hacía meses.

No parecía que hubieran escrito ninguna obscenidad en los libros de Eleanor aquel día. De hecho, Tina no le había hecho ni caso durante la clase de Gimnasia, hasta las secuaces de Tina (incluida Annette, la más abusadora) parecían haberse hartado de ella.

—Creo que ya no saben cómo burlarse de mi pelo —le dijo Eleanor a DeNice mientras examinaba el libro de álgebra.

—Podrían llamarte "Ronald McDonald" —comentó DeNice—. ¿Aún no te han llamado así?

—O "Pippi" —propuso Beebi—. Soy Pippi Langstrump...

—Cállense —replicó Eleanor a la vez que miraba a su alrededor—. Las paredes oyen.

—Ya se fueron todas —afirmó DeNice—. Todo el mundo se ha ido. Están en la cafetería comiéndose mis nachos. Date prisa, guapa.

—Vayan —les dijo Eleanor—. Vayan haciendo fila. Aún tengo que cambiarme.

—Está bien —asintió DeNice—, pero deja de mirar esos libros. Tú misma lo has dicho, no hay nada ahí. Vamos, Beebi.

Eleanor empezó a guardar los libros. Desde la puerta del vestidor, Beebi canturreó:

—Soy Pippi Langstrump...

Qué boba. Eleanor abrió el casillero.

Estaba vacío.

Oh.

Miró en el casillero de arriba. Nada. Y nada en el de abajo. No...

Eleanor miró en todos los casilleros de la pared, y luego revisó los de la pared contigua, haciendo esfuerzos por no perder los nervios. A lo mejor le habían escondido la ropa. Ja, ja, ja. Qué gracia. Una broma súper graciosa, Tina.

—¿Qué estás haciendo? —le preguntó la señora Burt.

—Buscando mi ropa —respondió Eleanor.

—Deberías usar siempre el mismo casillero, así te resultaría más fácil recordarlo.

—No, es que alguien... o sea, alguien se la ha llevado.

—Esas pequeñas zorras... —la señora Burt suspiró. Como si no pudiera imaginar mayor fastidio.

La señora Burt se puso a buscar en los casilleros de la otra punta del vestidor. Eleanor miró en la basura y en las duchas. Entonces la señora Burt la llamó desde los lavabos.

—¡La encontré!

Eleanor entró en el baño. El suelo estaba mojado, y la señora Burt se había subido a un escusado.

—Iré a buscar una bolsa —dijo, empujando a Eleanor a un lado.

Eleanor miró dentro del escusado. Aunque sabía lo que iba a encontrar, le dolió como una bofetada. Sus jeans nuevos y su camisa tejana estaban dentro de la taza, y los zapatos encajados bajo la tapa. Alguien había tirado de la cadena y el agua se derramaba por el borde. La vio correr.

—Toma —dijo la señora Burt tendiéndole una bolsa del supermercado—. Sácala.

—No la quiero —dijo Eleanor, y retrocedió.

De todas formas, ya no podría llevar esas prendas. Todo el mundo sabría que las había sacado del escusado.

—Bueno, pues no la vas a dejar ahí —insistió la señora Burt—. Sácala —Eleanor se quedó mirando su ropa—. Vamos —la apresuró la profesora.

Eleanor metió la mano en la taza notando cómo las lágrimas le corrían por las mejillas. La señora Burt abrió la bolsa.

—Tienes que hacer algo para que dejen de meterse contigo, ¿sabes? —la reprendió—. Con tu actitud, aún las animas más.

"Sí, gracias", pensó Eleanor mientras escurría sus jeans sobre el retrete. Quería secarse los ojos, pero tenía las manos mojadas.

La señora Burt le tendió la bolsa.

—Vamos —dijo—. Te haré un pase.

—¿Para ir adónde? —preguntó Eleanor.

—A la oficina de la orientadora.

Eleanor ahogó una exclamación.

—No puedo recorrer los pasillos así.

—¿Y yo qué quieres que haga, Eleanor?

Naturalmente, era una pregunta retórica. La señora Burt ni siquiera la estaba mirando. Eleanor la siguió al despacho de los entrenadores y aguardó a que le diera el pase.

En cuanto salió al pasillo, su llanto se intensificó. No podía ir por la escuela con esa facha, en uniforme de Gimnasia. Delante de los chicos... y de todo el mundo. Delante de Tina. Maldita sea, Tina ya estaría vendiendo entradas a la puerta de la cafetería. Eleanor no podía. No así.

Y no sólo porque el uniforme de Gimnasia fuera horrible (de poliéster. Una sola pieza. Rojo con rayas blancas y un cierre súper largo), además era muy ajustado.

Se le marcaba la ropa interior y la tela le apretaba tanto el pecho que las costuras parecían a punto de estallar por la zona de las axilas.

Parecía una tragedia andante. Un choque múltiple.

Las chicas de la clase siguiente ya empezaban a entrar. Unas cuantas alumnas de primero miraron a Eleanor y se pusieron a cuchichear. La bolsa goteaba.

Casi incapaz de pensar, Eleanor se equivocó de camino y se dirigió a la puerta que comunicaba con el campo de futbol. Se comportó como si tuviera motivos para salir del edificio en mitad del día, como si le hubieran encargado que llevara, llorosa y medio vestida, una bolsa empapada a alguna parte.

La puerta se cerró a su espalda y Eleanor se acuclilló contra ella, derrotada. Sólo un momento. Maldición. Maldición.

Había un cubo de basura al otro lado de la puerta. Se levantó y tiró la bolsa al interior. Se secó los ojos con el uniforme de Gimnasia. Muy bien, se dijo mientras inspiraba hondo, anímate, no permitas que te afecte. Sus jeans nuevos estaban en la basura. Y sus tenis favoritos, sus Vans. Se acercó al contenedor y, meneando la cabeza, recogió la bolsa. Púdrete, Tina. Púdrete mil veces.

Volvió a respirar profundamente y echó a andar.

No había aulas en aquella parte de las instalaciones, así que nadie podía verla, gracias a Dios. Avanzó pegada al edificio y cuando dobló la esquina caminó bajo una fila de ventanas. Pensó en marcharse a casa, pero eso habría sido aún peor. Mucho más complicado.

Las oficinas de los orientadores estaban a pocos metros de la puerta principal. Si pudiera llegar hasta allí... La señora Dunne la ayudaría. La señora Dunne la consolaría.

El guardia de seguridad se comportó como si constantemente entraran y salieran chicas vestidas para hacer Gimnasia. Echó un vistazo al pase de Eleanor y le indicó que entrara.

"Ya casi he llegado", pensó Eleanor. "No corras, sólo faltan unas cuantas puertas."

Tendría que haber imaginado que Park saldría de una de ellas.

Desde el primer día, Eleanor siempre se cruzaba con él en los sitios más insospechados. Se diría que sus vidas se sobreponían, que los atraía una mutua fuerza de gravedad. Por lo general, consideraba aquella contingencia el mejor regalo que el universo le había hecho jamás.

Park cruzó una puerta del otro lado del pasillo. Al verla, se paró en seco. Eleanor intentó desviar la mirada pero no fue lo bastante rápida. Park enrojeció. La miró fijamente. Ella se bajó la orilla de los shorts y avanzó a tropezones. Corría cuando llegó al despacho de los orientadores.

—No tienes que volver si no quieres —declaró la madre de Eleanor cuando su hija le contó toda la historia. (Casi toda la historia.)

Eleanor meditó un momento lo que haría si no regresaba a la escuela. ¿Quedarse en casa todo el día? ¿Y entonces qué?

—No pasa nada —la tranquilizó.

La señora Dunne la había llevado a casa en coche y le había prometido buscar un candado para su casillero.

La madre de Eleanor vertió el contenido de la bolsa amarilla en la bañera y se puso a enjuagar la ropa con la nariz arrugada, aunque no olía a nada.

—Las chicas son tan malas... —se lamentó—. Es una suerte que tengas una buena amiga.

Eleanor debió de adoptar una expresión de extrañeza.

—Tina —le dijo su madre—. Eres afortunada de tener a Tina.

Ella asintió.

Aquella noche se quedó en casa. Aunque era viernes, y la familia de Park siempre veía películas y hacía palomitas los viernes.

No podía enfrentarse a él.

Veía una y otra vez la expresión con que la había mirado en el pasillo. Se sentía como si aún siguiera allí, vestida con el traje de Gimnasia.

capítulo 41

park

Park se fue a dormir temprano. Su madre no paraba de preguntarle por Eleanor.

—¿Dónde está Eleanor? ¿Viene más tarde? ¿Se pelearon?

Cada vez que la mujer la mencionaba, Park se ponía como un tomate.

—Yo sé que algo anda mal —dijo la madre de Park durante la cena—. ¿Han peleado? ¿Han roto otra vez?

—No —replicó Park—. Debe de encontrarse mal. No estaba en el autobús.

—Tengo novia —declaró Josh—. ¿Puedo invitarla a casa?

—Nada de novias —respondió su madre—. Demasiado joven.

—¡Tengo casi trece años!

—Claro que sí —dijo el padre—. Tu novia puede venir a casa, si renuncias al Nintendo.

—¿Qué? —Josh no daba crédito—. ¿Por qué?

—Porque lo digo yo —contestó el hombre—. ¿Hay trato?

—¡No! Ni hablar —dijo Josh—. ¿Y Park no tiene que renunciar al Nintendo?

—Claro que sí. ¿Te parece bien, Park?

—Está bien.

—Soy como Billy el Defensor —declaró el padre de Park—. Guerrero y chamán.

Como conversación no fue gran cosa, pero el hombre no le había dirigido tantas palabras seguidas desde hacía semanas. A lo mejor se temía que el barrio entero fuera a asaltar su casa con antorchas y horcas al ver que Park llevaba los ojos pintados...

Sin embargo, a nadie le importaba. Ni siquiera a los abuelos. (La abuela había comentado que se parecía a Rodolfo Valentino, y el abuelo le había dicho a su padre: "Deberías haber visto el aspecto que tenían los jóvenes mientras tú estabas en Corea".)

—Me voy a la cama —dijo Park levantándose de la mesa—. Yo tampoco me encuentro bien.

—Y si Park ya no va a jugar Nintendo —preguntó Josh—, ¿me lo puedo llevar a mi habitación?

—Park puede jugar Nintendo siempre que quiera —replicó el padre.

—Oye —dijo Josh—. Qué injusticia.

Park apagó la luz y se metió en la cama. Se tendió de espaldas, porque no se fiaba de la parte frontal de su cuerpo. Ni de sus manos, si a eso vamos. Ni de su cerebro.

Después de ver a Eleanor, había tardado como mínimo una hora en preguntarse por qué andaba por ahí vestida para hacer Gimnasia. Y le había costado una hora más comprender que tendría que haberle dicho algo. Le podría haber dicho:

"Eh" o "¿Qué pasa?" o "¿Está todo bien?". En cambio, se le había quedado mirando como si no la conociera.

Se había sentido como si la viera por primera vez.

Y no porque nunca se hubiera preguntado qué aspecto tenía Eleanor debajo de la ropa, pero siempre creaba una imagen incompleta. Las únicas mujeres que se imaginaba desnudas eran las de las revistas de su padre que, de vez en cuando, escondía bajo la cama.

Aquel tipo de revistas sacaban de quicio a Eleanor. Sólo con la mención de Hugh Hefner se había pasado media hora dando un discurso sobre la prostitución, la esclavitud y la caída de Roma. Park no le había contado lo de las viejas *Playboy* de su padre, pero desde que la conocía, Park no había vuelto a tocarlas.

Ahora sí podía completar los detalles. Se imaginaba a Eleanor. No dejaba de imaginarla. ¿Por qué Park nunca se había fijado en lo cortos y ajustados que eran aquellos uniformes de Gimnasia? ¿Y por qué no se esperaba que Eleanor estuviera tan desarrollada ni que tuviera unas curvas tan pronunciadas?

Cada vez que cerraba los ojos la veía. Un corazón pecoso encima de otro, un cono helado Sandy con la forma perfecta. Como Betty Boop dibujada con trazo duro.

"Hey", pensó. "¿Qué pasa? ¿Está todo bien?"

No debía de estar bien. No la había visto en el autobús de vuelta. Tampoco había pasado por casa de Park después de clases. Y al día siguiente era sábado, ¿y si no la veía en todo el fin de semana?

¿Y cómo iba a mirarla a partir de ahora? No se sentía capaz. No sin arrancarle el uniforme de Gimnasia con el pensamiento, no sin pensar en aquel largo cierre.

Qué mal.

capítulo 42

park

La familia de Park iría a la feria de barcos el día siguiente. Comerían por ahí y quizás luego pasarían por el centro comercial.

Park tardó siglos en desayunar y bañarse.

—Vamos, Park —le dijo su padre en tono brusco—, vístete y píntate los ojos.

Ni que Park pensara pintarse para ir a la exhibición de barcos.

—Vamos —intervino su madre, que se retocaba la boca con el lápiz labial en el espejo del recibidor—. Ya sabes que tu padre odia las multitudes.

—¿Tengo que ir?

—¿No quieres?

La madre de Park se agarró la melena y luego se la soltó y acomodó.

—No, sí que quiero —repuso Park. No era verdad—. Pero, ¿y si Eleanor pasa por aquí? A lo mejor puedo hablar con ella.

—¿Pasa algo? ¿Seguro que no han peleado?

—No, no hemos peleado. Sólo estoy... preocupado por ella. Y ya sabes que no puedo ir a buscarla.

La madre de Park apartó los ojos del espejo.

—Bueno —accedió con el ceño fruncido—. Te quedas. Pero pasa la aspiradora, ¿sí? Y ordena montón de ropa negra de suelo de tu habitación.

—Gracias —dijo Park. La abrazó.

—¡Park! ¡Mindy! —el padre aguardaba junto a la puerta principal—. ¡Vámonos!

—Park queda en casa —lo informó la mujer—. Vamos sin él.

El padre de Park lanzó una mirada rápida a su hijo, pero no discutió.

Park no tenía la costumbre de estar solo en casa. Aspiró, guardó la ropa de su cuarto, se preparó un bocadillo y miró una maratón de *Los jóvenes* en MTV. Luego se quedó dormido en el sofá.

Cuando oyó el timbre, acudió a abrir la puerta aún medio dormido. Le latía el corazón a toda velocidad, como suele pasar cuando te duermes profundamente en mitad del día y te cuesta ubicarte al despertar.

Estaba seguro de que era Eleanor. Abrió la puerta sin comprobarlo.

eleanor

Eleanor no vio el coche en la entrada y supuso que la familia de Park estaba ausente. Seguro que habían salido a hacer las cosas que hacen las familias en domingo, comer en un restaurante y tomarse fotos con playeras iguales.

Estaba a punto de marcharse cuando la puerta se abrió. Y antes de que Eleanor se pudiera molestar por lo del día anterior —o fingir que no—, Park abrió la puerta de malla y la jaló de las mangas.

Ni siquiera había cerrado la puerta cuando la abrazó con fuerza pasándole los brazos por la espalda.

Normalmente, Park se conformaba con abrazarla por la cintura, como si bailaran un vals. Pero aquello no era un vals, era... algo más. Los brazos de Park la rodeaban por completo, él le hundía la cara en el pelo y el cuerpo de Eleanor no tenía dónde alojarse, salvo pegado al de Park.

Él desprendía calor... Desprendía calor y estaba como adormilado. Como un bebé dormido, pensó Eleanor. (Más o menos. No exactamente.)

Intentó volver a enojarse.

Park cerró la puerta de un puntapié y se dejó caer contra ella, estrechando a Eleanor con más desesperación. El pelo, como recién lavado, le caía lacio sobre los ojos, que tenía casi cerrados. Adormilado. Suave.

—¿Estabas durmiendo? —le susurró Eleanor. Como si temiera despertarlo.

Park no respondió, pero se lanzó sobre su boca y le agarró la cabeza con la mano. Estaba tan pegado a ella que no había dónde esconderse. Eleanor no podía levantarse ni meter la panza ni guardar secreto alguno.

Park emitió un sonido que procedía de su garganta. Eleanor sentía cada uno de sus dedos. En el cuello, en la espalda... Sus propias manos colgaban inertes, como si no pertenecieran a la escena. Como si Eleanor no perteneciera a aquella escena.

Él debió de darse cuenta porque se despegó. Trató de secarse los labios con el hombro de la camiseta y la miró como si viera a Eleanor por primera vez desde que había llegado.

—¡Qué! —le dijo. Jaló aire y se concentró—. ¿Qué pasa? ¿Está todo bien?

Eleanor miró la cara de Park, tan empapada de algo que no conseguía ubicar. Él sacaba la barbilla, como si su boca aún la buscara, y sus ojos eran de un verde tan intenso que habrían podido transformar el dióxido de carbono en oxígeno.

La tocaba en sitios que la asustaban.

Eleanor intentó sentirse enojada una última vez.

park

Por un instante pensó que había ido demasiado lejos.

No era su intención, estaba prácticamente sonámbulo. Y llevaba tantas horas pensando en Eleanor, soñando con ella... El deseo le había nublado la razón.

Eleanor estaba muy quieta. Volvió a pensar que había ido demasiado lejos, que había cruzado el límite.

Y entonces Eleanor le acarició el cuello.

Park no habría sabido decir en qué se diferenció aquel contacto de todos los anteriores. Ella era distinta. Estaba quieta y de repente se movía.

Le tocó el cuello y luego le recorrió el pecho con el dedo. Park deseó ser más alto y más ancho; deseó que no acabara nunca.

Eleanor lo hacía con muchísima suavidad. Puede que no lo deseara con tanta intensidad como él la deseaba. Aunque sólo fuera la mitad...

eleanor

Así acariciaba a Park en su imaginación.

Desde la barbilla hasta el cuello para bajar luego al hombro.

La piel de Park era mucho más cálida de lo que ella esperaba, su cuerpo más duro. Como si sus músculos y sus huesos
estuvieran a flor de piel, como si su corazón latiera allí mismo,
bajo la camiseta.

Tocó a Park con suavidad, insegura, por si la traicionaba la
inexperiencia.

park

Park se relajó de espaldas a la puerta. Notó la mano de Eleanor
en la garganta, en el pecho. Le tomó la otra mano y se la llevó a la
cara. Se le escapó un gemido como de dolor y decidió que ya se
avergonzaría de ello más tarde.

Si dejaba que la timidez se apoderara de él, no conseguiría
nada de lo que quería.

eleanor

Park estaba vivo, ella estaba despierta y aquello estaba permitido.

Era suyo.

Podía poseerlo y abrazarlo. Quizás no para siempre —no
para siempre, seguro— y tampoco en un sentido figurado, sino
literal. Y ahora, era suyo. Y él buscaba sus caricias. Como un
gato que te hunde la cabeza bajo las manos.

Eleanor acarició el pecho de Park con los dedos separados
y luego le introdujo las manos bajo la camiseta.

Lo hizo porque quería hacerlo. Y porque nada más empezar a acariciarlo, a tocarlo como lo hacía en su imaginación, le costaba parar. Y también porque... ¿y si era su única oportunidad?

park

Cuando notó los dedos de Eleanor en la barriga, volvió a gemir. Estrechó a Eleanor con fuerza y la embistió, empujándola hacia atrás. Se tambalearon junto a la mesa de centro hacia el sofá.

En las películas, esa parte del proceso se lleva a cabo con suavidad o humor. En la sala de Park sólo fue engorrosa. No querían separarse. Eleanor cayó de espaldas y Park se precipitó sobre ella en la esquina del sofá.

Quería mirarla a los ojos pero le costaba mucho teniéndola tan cerca.

—Eleanor... —susurró.

Ella asintió.

—Te quiero —dijo Park.

Eleanor lo miró con ojos brillantes y negros. Luego desvió la vista.

—Lo sé —dijo.

Park desenterró un brazo para seguir las curvas de ella. Se habría pasado así todo el día, recorriéndole las costillas con la mano, hundiéndola en su cintura, acariciando sus caderas y vuelta a empezar. Si tuviera todo el día, lo haría. Si no hubiera tantos milagros por descubrir.

—¿Lo sabes? —preguntó él. Eleanor sonrió, así que la besó—. Tú no eres Han Solo en esta relación, ¿sabes?

—Claro que soy Han Solo —susurró ella.

Le sentó bien oír su voz. Le sentó bien recordar que era Eleanor quien latía bajo aquella carne nueva.

—Bueno, pues yo no pienso ser la princesa Leia —dijo él.

—No te aferres tanto a los estereotipos —repuso Eleanor.

Park le recorrió con la mano el contorno de la cadera y luego deshizo el camino hasta introducir el pulgar bajo su playera. Eleanor tragó saliva y levantó la barbilla.

Park empujó la prenda hacia arriba. Entonces, sin pensar lo que hacía, se quitó la camiseta también y apretó su vientre desnudo contra ella.

Cuando Eleanor hizo un gesto de placer, Park perdió la cabeza.

—Puedes ser Han Solo —dijo él besándole el cuello—, porque yo seré Boba Fett. Cruzaré el cielo por ti.

eleanor

Cosas que había descubierto y que ignoraba hacía dos horas:

1. Park estaba cubierto de piel. Por todas partes. Y era tan suave y melosa como la piel de sus manos. Más gruesa y jugosa al tacto en algunas zonas, más parecida al terciopelo arrugado que a la seda. Pero era toda suya. Y maravillosa.

Ella también estaba cubierta de piel y estaba repleta de terminaciones nerviosas súper sensibles, cuya existencia había ignorado toda su maldita vida, pero que ahora despertaban a la vida como hielo, fuego y aguijones de abeja en cuanto Park la acariciaba en donde fuera que lo hiciera.

2. Por mucho que la avergonzaran su barriga, sus pecas y los dos broches que le unían el brasier por la espalda, deseaba tanto las caricias de Park que todo lo demás perdía importancia. Y cuando él la acariciaba, no parecía reparar en ninguno de aquellos detalles. Algunos hasta le gustaban, como las pecas. Le decía que parecían caramelo espolvoreado.

Quería que le palpase todo el cuerpo.

Park se había detenido al borde del brasier y sólo había hundido los dedos en la cintura de los jeans, pero no había sido Eleanor quien lo había detenido. Nunca lo haría. Sus caricias no se parecían a nada que hubiera sentido antes. Jamás en toda su vida. Y quería sentirse así todo el tiempo. Quería empaparse de Park.

Nada era sucio. No con Park.

No había nada de qué avergonzarse. Porque Park era el sol, y a Eleanor no se le ocurría mejor modo de explicarlo.

park

Cuando empezó a oscurecer, Park comprendió que sus padres podían llegar en cualquier momento, que deberían haber llegado hacía rato. No quería que lo encontraran así, con la rodilla entre las piernas de Eleanor, la mano en su cadera y la boca a la altura de su escote.

Se separó de ella e intentó pensar con claridad.

—¿Adónde vas? —le preguntó ella.

—No sé. A ninguna parte. Mis padres llegarán pronto, deberíamos poner un poco de orden.

—Ok —dijo Eleanor, y se sentó.

Cuando la vio allí sentada, tan perpleja y hermosa, Park se abalanzó sobre ella y la obligó a tenderse otra vez.

Media hora más tarde, volvió a intentarlo. Esta vez Park se levantó.

—Voy al baño —dijo.

—Ve —repuso Eleanor—. No mires atrás.

Park dio un paso y miró atrás.

—Yo también iré —decidió ella algunos minutos más tarde.

Mientras Eleanor estaba en el baño, Park subió el volumen de la tele. Agarró dos refrescos y echó un vistazo al sofá para comprobar si estaba presentable. Eso parecía.

Ella volvió con la cara mojada.

—¿Te lavaste la cara?

—Sí... —dijo Eleanor.

—¿Por qué?

—Porque me veía rara.

—¿Y querías lavar tu expresión?

Park le dio un repaso igual que había hecho con el sofá. Eleanor tenía los labios hinchados y la mirada más fiera de lo normal. Por otra parte, ella siempre llevaba los jeans algo deformados y la melena enmarañada.

—Estás perfecta —le dijo—. ¿Y qué tal estoy yo?

Eleanor lo miró y luego sonrió.

—Muy bien —respondió—. Muy, muy bien.

Park le tendió la mano y la atrajo hacia el sofá, esta vez con más suavidad.

Eleanor se sentó a su lado y se miró el regazo.

Park se inclinó hacia ella.

—Ahora no vas a estar rara, ¿no? —le dijo—. ¿O sí?

Ella negó con la cabeza y se rió.

—No —repuso, y luego—: sólo un momento, sólo un poquito.

Park nunca la había visto tan relajada. No fruncía el ceño ni arrugaba la nariz. La rodeó con el brazo y ella le apoyó la cabeza en el pecho sin que él la guiara.

—Eh, mira —señaló Eleanor—. *Los jóvenes*.

—Sí... Oye. Aún no me has dicho. ¿Qué te pasaba ayer? ¿Cuándo nos encontramos?

Eleanor suspiró.

—Iba al despacho de la señora Dunne porque alguien tomó mi ropa durante la clase de Gimnasia.

—¿Quién? ¿Tina?

—Pues no lo sé, pero seguramente.

—¡Oh, no! —exclamó él—. Es horrible.

—No pasa nada —repuso Eleanor.

Parecía sincera.

—¿La encontraste? La ropa, quiero decir.

—Sí... Mira, la verdad es que no quiero hablar de eso.

—Está bien —respondió Park.

Eleanor le apretó la mejilla contra el pecho y él la abrazó. Ojalá pudieran seguir así toda la vida. Ojalá Park pudiera protegerla del mundo.

Puede que Tina fuera realmente un mal bicho.

—¿Park? —dijo Eleanor—. Otra cosa. Mmm, ¿puedo preguntarte una cosa?

—Me puedes preguntar lo que quieras, ya lo sabes. Tenemos un pacto.

Ella le posó la mano en el pecho.

—Tu... forma de comportarte hoy, ¿tiene algo que ver con que me vieras ayer?

Park no quería contestar. El extraño deseo que lo había invadido el día anterior le parecía aún más inapropiado ahora que conocía la historia.

—Sí —reconoció con voz queda.

Eleanor guardó silencio durante un minuto más o menos. Y luego...

—Tina se moriría de celos.

eleanor

Cuando los padres de Park regresaron, se alegraron mucho de encontrar allí a Eleanor. El padre había comprado un rifle de caza nuevo en la feria de barcos y quiso enseñarle cómo funcionaba.

—¿Se puede comprar cualquier cosa en una feria de barcos? —se interesó Eleanor.

—Puedes comprar de todo —asintió el padre—. Todas las cosas que valen la pena, por lo menos.

—¿Y libros?

—Libros sobre armas y barcos.

Como era sábado, Eleanor se quedó hasta muy tarde. De camino a casa, se detuvieron en el jardín de los abuelos de Park, como de costumbre.

Aquella noche, sin embargo, Park no se inclinó para besarla; la estrechó entre sus brazos.

—¿Crees que volveremos a tener alguna vez la casa para nosotros solos? —preguntó Eleanor. Se le saltaban las lágrimas.

—¿Alguna vez? Sí. ¿Pronto? No lo sé...

Ella lo abrazó con todas sus fuerzas. Luego echó a andar sola hacia su casa.

Richie estaba despierto, mirando *Saturday Night Live*. Ben dormía en el suelo y Maisie hacía lo mismo en el sofá, junto a Richie.

Eleanor habría querido meterse en su cuarto, pero tenía ganas de ir al baño. Lo que significaba pasar por delante del tipo. Dos veces.

Cuando llegó allí, se echó el pelo hacia atrás y se lavó la cara otra vez. Luego pasó junto a la tele sin alzar la vista.

—¿Dónde has estado? —le preguntó Richie—. ¿Dónde te metes todo el tiempo?

—En casa de una amiga —repuso Eleanor. Siguió andando.

—¿Qué amiga?

—Tina —dijo Eleanor. Agarró la manija de la puerta.

—Tina —repitió Richie. Le colgaba un cigarro de la boca y sostenía una lata de cerveza—. La casa de Tina debe de ser la pinche Disneylandia. Nunca tienes bastante.

Ella esperó.

—¿Eleanor?

Su madre la llamaba desde el dormitorio. Parecía medio dormida.

—Bueno, ¿y en qué te has gastado el dinero que te di en Navidad, eh? —quiso saber Richie—. Te dije que te compraras algo bonito.

La puerta del dormitorio se abrió y la madre de Eleanor salió. Llevaba la bata de Richie, un kimono muy vulgar de satén rojo con un tigre en la espalda.

—Eleanor —le dijo la mujer—. Vete a la cama.

—Le estaba preguntando qué se compró con el dinero que le di en Navidad —insistió Richie.

Si inventaba cualquier cosa, Richie le pediría que se lo enseñara, Si le decía que aún no había gastado el dinero, le diría que se lo devolviera.

—Una cadena con un dije.

—Un dije —repitió él.

Richie le lanzó una mirada turbia, como si tratara de encontrar un comentario desagradable. Por fin dio otro trago y se hundió en el sofá.

—Buenas noches, Eleanor —le dijo su madre.

capítulo 43

park

Los padres de Park casi nunca se peleaban y cuando lo hacían siempre era por algo relacionado con Josh o con él. Llevaban más de una hora discutiendo en el dormitorio. Cuando llegó el momento de ir a comer a casa de la abuela, la madre de Park salió y les dijo a los chicos que se fueran sin ella.

—Díganle a su abuela que tengo dolor de cabeza.

—¿Qué has hecho? —le preguntó Josh a Park mientras cruzaban el jardín delantero.

—Nada —repuso Park—. ¿Qué has hecho tú?

—Nada. Fuiste tú. Cuando fui al baño, oí a mamá decir tu nombre.

Park no había hecho nada. No desde lo del lápiz de ojos, un tema que no estaba muerto, pero sí en decadencia. A lo mejor sus padres sabían algo de lo de ayer...

De todas formas, aunque así fuera, Park tampoco había hecho nada que tuviera prohibido. Su madre ni siquiera hablaba con él de esos temas. Y su padre no había dicho nada más que "Mientras no dejes a nadie embarazada..." desde que le diera aquella charla sobre sexualidad cuando Park iba en quinto. (Se la dio a Josh al mismo tiempo, algo que a Park le pareció insultante.)

De cualquier manera, no habían llegado tan lejos. No le había tocado nada que no se pudiera mostrar en televisión. Aunque no le faltaron ganas.

Ojalá lo hubiera hecho. Tal vez pasarían meses antes de que volvieran a estar solos.

eleanor

El lunes por la mañana, antes de clases, Eleanor acudió al despacho de la señora Dunne, que le entregó un nuevo candado de seguridad. Era rosa fucsia.

—Hemos hablado con unas cuantas alumnas de tu clase —le explicó la orientadora—, pero se hicieron las tontas. Llegaremos al fondo de esto, te lo prometo.

"No hay fondo", pensó Eleanor. "Sólo Tina."

—No pasa nada —le dijo a la señora Dunne—. Da igual.

Cuando Eleanor había subido al autobús a primera hora, Tina la estaba mirando con la punta de la lengua en el labio superior, como esperando que Eleanor se incomodara o comprobando si llevaba puesta alguna prenda de las que le habían tirado al retrete. Por suerte, Park estaba allí mismo, prácticamente obligando a Eleanor a sentarse en sus piernas. No le costó nada hacer caso omiso de Tina y de todos los demás. Park estaba muy guapo aquel día. En vez de la típica camiseta negra de algún grupo siniestro, llevaba una playera verde con una inscripción que decía: "Bésame, soy irlandés".

Park la acompañó al despacho de los orientadores y le dijo que si alguien volvía a quitarle la ropa, acudiera a él de inmediato.

Nadie lo hizo.

Un compañero ya les había contado a Beebi y a DeNice lo sucedido. Eso quería decir que el instituto entero estaba al corriente. Ellas prometieron que nunca más dejarían sola a Eleanor a la hora de comer; al cuerno los nachos.

—Esas guarras van a saber que tienes amigas —declaró DeNice.

—Ajá —asintió Beebi.

park

Cuando Park y Eleanor salieron de la escuela el lunes por la tarde, la madre de Park estaba esperando en el Impala.

—Hola, Eleanor, lo siento, pero Park tiene un mandado que hacer. Te vemos mañana, ¿está bien?

—Claro —repuso ella. Miró a Park, que le apretó la mano antes de alejarse.

Él subió al coche.

—Vamos, vamos —lo apremió su madre—. ¿Por qué haces todo tan despacio? Toma —le tendió un folleto: *Manual del conductor del estado de Nebraska*—. Examen de prácticas por fin —dijo—. Pon tu cinturón.

—¿Adónde vamos? —preguntó Park.

—A sacar tu licencia de conducir, bobo.

—¿Papá lo sabe?

Cuando conducía, la madre de Park se sentaba sobre un cojín y se aferraba con fuerza al volante.

—Lo sabe, pero tú no dices nada, ¿está bien? Es cosa nuestra, tuya y mía. Ahora, mira examen. No es difícil. Yo aprobé en primer intento.

Park hojeó las últimas páginas del folleto y miró el examen de prácticas. Había estudiado todo el manual de cabo a rabo cuando cumplió los quince y le habían autorizado a que hiciera las prácticas.

—¿Papá se va a enfadar conmigo?

—¿Qué he dicho?

—Que es cosa nuestra.

—Tuya y mía —insistió su madre.

Park pasó el examen a la primera. Incluso estacionó el Impala en paralelo, que era como estacionar un Destructor Estelar. Su madre se secó las lágrimas con un pañuelo de papel cuando le tomaron la foto.

Lo dejó conducir hasta la casa.

—Y si no se lo decimos a papá —preguntó Park—, ¿nunca podré usar el coche?

Quería llevar a Eleanor a alguna parte. A cualquier parte.

—Yo hablo con él —replicó la mujer—. Ahora, tienes tu licencia por si necesitas. Por si hay emergencia.

A Park le pareció una excusa muy pobre. En dieciséis años no había tenido ni una sola emergencia en la que un coche hiciera falta.

Al día siguiente, en el autobús, Eleanor le preguntó a qué venía tanto misterio, y Park le enseñó su licencia.

—¿Qué? —exclamó Eleanor—. ¡Pero mira esto!

No quería devolvérsela.

—No tengo ninguna foto tuya —dijo.

—Te daré otra —prometió Park.

—¿Sí? ¿De verdad?

—Te daré una de las fotos de la escuela. Mi madre tiene montones.

—Tendrás que escribir algo en el reverso —exigió Eleanor.

—¿Cómo qué?

—Como: Pst, Eleanor, etqme, sigue tan linda, xoxo, Park.

—Pero yo no tq como una hermana —protestó él—. Y tú no eres tan linda.

—Soy linda —replicó ella en tono ofendido, sin devolverle la licencia.

—No... Tienes muchas otras cualidades —objetó él, quitándosela por fin—, pero no eres linda.

—¿Ahora viene cuando tú me dices que soy una sinvergüenza y yo te digo que por eso te gusto? Porque eso ya lo habíamos superado. Yo soy Han Solo.

—Voy a escribir: "Para Eleanor, te quiero, Park".

—¡No, no escribas eso! ¿Y si mi madre la encuentra?

eleanor

Park le regaló una foto escolar. Se la había tomado en octubre, pero ahora ya tenía otro aspecto. Mayor. Al final, Eleanor no dejó que escribiera nada en el reverso porque no quería que la estropeara.

Después de cenar (pastel de carne), se habían metido en el cuarto de Park y ahora se las arreglaban para robarse alguno que otro beso mientras miraban viejas fotos de Park. Viendo a Park de pequeño aún le entraban más ganas de besarlo. (Sonaba mal, pero qué más daba. Mientras no le diera por besar a niños de verdad, Eleanor no pensaba preocuparse.)

Cuando Park le pidió a ella una foto, Eleanor se alegró de no tener ninguna para darle.

—Te tomaremos una.

—Mmm... ok.

—Bien, genial, iré a buscar la cámara de mi madre.

—¿Ahora?

—¿Por qué no?

Eleanor no supo qué contestar.

A la madre de Park le encantó la idea de hacerle una foto. Requería una sesión de maquillaje, segunda parte. Gracias a Dios, Park se opuso de inmediato diciendo:

—Mamá, quiero una foto en la que Eleanor parezca ella misma.

La mujer insistió en hacerles una foto juntos también y a Park no le importó. La rodeó con el brazo.

—¿No sería mejor esperar? —preguntó Eleanor—. ¿A que lleguen las vacaciones o una gran ocasión?

—Quiero recordar esta noche.

Qué bobo era a veces.

Eleanor seguro parecía muy contenta cuando llegó a casa porque su madre la siguió al fondo de la casa como si se oliera algo. (La felicidad olía igual que la casa de Park. A aceite hidratante Avon y a los cuatro grupos alimentarios.)

—¿Te vas a bañar? —le preguntó.

—Ajá.

—Vigilaré la puerta.

Eleanor dejó correr el agua caliente y se metió en la bañera vacía. Hacía tanto frío junto a la puerta trasera que el agua se enfriaba antes incluso de que la bañera estuviera llena. Eleanor se bañaba tan deprisa que para entonces, normalmente, ya había terminado.

—El otro día me encontré con Eileen Benson en la tienda —le dijo su madre—. ¿Te acuerdas de ella? ¿De la iglesia?

—No —respondió Eleanor. Su familia llevaba tres años sin ir a la iglesia.

—Tiene una hija de tu edad. Tracy.

—Puede ser...

—Bueno, pues está embarazada —prosiguió la mujer—. Eileen está destrozada. Por lo visto, Tracy se juntó con un joven de su barrio, un chico negro. El marido de Eileen está furioso.

—No los recuerdo —dijo Eleanor. Había suficiente agua para lavarse el pelo.

—Bueno, mientras la escuchaba me di cuenta de la suerte que tengo.

—¿Porque no saliste con un chico negro?

—No —repuso su madre—. Hablo de ti. Tengo suerte de que tú seas más lista.

—No soy más lista —replicó Eleanor.

Se secó el pelo rápidamente y se cubrió con una toalla mientras se vestía.

—Te mantienes alejada de ellos. Eso es ser lista.

Eleanor quitó el tapón de la bañera y recogió la ropa sucia con cuidado. Llevaba la foto de Park en el bolsillo trasero y no quería que se mojara. La mujer seguía de pie junto a las hornillas, mirándola.

—Más lista que yo —continuó—. Y más valiente. Yo no he estado sola ni una vez desde la secundaria.

Eleanor abrazó los jeans sucios.

—Hablas como si hubiera dos tipos de chicas —observó—. Las listas y las que tienen éxito con los chicos.

—No andas muy desencaminada —repuso su madre, que intentó posar la mano en el hombro de Eleanor. Ella retrocedió un paso—. Ya lo verás —añadió—. Ya verás cuando seas mayor.

Ambas oyeron la camioneta de Richie, que se estacionaba en la entrada.

Eleanor empujó a su madre a un lado y corrió a su habitación. Ben y Mouse se deslizaron tras ella.

A Eleanor no se le ocurría un lugar lo bastante seguro para guardar la foto de Park, así que la metió en la mochila del colegio. Después de mirarla una y otra y otra vez.

capítulo 44

eleanor

La noche del miércoles era la peor.

Park tenía taekwondo, pero Eleanor sentía su presencia por todas partes. Donde Park le había acariciado era piel intocable. Donde la había tocado, territorio seguro.

Richie llegaría tarde aquella noche, así que la madre de Eleanor calentó pizza para cenar. Debía de estar de oferta en el súper, porque había montones de pizzas en el congelador.

Miraron *Camino al cielo* mientras cenaban. Luego Eleanor se sentó con Maisie en el suelo de la sala e intentaron enseñarle a Mouse "En la calle veinticuatro".

No hubo manera. O bien, recordaba las palabras o las palmadas, pero nunca las dos cosas al mismo tiempo. Maisie se estaba poniendo ansiosa.

—Vuelve a empezar —le decía.

—Ven a ayudarnos, Ben —le llamó Eleanor—. Con cuatro es más fácil.

En la calle-lle-lle veinticuatro-tro-tro
Ha sucedido-do-do un asesinato-to-to
Una vieja-ja-ja mató a un gato-to-to

—Vaya, Mouse. Primero la derecha. La derecha. Bien. Empecemos otra vez.

En la calle-lle-lle...

—¡Mouse!

capítulo 45

park

—No tengo ganas de cocinar —declaró la madre de Park.

Sólo estaban ellos tres: Park, su madre y Eleanor. Sentados en el sofá, miraban *La ruleta de la suerte*. El padre de Park se había ido de caza y no volvería hasta más tarde, y Josh se había quedado a dormir en casa de un amigo.

—Podría calentar una pizza —propuso Josh.

—O ir a comprar una —respondió su madre.

Park miró a Eleanor; no sabía si ella querría salir. Abrió mucho los ojos en ademán de pregunta y ella se encogió de hombros.

—Sí —dijo Park muy sonriente—. Vamos a comprar pizzas.

—Estoy cansada —se excusó la madre de Park—. Eleanor y tú vayan por ellas.

—¿En coche?

—Claro —repuso la mujer—. ¿Tienes miedo?

Vaya, ahora era su madre la que lo llamaba niñita.

—No, claro que no. ¿Vamos a Pizza Hut? ¿Llamamos primero?

—Adonde quieran —contestó su madre—. No tengo hambre. Vayan. Cenen. Vayan al cine o algo.

Eleanor y Park la contemplaron de hito en hito.

—¿Seguro? —le preguntó su hijo.

—Sí, claro —insistió ella—. Yo nunca tengo la casa para mí sola.

Se pasaba todo el día en la casa, completamente sola, pero Park prefirió no mencionarlo. Eleanor y él se levantaron despacio del sofá. Como si temieran que la madre de Park les fuera a decir "¡Inocentes palomitas!" más de tres meses después del Día de los Inocentes.

—Llaves están en gancho —les indicó—. Dame mi bolso.

Sacó veinte dólares de la cartera y luego diez más.

—Gracias —dijo Park, aún inseguro—. Pues... ¿nos vamos?

—Aún no —la madre de Park miró las ropas de Eleanor y frunció el ceño—. Eleanor no puede salir así.

Si las dos hubieran tenido la misma talla, la habría obligado a ponerse una minifalda allí mismo.

—Pero si he estado todo el día vestida así —objetó Eleanor.

Llevaba unos pantalones militares y una playera de hombre de manga corta encima de una camiseta lila de manga larga. A Park le encantaba la facha que tenía. (En realidad, la encontraba adorable, pero seguro que a Eleanor la asqueaba esa palabra.)

—Deja que arreglo tu pelo —se ofreció la madre de Park.

Se la llevó al baño y le puso unos cuantos pasadores.

—Abajo, abajo, abajo —dijo.

Park se apoyó contra el marco para mirarlas.

—Me resulta raro que estés viendo esto —comentó Eleanor.

—No es la primera vez —repuso él.

—Park me ayudará a arreglar tu pelo día de boda —declaró la madre.

Tanto Park como Eleanor miraron al suelo.

—Te espero en la sala —dijo Park.

Pocos minutos después, Eleanor ya estaba lista. Llevaba el pelo perfecto, resplandeciente y en su sitio, y los labios de un rosa brillante. Park supo al instante que sabía a fresa.

—Muy bien —los despidió la madre de Park—. Vayan. Pásenla bien.

Caminaron hacia el Impala y Park le abrió la puerta a Eleanor.

—Puedo abrirla sola —protestó ella.

Cuando Park llegó al otro lado, ella se echó sobre el asiento del conductor y le abrió a su vez.

—¿Adónde vamos? —preguntó él.

—No sé —contestó Eleanor, hundiéndose en el asiento—. ¿No podríamos salir del barrio? Me siento como si fuera a cruzar el muro de Berlín.

—Ah —dijo Park—. Sí.

Arrancó el coche y la miró.

—Agáchate más. Tu pelo brilla en la oscuridad.

—Gracias.

—Ya sabes por qué lo digo.

Park guio el coche hacia el oeste. No había nada al este del vecindario salvo el río.

—No pases por delante del Rail —le advirtió Eleanor.

—¿De dónde?

—Dobla aquí a la derecha.

—Ok...

Park la miró y se echó a reír. Estaba acuclillada en el suelo.

—No es gracioso.

—Un poco de gracia sí tiene —repuso Park—. Tú estás en el suelo y a mí sólo me dejan usar el coche porque mi padre no está en la ciudad.

—A tu padre no le importa dejarte el coche. Lo único que quiere es que aprendas a conducir estándar.

—Ya sé manejar un coche de velocidades.

—¿Y entonces qué problema hay?

—Yo soy el problema —replicó Park, molesto—. Oye, ya hemos dejado el barrio atrás. ¿Te puedes sentar ahora?

—Me sentaré cuando lleguemos a la calle 24.

Se sentó al llegar a la calle 24, pero no hablaron hasta la 42.

—¿Adónde vamos? —preguntó Eleanor.

—No sé —respondió Park. Y era verdad. Sólo sabía ir a la escuela y al centro, eso era todo—. ¿Adónde quieres ir?

—No sé —dijo Eleanor.

eleanor

Quería ir a un lugar íntimo. Por desgracia, que ella supiera, un lugar así sólo existía en la serie de televisión *Días felices*.

Y no quería preguntarle a Park: "Oye, ¿adónde vas cuando quieres empañar las ventanillas?", porque, ¿qué pensaría de ella? O aún peor, ¿y si se lo decía?

Eleanor hacía lo posible por no dejar que las habilidades de Park al volante la impresionaran, pero cada vez que él cambiaba de carril o miraba por el espejo retrovisor se sorprendía a sí misma contemplándolo extasiada. No le habría extrañado que encendiera un cigarro o pidiera un whisky en las rocas. Parecía tan mayor...

Eleanor aún no tenía permiso para hacer prácticas de manejo. Su madre ni siquiera había sacado su licencia, así que la suya no se consideraba una prioridad.

—¿Tenemos que ir a alguna parte? —preguntó ella.

—Bueno, a alguna parte tendremos que ir —repuso Park.

—Ya, pero ¿tenemos que ir a alguna parte?

—¿Qué quieres decir?

—¿No podemos buscar un sitio para estar juntos? ¿Adónde van los demás cuando quieren estar juntos? Por mí, no hace falta ni que bajemos del coche...

Park la miró y luego devolvió la vista a la carretera, nervioso.

—Está bien —dijo—. Sí. Sí, deja que...

Entró en un estacionamiento y dio media vuelta.

—Iremos al centro.

park

Al final, sí que bajaron del coche. Una vez en el centro, Park quiso enseñarle a Eleanor Drastic Plastic, la tienda de antigüedades y las demás tiendas de discos. Ella ni siquiera conocía el Mercado Antiguo, que era prácticamente el único sitio al que se podía ir en Omaha.

Varios chicos y chicas pululaban también por el centro, muchos de ellos con una facha aún más rara que la de Eleanor. Park la llevó a su pizzería favorita y luego a su heladería favorita. Y a su tienda de cómics de segunda mano favorita.

Fingía que tenían una cita, y luego recordaba que en verdad la tenían.

eleanor

Park la llevaba tomada de la mano, como si fueran novios. "Porque lo somos, boba", se decía Eleanor una y otra vez.

Y lo eran, para desesperación de la vendedora de la tienda de discos. Llevaba ocho pendientes en cada oreja, y sin duda consideraba a Park lo máximo. Miró a Eleanor como diciendo: "¿Me tomas el pelo?". Y Eleanor la miró en plan de: "Ya lo sé, ¿ok?".

Recorrieron todas las calles del centro, y luego se dirigieron a un parque. Eleanor ni siquiera sabía que todo aquello existiera. No se había dado cuenta de que Omaha fuera un sitio tan bonito. (Mentalmente, le atribuía el mérito a Park. El mundo se reconstruía a su alrededor para convertirse en un lugar mejor.)

park

Acabaron en Central Park versión Omaha. Eleanor tampoco había estado allí y aunque abundaban los charcos y seguía haciendo frío, no paraba de decir lo bonito que era.

—Oh, mira —exclamó—. Cisnes.

—Creo que son gansos —repuso Park.

—Pues son los gansos más preciosos que he visto en mi vida.

Se sentaron en un banco del parque a mirar cómo los gansos se acomodaban en la orilla del estanque. Park la rodeó con el brazo y Eleanor apoyó la cabeza en su hombro.

—Hagamos esto más veces —propuso Park.

—¿Qué?

—Salir.

—Está bien —aceptó ella.

No le dijo que tendría que aprender a conducir un coche estándar, para alivio de Park.

—Deberíamos ir al baile —siguió diciendo él.

—¿Cómo? —Eleanor levantó la cabeza.

—El baile. Ya sabes, el baile de graduación.

—Ya sé lo que es, pero ¿por qué habríamos de ir?

Porque quería ver a Eleanor llevando un bonito vestido. Porque quería ayudar a su madre a arreglarle el pelo.

—Porque es el baile de graduación   dijo Park.

—Y es un asco —replicó ella.

—¿Cómo lo sabes?

—Porque el tema del baile es "I Want to Know What Love Is".

—No es una canción tan mala —arguyó Park.

—¿Estás borracho o qué? Es de Foreigner.

Park se encogió de hombros y le puso un rizo en su sitio.

—Ya sé que es un asco —admitió—. Pero si no vas, te lo pierdes. Sólo se celebra una vez.

—Tres veces, en realidad.

—Bueno, ¿irás conmigo al baile de graduación el año que viene?

Eleanor se echó a reír.

—Sí —dijo—. Iremos al año que viene. Así mi ratón y mis pajaritos tendrán tiempo de sobra para hacerme un vestido. Claro. ¿Por qué no? Vayamos al baile de graduación.

—No te lo crees —le reprochó él—. Pues ya lo verás. No me voy a ir a ninguna parte.

—Al menos hasta que aprendas a conducir un coche estándar.

Eleanor podía ser agotadora.

eleanor

El baile de graduación. Claro. Seguro que irían.

La cantidad de mentiras que tendría que contarle a su madre... no sabía ni por dónde empezar.

Aunque, bien pensado, tampoco era tan descabellado. Podía decirle a su madre que iba al baile con Tina. (La buena de Tina.) Y se podía arreglar en casa de Park; a la madre le encantaría. El problema era el vestido...

¿Existirían los vestidos de noche de su talla? Tendría que comprarlo en la sección de vestidos para adultas. Y robar un banco. Además, aunque le cayera un billete de cien dólares del cielo, Eleanor jamás se lo gastaría en algo tan absurdo como un vestido de noche.

Se compraría unos Vans nuevos o un brasier decente o un radiocasete.

En realidad, seguramente se lo daría a su madre.

El baile de graduación. Claro.

park

Después de prometer que sería su pareja en el baile de graduación del siguiente año, Eleanor había accedido a acompañarlo a su primera fiesta elegante, a la fiesta de los Óscar y a cualquier baile al que fuera invitado.

Ella se reía tanto que los gansos protestaron.

—Graznen, graznen —les dijo—. Creen que me intimidan con su precioso plumaje, pero yo no soy de ésas.

—Por suerte para mí —intervino Park.

—¿Por suerte para ti? ¿Por qué?

—Da igual.

Ojalá no lo hubiera dicho. Pretendía bromear y hacerse la víctima, pero no quería hablar de la atracción que Eleanor ejercía sobre él.

Eleanor lo miraba con atención.

—Tú eres la causa de que ese ganso me considere superficial.

—Creo que es un ánsar, ¿no? —dijo Park cambiando de tema—. ¿Los machos no son ánsares?

—Ok, muy bien, pues ese ánsar. Le queda bien. Es un chico muy guapo... Bueno, ¿y por qué es una suerte para ti?

—Porque... —empezó a decir Park, como si le doliese pronunciar cada sílaba.

—¿Por qué?

—¿Esa frase no es mía?

—Pensaba que podía preguntarte cualquier cosa. ¿Por qué?

—Por mi aspecto típicamente americano.

Park se pasó la mano por el pelo y miró al suelo.

—¿Me estás diciendo que no te consideras guapo? —preguntó Eleanor.

—No quiero hablar de eso —replicó Park, agarrándose la nuca—. ¿Podemos volver al tema del baile de graduación?

—¿Te pones en este plan para que te diga lo guapo que eres?

—No —repuso Park—. Me pongo en este plan porque creo que es evidente.

—No es evidente —dijo Eleanor.

Se giró en el banco para poder mirarlo a los ojos y lo obligó a bajar la mano.

—Nadie cree que los asiáticos sean guapos —declaró Park por fin. Tuvo que desviar la mirada para decirlo. No sólo miró a otra parte, también apartó la cara—. Por lo menos, no aquí. Supongo que en Asia están mejor considerados.

—Eso no es verdad —objetó Eleanor—. ¿Qué me dices de tu madre y tu padre?

—El caso de las chicas es distinto. A los blancos, las asiáticas les parecen exóticas.

—Pero...

—¿Estás tratando de pensar en algún asiático buenote para demostrarme que me equivoco? Porque no los hay. He tenido toda la vida para pensar en ello.

Eleanor se cruzó de brazos. Park miraba en dirección al lago.

—¿Y qué me dices de aquella serie? —objetó—. ¿La del hombre que hacía karate?

—¿*Kung Fu*?

—Ésa.

—El actor era blanco, y el personaje era un monje.

—¿Y qué me dices de...?

—No hay —repitió Park—. Mira *M*A*S*H*. La historia transcurre en Corea, y los médicos siempre están coqueteando con las coreanas, ¿no? Pero cuando las enfermeras tienen permiso no se van a Seúl a buscar chicos buenos. Todo lo que en ellas resulta exótico, en los hombres se considera afeminado.

El ánsar aún les estaba graznando. Park agarró un pedazo de nieve medio derretida y se la tiró al ganso sin mucha convicción. Seguía sin mirar a Eleanor.

—No sé qué tiene que ver todo eso conmigo —dijo ella.

—Pero tiene mucho que ver conmigo —repuso Park.

—No —Eleanor le levantó la barbilla y lo obligó a mirarla—. No es verdad. Ni siquiera sé qué significa que seas coreano.

—¿Aparte de lo evidente?

—Sí —respondió Eleanor—, exacto. Aparte de lo evidente.

Luego lo besó. A Park le encantaba que ella tomara la iniciativa.

—Cuando te miro —prosiguió Eleanor, inclinada hacia él—, no sé si me pareces tan lindo porque eres coreano, pero estoy segura de que no depende de eso. Sencillamente me pareces lindo. O sea, eres tan guapo, Park...

A Park le volvía loco que Eleanor pronunciara su nombre.

—A lo mejor es que me gustan los coreanos —bromeó Eleanor— y ni siquiera me había dado cuenta.

—Pues menos mal que soy el único de Omaha —repuso Park.

—Y menos mal que nunca me voy a marchar de este basurero.

Empezaba a hacer frío y seguramente se estaba haciendo tarde. Park no llevaba reloj.

Park se levantó y ayudó a Eleanor a hacer lo mismo. Se dieron la mano y cruzaron por el parque para llegar al coche.

—Ni siquiera yo sé lo que significa ser coreano —observó Park.

—Bueno, yo tampoco sé lo que quiere decir ser danesa y escocesa —replicó ella—. ¿Acaso importa?

—Yo creo que sí —dijo él—, porque es el rasgo por el que la gente tiende a identificarme. Es mi rasgo principal.

—Y yo te digo —insistió Eleanor— que tu rasgo principal es lo guapo que eres. Casi, casi adorable.

A Park, la palabra no lo asqueó en lo absoluto.

eleanor

Se habían estacionado al otro lado del supermercado. El callejón estaba casi vacío para cuando llegaron al coche. Eleanor volvía a sentirse tensa e inquieta. Aquel coche tenía algo que...

Puede que el Impala no fuera un coche sexy a primera vista, no como una camioneta recién arreglada o algo así, pero por dentro la cosa cambiaba. El asiento delantero era casi tan grande como la cama de Eleanor, y el trasero parecía el escenario de una novela de Erica Jong.

Park le abrió la puerta y luego rodeó el coche para entrar.

—No es tan tarde como pensaba —dijo mirando el reloj del tablero—. Las ocho y media.

—Sí —asintió Eleanor. Dejó caer la mano junto a Park. Intentó que el gesto pareciera casual, pero resultó bastante explícito.

Park la agarró.

Se trataba de una de aquellas noches. Cada vez que posaba los ojos en él, Park le devolvía la mirada. En cuanto le entraban ganas de besarlo, Park cerraba los ojos.

"Léeme la mente", pensó Eleanor.

—¿Tienes hambre? —preguntó Park.

—No.

—Ok —Park apartó la mano e introdujo la llave. Eleanor lo jaló de la manga antes de que la girara.

Él dejó caer las llaves y, en un solo movimiento, se dio la vuelta para abrazarla. En serio, la tomó entre sus brazos. Su fuerza siempre tomaba a Eleanor desprevenida.

Si alguien los hubiera visto en aquel momento (algo del todo posible, porque las ventanillas aún no estaban empañadas) habría pensado que Eleanor y Park hacían aquello constantemente. Jamás se habría imaginado que sólo era la segunda vez.

En esta ocasión, todo fue distinto.

No avanzaban paso por paso, como cuando juegas a "un, dos, tres por mí". Ni siquiera se besaban directamente en la boca. (Hacer las cosas una detrás de otra les habría requerido demasiado tiempo.) Eleanor le levantó la playera a Park y se sentó sobre él con las piernas separadas. Y Park no paraba de jalarla hacia él, aunque ya no podía acercarla más.

Eleanor estaba encajada entre Park y el volante. Cuando él le metió la mano por debajo de la playera, ella se apoyó en el claxon. Ambos dieron un respingo, y Park le mordió la lengua sin querer.

—¿Te hice daño? —le preguntó a Eleanor.

—No —replicó ella, que se alegraba de que Park no hubiera retirado la mano. No parecía que le sangrara la lengua—. ¿Tú estás bien?

—Sí —Park respiraba con dificultad y era maravilloso.

"Está así por mí", se dijo Eleanor.

—¿Crees que...? —dijo él.

—¿Qué?

Seguro que iba a decir que deberían parar. "No", gritó Eleanor mentalmente, "no. No pienses. *No pienses, Park*".

—¿No crees que...? No vayas a pensar que soy un pervertido, ¿ok? ¿No estaríamos mejor en el asiento trasero?

Eleanor se separó de él y se deslizó al asiento trasero. Madre mía, aquello era inmenso, era maravilloso.

Apenas un segundo después, Park se dejó caer sobre ella.

park

Era delicioso sentirla bajo su cuerpo, aún mejor de lo que había esperado. (Y había supuesto que la sensación sería como estar en el cielo, en el nirvana y en aquella escena de *Charlie y la fábrica de chocolates* en la que Charlie comienza a volar, todo al mismo tiempo.) Park respiraba tan entrecortadamente que le faltaba el aire.

Era imposible que Eleanor estuviera sintiendo lo mismo que él, pero a juzgar por su rostro... Ponía las mismas caras que las chicas de los videos de Prince. Si Eleanor estaba experimentando sus mismas sensaciones, ¿cómo iban a detenerse?

Park le quitó la camiseta.

—Bruce Lee —susurró ella.

—¿Qué?

A Park no le gustó el comentario. Sus manos se paralizaron.

—Está buenísimo y es asiático. Bruce Lee.

—Ah —Park se rió, no pudo evitarlo—. Está bien, lo acepto.

Eleanor arqueó la espalda y Park cerró los ojos. Jamás se saciaba de ella.

capítulo 46

eleanor

La camioneta de Richie estaba en la entrada, pero en casa de Eleanor reinaba la oscuridad, gracias a Dios. Eleanor estaba segura de que algo la delataría si la veían. El pelo. La playera. La boca. Se sentía radiactiva.

Al llegar, Park y ella habían pasado un rato sentados en el coche, tomados de la mano. Se sentían como si les hubieran dado una paliza. Como mínimo, esa sensación tenía Eleanor. No porque Park y ella hubieran llegado demasiado lejos, pero sí mucho más lejos de lo que ella se esperaba. Jamás hubiera imaginado que viviría una escena como sacada de un libro de Judy Blume.

Park también estaba raro. Dejó pasar dos canciones enteras de Bon Jovi sin cambiar de estación. Eleanor le había hecho una marca en el hombro, pero ya no se le veía.

La madre de Eleanor tenía la culpa.

Si la dejara relacionarse con chicos con normalidad, Eleanor no tendría la sensación de que debía hacer un cuadrangular la primera vez que se montaba en el asiento trasero de un coche. No se habría sentido como si fuera su única oportunidad de batear. (Y no estaría empleando unas metáforas deportivas tan patéticas.)

De todas formas, tampoco habían anotado un cuadrangular. Se habían detenido en la segunda base. (O eso le parecía. No estaba muy segura de cuál era la segunda.) De cualquier modo... Había sido maravilloso. Tan maravilloso que no podrían sobrevivir sin volver a hacerlo.

—Debería irme —le dijo a Park cuando llevaban media hora o más sentados en el coche—. Ya tendría que estar en casa.

Park asintió, pero no alzó la vista ni le soltó la mano.

—Sí —dijo Eleanor—. Está todo bien, ¿no?

Park la miró. Se le había aplastado el pelo, que le caía lacio sobre los ojos. Parecía preocupado.

—Sí —repuso—. Sí, claro. Es que...

Eleanor esperó.

Él cerró los ojos y meneó la cabeza de lado a lado, como si le diera vergüenza seguir hablando.

—Es que... no quiero despedirme de ti, Eleanor. Nunca.

Park abrió los ojos y la miró directamente. A lo mejor aquélla era la tercera base.

Eleanor tragó saliva.

—No tienes que despedirte de mí para siempre —dijo—. Sólo por esta noche.

Park sonrió. Luego levantó una ceja. Ojalá ella pudiera hacer eso.

—Por esta noche... —repitió Park—, ¿pero no para siempre?

Eleanor puso los ojos en blanco. Park volvía a ser él mismo. Un bobo. Eleanor esperaba que la oscuridad del callejón ocultara el rubor de su rostro.

—Adiós —le dijo negando con la cabeza—. Mañana nos vemos.

Abrió la puerta del Impala. Pesaba horrores. Luego se volvió a mirarlo.

—Pero todo está bien, ¿no?

—De maravilla —repuso Park. Se asomó rápidamente y le dio a Eleanor un beso en la mejilla—. Esperaré a verte entrar.

Al instante de entrar en casa, Eleanor oyó los gritos.

Richie le gritaba algo a su esposa, que lloraba. Eleanor se deslizó hacia su dormitorio lo más silenciosamente que pudo.

Todos los niños estaban en el suelo, incluida Maisie. Dormían a pesar del escándalo. "Me pregunto cuántas veces he hecho lo mismo que ellos", pensó Eleanor. Consiguió llegar a su cama sin pisar a nadie, pero aplastó al gato. Cuando el animal se quejó, Eleanor lo agarró y se lo subió al regazo.

—Chist —le susurró a la vez que le rascaba el cuello.

Richie volvió a gritar "mi casa", y tanto el gato como Eleanor dieron un respingo. Algo crujió por debajo de ella.

Se metió la mano bajo la pierna y sacó un cómic arrugado. Un ejemplar de los *X-Men*. "Maldita sea, Ben". Trató de alisar el cómic, pero estaba pegajoso. La manta también parecía mojada, como de loción o algo así. No, maquillaje líquido. Mezclado con trocitos de cristal roto. Eleanor extrajo con cuidado un fragmento de la cola del gato y se secó los dedos mojados en el pelaje. Descubrió un trozo de casete, también aceitoso, enredado en la pierna del animal. Eleanor soltó al gato. Miró al suelo y parpadeó hasta que sus ojos se acostumbraron a la oscuridad...

Cómics rotos por todas partes.

Maquillaje.

Manchas de sombra verde.

Millones de cintas.

Los audífonos del walkman, partidos por la mitad, colgaban del poste de la cama. La caja de toronjas estaba a los pies, y Eleanor supo antes de recogerla que la encontraría ligera como el aire. Vacía. La tapa estaba casi partida por la mitad y alguien había escrito algo en tinta negra... con un marcador de Eleanor.

¿crees que me vas a poner en rídiculo? esta es mi casa ¿crees que puedes ir cogiendo por el barrio en mis narices y no me voy a enterar ¿es eso lo que te crees? ¡se lo que eres y esto se ha acabado!

Eleanor se quedó mirando la tapa, haciendo esfuerzos por descifrar las palabras, pero no podía ver más allá de aquella caligrafía en minúsculas que conocía tan bien.

En alguna parte de la casa, la madre de Eleanor lloraba como si no fuera a parar nunca.

capítulo 47

eleanor

Eleanor valoró las distintas posibilidades:

1. ...

capítulo 48

eleanor

¿Te mojas pensando en mí?

Eleanor retiró la manta sucia y colocó al gato sobre la sábana. Saltó a la litera de abajo. Su mochila estaba junto a la puerta. Abrió el cierre sin bajar de la cama y sacó la foto de Park del bolsillo lateral. Después de saltar al cobertizo por la ventana, echó a correr calle abajo más deprisa de lo que nunca había corrido en clase de Gimnasia.

No bajó la velocidad hasta llegar a la siguiente manzana y sólo porque no sabía adónde ir. Casi había llegado a casa de Park... No podía ir a casa de Park.

abrete de piernas...

—Hey, pelirroja.

Eleanor no se dio por aludida. Miró atrás. ¿Y si alguien la había oído salir? ¿Y si Richie la perseguía? Se metió en un jardín y se escondió detrás de un árbol.

—Hey, Eleanor.

Eleanor miró a su alrededor. Se encontraba delante de la casa de Steve. La puerta del garaje estaba entreabierta, sujetada con un bate de beisbol para que no se cerrase del todo.

Eleanor vio movimiento en el interior y a Tina, que se acercaba con una cerveza en la mano, en el camino de entrada.

—Hey —cuchicheó Tina.

Parecía tan asqueada de ver a Eleanor como siempre.
Ésta consideró la idea de echar a correr, pero le temblaban
las piernas.

—Tu padrastro te estaba buscando —la informó Tina—.
Se ha pasado la noche recorriendo el maldito barrio.

—¿Qué le dijiste? —le preguntó Eleanor.

¿Tina la había delatado? ¿Era así como Richie se había enterado?

—Le he preguntado si sus huevos eran más grandes que su
camioneta —replicó Tina—. No le dije nada.

—¿No le contaste lo de Park?

La otra cerró un poco los ojos. Luego negó con la cabeza.

—Pero alguien lo hará antes o después.

Chupamela

Eleanor miró hacia la calle. Tenía que esconderse. Tenía
que alejarse de él.

—¿Y qué te ha pasado?

—Nada.

Unos faros iluminaron el cruce. Eleanor se llevó las manos
a la cabeza.

—Vamos —le dijo Tina en un tono que Eleanor nunca había oído: preocupado—. Sólo tienes que desaparecer hasta que
se le pase.

Siguió a Tina por el camino y se acuclilló para entrar en el
garaje en penumbra.

—¡Hombre! ¡Pero si es Dubble Bubble!

Steve estaba sentado en el sofá. Mikey también se encontraba allí, en el suelo, junto a una chica que Eleanor conocía del autobús. Sonaba música heavy, Black Sabbath, procedente de un coche estorbando en medio del garaje.

—Siéntate —le dijo Tina señalando el otro extremo del sofá.

—Te has metido en un lío, Dubble Bubble —comentó Steve—. Tu padre te está buscando.

Steve sonreía de oreja a oreja. Su boca era tan alargada como la de un león.

—Es su padrastro —lo corrigió Tina.

—Tu padrastro —gritó Steve a la vez que lanzaba una lata a la otra punta del garaje—. ¿Tu puto padrastro? ¿Quieres que lo mate? De todas formas, pienso matar al de Tina. Me los podría cargar a los dos el mismo día. Dos por el precio de uno —prosiguió con una risilla tonta—. Compras uno y te llevas otro... gratis.

Tina abrió una lata de cerveza y se la puso a Eleanor en el regazo. Ésta la agarró, pero sólo por tener algo en la mano.

—Bebe —le ordenó Tina.

Eleanor, obediente, dio un trago. La cerveza sabía fuerte y amarga.

—Podríamos jugar a rayuela —bostezó Steve—. Eh, pelirroja, ¿tienes alguna moneda?

Eleanor negó con la cabeza.

Tina se acomodó en el brazo del sofá, junto a Steve, y encendió un cigarro.

—Teníamos dinero —dijo—. Lo gastamos en cervezas, ¿te acuerdas?

—Pero no eran monedas —replicó Steve—. Era un billete.

Tina cerró los ojos y sopló el humo en dirección al techo.

Eleanor también los cerró. Intentaba definir qué hacer a continuación, pero no se le ocurría nada. La canción de Black Sabbath terminó y empezó a sonar una de ACDC o de Led Zeppelin. Steve la cantó con una voz sorprendentemente dulce.

—*Hangman, hangman, turn your head a while*...

Al ritmo sordo de su propio corazón, Eleanor lo oyó cantar un tema tras otro. La cerveza se le calentó en la mano.

eres una puta hueles a coño

Eleanor se levantó.

—Tengo que salir de aquí.

—Chica —dijo Tina—, tranquilízate. Aquí no te va a encontrar. Seguramente ya está en el Rail. En media hora no se acordará ni de su nombre.

—No —replicó Eleanor—. Me va a matar.

Y era verdad, comprendió, aunque no llegara a hacerlo.

Tina adoptó una expresión muy seria.

—¿Adónde vas a ir?

—Lo más lejos posible... Tengo que decírselo a Park.

park

Park no podía dormir.

Aquella noche, antes de volver al asiento delantero del Impala, Park había despojado a Eleanor de las muchas capas de ropa que la cubrían, incluido el brasier. Luego la había tendido en la tapicería azul. Había creído tener delante a una aparición, a una sirena. Pálida como el hielo en la oscuridad, las pecas se concentraban en sus hombros y en sus mejillas como grumos de crema que emergen.

Su imagen. Eleanor aún resplandecía bajo los párpados de Park.

Sería una tortura constante ahora que conocía el brillo de su piel bajo la ropa, y el futuro cercano no incluía una próxima vez. Lo de aquella noche había sido un golpe de suerte, un regalo...

—Park —oyó decir.

Park se incorporó y miró a su alrededor, despistado.

—Park.

Oyó unos golpes en la ventana. Park avanzó por la cama a rastras y apartó la cortina.

Era Steve. Detrás del cristal, sonriendo como un maniaco. Debía de haberse agarrado de la cornisa. La cara de Steve desapareció y lo oyó aterrizar con fuerza en el suelo. Imbécil. Su madre lo oiría.

Abrió la ventana rápidamente y se asomó. Justo cuando le iba a decir a su amigo que se marchara vio a Eleanor entre las sombras de la casa de Steve, junto a Tina.

¿La habían secuestrado?

¿Era una cerveza lo que Eleanor tenía en la mano?

eleanor

Park, en cuanto la vio, salió por la ventana y quedó colgando a más de un metro del suelo; se iba a romper los tobillos. Eleanor ahogó un sollozo.

Él aterrizó en cuclillas como Spiderman y corrió hacia ella. Eleanor dejó caer la lata de cerveza al suelo.

—Mierda —dijo Tina—. De nada. Era la última cerveza.

—Eh, Park, ¿te asusté? —le preguntó Steve—. ¿Creíste que era Freddy Krueger? "¿Creías que te ibas a escapar de mí?"

Park llegó a la altura de Eleanor y la agarró fuertemente por los brazos.

—¿Qué pasa? —le preguntó—. ¿Estás bien?

Ella se echó a llorar. Desconsoladamente. Se había sentido ella misma otra vez en cuanto Park la había tocado, y eso era terrible.

—¿Estás herida? —insistió Park a la vez que la tomaba de la mano.

—Un coche —susurró Tina. Sonó como una advertencia.

Eleanor arrastró a Park hacia el garaje hasta que las luces se desvanecieron.

—¿Qué está pasando? —volvió a preguntar él.

—Será mejor que volvamos al garaje —propuso Tina.

park

Park llevaba desde la primaria sin entrar en el garaje de Steve. Antes jugaban a futbolito allí. Ahora el Camaro ocupaba la estancia, encaramado sobre unos bloques de cemento. Había también un sofá contra la pared.

Steve se sentó en un extremo del sofá e hizo un cigarro. Se lo pasó a Park, que lo rehusó con un gesto. El garaje apestaba a millones de cigarros de mariguana y cervezas. El Camaro se balanceaba un poco y Steve le dio una patada a la puerta.

—Baja el ritmo, Mikey, que lo vas a tirar.

Park no concebía qué extraña cadena de acontecimientos podía haber llevado a Eleanor hasta allí, pero ella prácticamente lo había arrastrado al garaje y ahora se acurrucaba contra él. Park seguía pensando que quizás la hubieran secuestrado. ¿Tendría que pagar el rescate?

—Háblame —dijo contra el cabello de Eleanor—. ¿Qué pasa?

—Su padrastro la está buscando —explicó Tina.

Se había sentado en el brazo del sofá con las piernas sobre el regazo de Steve. Agarró el cigarro que él le tendía.

—¿Es verdad eso? —le preguntó Park a Eleanor.

Ella asintió contra su pecho. No se despegaba de él lo suficiente para que Park pudiera verle la cara.

—Putos padrastros —exclamó Steve—. Son todos unos hijos de puta —estalló en carcajadas—. Eh, Mikey, ¿escuchaste eso? —volvió a patear el Camaro—. ¿Mikey?

—Tengo que irme —susurró Eleanor.

Gracias a Dios. Park se apartó y la tomó de la mano.

—Eh, Steve, nos vamos a mi casa.

—Con cuidado, amigo, va de acá para allá en esa Micro Machine color mierda.

Park se agachó para cruzar la puerta del garaje. Eleanor se detuvo tras él.

—Gracias —la oyó decir.

Park habría jurado que se lo decía a Tina.

La noche se estaba volviendo más y más rara cada vez.

Park guio a Eleanor por el jardín trasero de su casa y luego por detrás de la casa de sus abuelos pasando el rincón junto al garaje donde se besaban antes de despedirse.

Cuando llegaron al remolque, Park abrió la puerta de malla.

—Entra —le dijo—. Siempre está abierta.

Josh y él jugaban allí cuando eran pequeños. Parecía una casa en miniatura, con su cama a un extremo y la cocina al otro. Incluso tenía estufa y refrigerador, muy pequeños. Park llevaba bastante tiempo sin entrar en el remolque; allí dentro no podía estar de pie sin golpearse la cabeza contra el techo.

Había una mesa del tamaño de un tablero de ajedrez sujeta contra la pared, con dos asientos a ambos lados. Park se sentó en uno e hizo sentar a Eleanor en el otro. La tomó de las dos manos. Ella tenía la palma derecha manchada de sangre, pero no parecía que le doliera.

—Eleanor —volvió a decir—. ¿Qué te pasa?

Su tono era de súplica.

—Tengo que marcharme —dijo ella. Miraba al frente como si acabara de ver a un fantasma. O como si ella fuera un espectro.

—¿Por qué? —preguntó él—. ¿Tiene que ver con lo de esta noche?

En la mente de Park, todo guardaba relación con lo sucedido aquella noche, como si nada tan bueno y tan malo pudiera suceder en un mismo día a menos que estuviera relacionado. Fuera lo que fuese.

—No —repuso ella frotándose los ojos—. No, no tiene nada que ver con nosotros. Bueno...

La mirada de Eleanor se clavó en la ventanilla del remolque.

—¿Por qué te busca tu padrastro?

—Porque se ha enterado. Porque me he escapado.

—¿Por qué?

—Porque lo sabe —se le quebró la voz—. Porque es él.

—¿Qué?

—Maldita sea, no debería haber venido —se desesperó Eleanor—. Estoy empeorando las cosas. Lo siento.

Park quería sacudirla, sacarla de aquel estado; lo que decía no tenía ni pies ni cabeza. Hacía un par de horas todo era perfecto entre ellos y ahora... Park tenía que volver a casa. Su madre aún estaba levantada y su padre llegaría en cualquier momento.

Se inclinó sobre la mesa y tomó a Eleanor por los hombros.

—¿No podríamos empezar de cero? —susurró—. Por favor. No sé de qué estás hablando.

Eleanor cerró los ojos y asintió con debilidad.

Empezó de cero. Se lo contó todo.

Y las manos de Park comenzaron a temblar antes de que llegara a la mitad del relato.

—A lo mejor no te hace nada —dijo Park, con la esperanza de que fuera verdad—. Puede que sólo quiera asustarte. Ven.

Intentó enjugar las lágrimas de Eleanor con la manga.

—No —replicó ella—. Tú no lo entiendes. Tú no sabes... cómo me mira.

capítulo 49

eleanor

Cómo me mira.

Como si se tomara su tiempo.

No como si me deseara. Como si aplazara el momento. Hasta que no quede nada ni nadie a quien destruir.

Cómo me espera.

Cómo me rastrea.

Y siempre está ahí. Cuando como. Cuando leo. Cuando me cepillo el cabello.

Tú no lo sabes.

Porque yo finjo no darme cuenta.

capítulo 50

park

Eleanor se apartó los rizos de la cara uno a uno, como tratando de ordenar sus pensamientos.

—Tengo que irme —dijo.

Ahora hablaba con más coherencia y lo miraba a los ojos, pero Park aún tenía la sensación de que alguien había puesto el mundo boca abajo para agitarlo después.

—¿Por qué no hablas mañana con tu madre? —propuso él—. Todo se verá distinto por la mañana.

—Ya viste lo que me escribió en los libros —repuso ella en un tono carente de emoción—. ¿De verdad quieres que me quede en casa?

—No... es que no quiero que te vayas —reconoció Park—. ¿Adónde vas a ir? ¿A casa de tu padre?

—No, él no me quiere allí.

—Pero si le explicas...

—No me quiere.

—Y entonces... ¿adónde?

—No lo sé —Eleanor inspiró profundamente y levanto los hombros—. Mi tío me propuso que pasara el verano con él. A lo mejor no le importa que vaya a Saint Paul un poco antes.

—Saint Paul, Minessota.

Eleanor asintió.

—Pero...

Park miró a Eleanor a los ojos y ella dejó caer las manos en la mesa.

—Ya lo sé —sollozó Eleanor, desplomándose hacia adelante—. Ya lo sé...

No había espacio para que Park se sentara junto a ella, así que se arrodilló en el polvoriento suelo de linóleo y la atrajo hacia sí.

eleanor

—¿Cuándo te vas? —preguntó Park. Le apartó el pelo de la cara y se lo sostuvo a la altura de la nuca.

—Esta noche —contesto Eleanor—. No puedo volver a casa.

—¿Y cómo vas a llegar hasta allí? ¿Has llamado a tu tío?

—No. No sé. Pensaba tomar un camión.

Iba a pedir aventón.

Tenía previsto caminar hasta la carretera y luego sacar el pulgar cuando viera una camioneta o una minivan, coches familiares. Si no la violaban o la asesinaban —si no la vendían para trata de blancas—, llamaría a su tío cuando llegara a Des Moines. Él iría a buscarla, aunque sólo fuera para llevarla de vuelta a casa.

—No puedes subirte a un camión tú sola —dijo Park.

—No tengo un plan mejor.

—Yo te llevaré —se ofreció él.

—¿A la estación de camiones?

—A Minnesota.

—Park, no, tus padres no te dejarán.

—Pues no les pediré permiso.

—Pero tu padre te matará.

—No —repuso Park—, sólo me castigará.

—De por vida.

—¿Y crees que eso me importa lo más mínimo? —Park rodeó la cara de Eleanor con las manos—. ¿Crees que me importa algo que no seas tú?

capítulo 51

eleanor

Park le dijo que regresaría en cuanto su padre hubiera llegado a casa y todo el mundo estuviera durmiendo.

—Puede que tarde un poco. Mejor no enciendas la luz.

—No me digas.

—Y sal cuando veas el Impala.

—Está bien.

Estaba aún más serio que el día que se peleó con Steve, más que cuando se conocieron en el autobús y le ordenó a Eleanor que se sentara. Desde aquel día, Park no había vuelto a decir ni una sola palabrota en su presencia.

Se asomó otra vez al interior del remolque para acariciarle la barbilla a Eleanor.

—Ten cuidado, por favor.

Luego se marchó.

Eleanor volvió a sentarse en la mesa. Desde allí, a través de las cortinas de encaje, veía la puerta de Park. De repente, la invadió el cansancio. Lo único que quería era recostar la cabeza. Pasaba ya de la medianoche; Park bien podía tardar horas en volver...

Pensó que tal vez debería sentirse culpable por haberlo involucrado en todo aquello, pero no era así. Park tenía razón, lo peor que le podía pasar (salvo un terrible accidente) era que lo castigaran. Y ser castigado en aquella casa era como recibir el maletín de *Átinale al precio* comparado con lo que le pasaría a Eleanor si la atrapaban.

¿Debería haber dejado una nota?

¿Llamaría la madre de Eleanor a la policía? (¿Estaba bien su madre? ¿Estaban todos bien? Eleanor debería haber comprobado si los niños respiraban.)

Seguro que su tío no la dejaba quedarse allí cuando descubriera que se había escapado.

Qué mal. Cada vez que repasaba el plan lo encontraba más endeble. Sin embargo, ya era tarde para echarse atrás. Lo más importante en aquel momento era escapar, adonde fuera, pero lejos de allí.

Lo conseguiría y ya pensaría qué hacer a continuación.

O quizás no...

A lo mejor se escapaba y luego se detenía.

Eleanor nunca había contemplado la idea de quitarse la vida —jamás—, pero a menudo pensaba en parar. Correr hasta que su cuerpo no diera más de sí. Saltar desde un lugar tan alto que nunca llegara al fondo.

¿La estaría buscando Richie en aquel momento?

Maisie y Ben le hablarían de Park, si acaso no lo habían hecho ya. No porque Richie les cayera bien, aunque a veces lo pareciera, sino porque los tenía dominados. Como el día que Eleanor había vuelto a casa y Maisie estaba sentada en el regazo de Richie.

Mierda. O sea... mierda.

Debería volver a buscar a Maisie.

Debería volver a buscarlos a todos (encontrar la manera de metérselos en el bolsillo), pero a Maisie más que a ninguno. Ella escaparía con Eleanor. No se lo pensaría dos veces...

Y el tío Geoff las enviaría a las dos directamente a casa.

Seguro que la madre de Eleanor llamaría a la policía si se despertaba y Maisie había desaparecido. Llevarse a Maisie consigo lo estropearía todo aún más de lo que ya estaba.

Si Eleanor fuera la protagonista de un libro como *Los niños del furgón* u otro parecido, lo intentaría. Si fuera Dicey Tillerman, encontraría el modo.

Sería noble y valiente, y encontraría la manera de rescatarla.

Por desgracia, no lo era. Eleanor no poseía ninguna de esas cualidades. Se conformaba con sobrevivir a aquella noche.

park

Park entró en su casa de puntillas por la puerta trasera. Nadie de su familia cerraba nunca las puertas.

La tele seguía encendida en el dormitorio de sus padres. Park fue directamente al baño para darse una ducha. Estaba convencido de que olía a todas aquellas cosas que podían meterlo en líos.

—¿Park? —su madre lo llamó cuando salió del baño.

—Estoy aquí —dijo—. Me voy a la cama.

Park metió la ropa sucia en el fondo del cesto y sacó de la alcancía el dinero que le quedaba de Navidad y de su cumpleaños. Sesenta dólares. ¿Sería suficiente para pagar la gasolina? Esperaba que sí, pero en realidad no tenía ni idea.

Si llegaban a Saint Paul, el tío de Eleanor les ayudaría a definir qué hacer. Ella no estaba segura de que su tío la dejara quedarse, pero decía que era una buena persona "y su esposa estuvo en la Cooperación de la Paz".

Park ya les había escrito una nota a sus padres:

Mamá y Papá:

Tengo que ayudar a Eleanor. Mañana les llamaré y volveré dentro de un par de días. Ya sé que me he metido en un lío pero esto es una emergencia y tengo que ayudarla.

Park

Park pensaba tomar las llaves y luego escabullirse por la puerta de la cocina, que era la que estaba más separada del dormitorio de sus padres.

El padre de Park llegó a casa a la una y media de la madrugada. Park lo oyó trastear por la cocina y luego ir al baño. Escuchó cómo se abría la puerta del dormitorio y luego llegó a sus oídos el sonido de la televisión.

Tendido en la cama, cerró los ojos. (Era imposible que se quedara dormido.) La imagen de Eleanor seguía brillando detrás de sus párpados.

Hermosa. Serena... No, serena no, más bien... en paz. Como si se sintiera más cómoda sin la camisa que con ella. Como si estuviera contenta de dentro afuera.

Cuando abrió los ojos, volvió a verla tal como la había visto la última vez en el remolque: tensa y resignada, tan lejana que aquella luz ni siquiera se reflejaba ya en los ojos.

Tan distante que ni siquiera pensaba en Park.

Park aguardó hasta que se hizo el silencio en la casa. Después espero aún otros veinte minutos. Transcurrido ese tiempo, agarró la mochila y fue haciendo las cosas que tenía planeadas.

Se detuvo un momento en la cocina. Su padre había dejado el rifle nuevo sobre la mesa... Seguramente se proponía limpiarlo al día siguiente. Por un momento consideró la posibilidad de llevárselo... pero no creía que lo necesitara. No se iban a encontrar con Richie a la salida del pueblo. O eso esperaba.

Park abrió la puerta. Cuando estaba a punto de salir, la voz de su padre lo detuvo.

—¿Park?

Podría haber echado a correr, pero seguro que el hombre lo habría alcanzado. Siempre presumía que estaba en excelente forma física.

—¿Adónde crees que vas? —le susurró.

—Tengo... tengo que ayudar a Eleanor.

—¿Y por qué Eleanor necesita ayuda a las dos de la madrugada?

—Se va a escapar.

—¿Y tú te vas con ella?

—No. Sólo pensaba llevarla a casa de su tío.

—¿Dónde vive su tío?

—En Minnesota.

—Dios bendito, Park —exclamó su padre sin alzar la voz—. ¿Hablas en serio?

—Papá —Park dio un paso hacia él con ademán de súplica—. Tiene que irse. Por culpa de su padrastro. Él...

—¿La ha tocado? Porque si la ha tocado, llamaremos a la policía.

—Le escribe notas.

—¿Qué clase de notas?

Park se frotó la frente. No quería pensar en esas notas.

—Obscenas.

—¿Eleanor se lo ha contado a su madre?

—Su madre... no está muy bien. Creo que él le pega.

—Maldito cabrón.

El padre de Park miró el arma y luego otra vez a su hijo. Se frotó la barbilla.

—Así que vas a llevar a Eleanor a casa de su tío. ¿Él la recibirá?

—Ella cree que sí.

—Perdona que te lo diga, Park, pero como plan no es gran cosa.

—Ya lo sé.

El padre de Park suspiró y se rascó la nuca.

—A ver si podemos mejorarlo.

El chico levantó la cabeza de golpe.

—Llámame cuando estés llegando —le instruyó su padre rápidamente—. A la altura de Des Moines... ¿tienes un mapa?

—Pensaba comprar uno en alguna gasolinera.

—Si te cansas, para en una zona de descanso. Y no hables con nadie a menos que te veas obligado. ¿Tienes dinero?

—Sesenta dólares.

—Toma —su padre se acercó al tarro de galletas y sacó un fajo de billetes de veinte dólares—. Si eso de su tío no funciona, no lleves a Eleanor a su casa. Tráela aquí y ya pensaremos qué hacer.

—Está bien... Gracias, papá.

—No me des las gracias aún. Hay una condición.

"Que no vuelva a pintarme los ojos", pensó Park.

—Que te lleves la camioneta —le dijo su padre.

Plantado en la escalera de entrada, con los brazos cruzados, el padre de Park lo observaba. Por supuesto, tenía que quedarse allí mirando, como si fuera el árbitro de un maldito combate de taekwondo.

Park cerró los ojos. Eleanor seguía allí. Eleanor.

Arrancó el motor y dio marcha atrás con suavidad. Salió a la calle, metió la primera y se alejó sin una sola sacudida.

Pues claro que sabía conducir un coche estándar. Por el amor de Dios.

capítulo 52

park

—¿Todo bien?

Eleanor asintió y subió al coche.

—Agáchate —le dijo Park.

Las dos primeras horas transcurrieron como en sueños.

Park no estaba acostumbrado a conducir la camioneta y se le ahogó unas cuantas veces en los semáforos. Luego tomó la carretera al oeste en vez de tomarla hacia el este y tardó veinte minutos en poder cambiar de sentido.

Eleanor no protestó. Se limitaba a mirar al frente, aferrada al cinturón con ambas manos. Park le puso la mano en la pierna, pero ella no se dio por enterada.

Salieron otra vez de la carretera en alguna parte de Iowa para poner gasolina y comprar un mapa. Cuando Park entró en la tienda, compró también un refresco y un bocadillo para Eleanor. Al volver a la camioneta, la encontró dormida contra la puerta del acompañante.

"Bien", intentó decirse Park. "Está agotada."

Se sentó tras el volante, jaló aire unas cuantas veces y estampó el bocadillo contra el tablero. ¿Cómo era posible que se hubiera dormido?

Si todo iba bien, mañana por la mañana Park estaría volviendo a casa sin ella. A partir de ahora lo dejarían conducir cuando quisiera, pero él no quería ir a ninguna parte sin Eleanor.

¿Cómo podía dormirse sabiendo que aquéllas eran las últimas horas que pasarían juntos?

¿Cómo podía dormirse allí sentada...?

Tenía el cabello enmarañado, color vino incluso con aquella luz escasa, y dormía con la boca entreabierta. Rosita Fresita. Trató de recordar qué había pensado la primera vez que la vio. Intentó discernir cómo había sucedido, cómo había pasado de ser una desconocida a convertirse en la persona más importante del mundo.

Y se preguntó ¿qué pasaría si no la llevaba a casa de su tío? ¿Y si seguía conduciendo?

¿No podía haber pasado todo esto un poco más adelante?

Si la vida de Eleanor se hubiera hecho añicos un año después, o dos, podría haber buscado refugio en él. En vez de huir de él. Tan lejos.

Maldita sea. ¿Por qué no se despertaba?

Park siguió conduciendo durante una hora más, espabilado por el refresco y sus sentimientos heridos. Luego, los nervios de la noche vivida le pasaron la factura. No había ninguna zona de descanso a la vista, así que se desvió por una carretera municipal y se estacionó en la gravilla que hacía las veces de arcén.

Se desabrochó el cinturón, retiró el de Eleanor y, atrayéndola hacia sí, apoyó la cabeza en su pelo. Olía igual que hacía unas horas. A sudor y al tapizado del Impala. Lloró sobre su cabello hasta que se quedó dormido.

eleanor

Despertó en los brazos de Park. Su presencia la tomó por sorpresa.

Otra persona habría pensado que estaba soñando, pero los sueños de Eleanor siempre eran pesadillas. (De nazis, bebés llorando y dientes podridos que se le caían.) Eleanor jamás habría soñado algo tan bonito, algo tan dulce como Park adormilado y cálido... Cálido de la cabeza a los pies. Algún día, pensó, alguien despertará cada mañana junto a esta calidez.

El rostro de Park, dormido, reflejaba un tipo de belleza nunca visto. El sol atrapado en una piel de ámbar. La boca llena y lisa. Los pómulos altos y curvados. (Eleanor ni siquiera tenía pómulos.)

La tomó por sorpresa y se le rompió el corazón sin poder evitarlo. Por Park. Como si su corazón no tuviera nada mejor por lo que romperse.

Puede que no.

El sol se asomaba ya por el horizonte y el interior de la camioneta se teñía de un rosa azulado. Eleanor besó el semblante nuevo de Park... justo debajo del ojo, no del todo en la nariz. Él se revolvió, y hasta la última fibra de su cuerpo se apretujó contra ella. Eleanor le acarició la nariz y la frente, le besó los párpados.

Las pestañas de Park aletearon. (Sólo las pestañas hacen eso. Y las mariposas.) Sus brazos cobraron vida en torno al cuerpo de ella.

—Eleanor —suspiró.

Eleanor tomó entre las manos el precioso rostro de Park y lo besó como si hubiera llegado el fin del mundo.

park

Ya no se sentaría a su lado en el autobús.

Ya no pondría los ojos en blanco cuando Park interviniera en clase de Inglés.

Ya no discutiría con él sólo por diversión.

Ya no lloraría en el cuarto de Park por cosas que él no podía arreglar.

El cielo tenía el mismo tono que la piel de Eleanor.

eleanor

Sólo hay uno como él, y está aquí.

Él sabe si me gustará una canción antes de que la haya oído. Se ríe antes de que haya rematado el chiste. Tiene un hueco su pecho, justo debajo del cuello, que me impide enfadarme cuando me abre una puerta.

Sólo hay uno como él.

park

Los padres de Park nunca contaban cómo se habían conocido, pero a él, de pequeño, le gustaba imaginarlo.

Le encantaba lo mucho que se querían. Si se despertaba asustado en mitad de la noche, se decía que sus padres se amaban. No que lo amaban a él; eran sus padres, tenían que quererlo a la fuerza. Pero se querían el uno al otro y no estaban obligados a ello.

De todos los padres de sus amigos, sólo los de Park seguían juntos, y en todos los casos las separaciones parecían haber sido la peor expericiencia de sus hijos.

Los padres de Park, en cambio, se amaban. Se besaban en la boca, sin importarles quién estuviera delante.

"¿Qué posibilidades hay de conocer a alguien que te inspire esos sentimientos?", se preguntó Park. "¿Una persona a quien amar por siempre, alguien que te quiera por toda la eternidad? ¿Y qué haces si esa persona ha nacido a medio mundo de distancia?"

Las cuentas no salían. ¿Cómo era posible que sus padres hubieran tenido tanta suerte?

Puede que no siempre se hubieran sentido afortunados. El hermano de su padre murió en Vietnam, por eso enviaron al padre de Park a Corea. Y cuando sus padres se casaron, su madre tuvo que dejar atrás a sus seres queridos y todo cuanto amaba.

Park se preguntaba si su padre habría visto a su madre en la calle, o desde la carretera, o quizás trabajando en un restaurante. Se preguntaba cómo lo habían sabido...

Park tendría que guardar aquel beso para siempre.

Aquel beso lo guiaría de vuelta a casa. Tendría que evocarlo cuando se despertara asustado en mitad de la noche.

eleanor

La primera vez que Park le tomó la mano se sintió tan bien que todo lo malo se esfumó. La caricia fue más fuerte que cualquier herida.

park

El cabello de Eleanor capturaba el fuego del alba. Sus ojos eran oscuros y brillantes. Los brazos de Park no albergaban duda alguna.

La primera vez que tocó la mano de Eleanor, lo supo.

eleanor

Con Park no había nada de qué avergonzarse. Nada era sucio con Park. Porque Park era el sol, y no se le ocurría mejor modo de explicarlo.

park

—Eleanor, no, tenemos que parar.

—No...

—No podemos hacerlo...

—No. No pares, Park.

—Ni siquiera sé cómo... No tengo nada.

—Da igual.

—Pero no quiero que te quedes...

—No me importa.

—A mí sí, Eleanor...

—No tendremos otra oportunidad.

—No. No, no puedo... No, necesito creer que habrá otras oportunidades... ¿Eleanor? ¿Me oyes? Necesito que tú lo creas también.

capítulo 53

park

Eleanor salió de la camioneta y Park se alejó hacia el maizal para orinar. (Le dio vergüenza, pero menos que mojar los pantalones.)

Cuando volvió, ella lo esperaba sentada en el capote. Estaba hermosa, salvaje, echada hacia delante como una estatua.

Park se sentó a su lado.

—Hola —dijo él.

—Hola.

Park se recostó contra ella y estuvo a punto de llorar de alivio cuando Eleanor apoyó la cabeza en su hombro. Parecía del todo inevitable que Park volviera a llorar aquel día.

—¿De verdad lo crees? —le preguntó Eleanor.

—¿A qué te refieres?

—Eso de que... habrá otras oportunidades. Que habrá una siquiera.

—Sí.

—Pase lo que pase —declaró ella con convicción—, no pienso volver a casa.

—Ya lo sé.

Eleanor guardó silencio.

—Pase lo que pase —dijo Park—, te quiero.

Ella le rodeó la cintura con los brazos y él le abrazó los hombros.

—No me puedo creer que la vida nos diera esto —siguió diciendo Park— para quitárnoslo después.

—Yo sí —repuso ella—. La vida es una maldita.

Park la sujetó con más fuerza y hundió la cara en su cuello.

—Pero depende de nosotros —afirmó con suavidad—. No tenemos por qué perderlo.

eleanor

Se sentó pegada a él durante el resto del viaje, aunque el cinturón de seguridad no alcanzara y tuviera el cambio de velocidades entre las piernas. Supuso que aun así viajaba mucho más segura que en la caja del Isuzu de Richie.

Se detuvieron en otra estación de servicio y Park le compró un refresco de cereza y cecina para comer. Él llamó a sus padres por cobrar; aún no se podía creer que no le hubieran puesto un límite.

—Mi padre está tranquilo —dijo Park—. Creo que mi madre está histérica.

—¿Han tenido noticias de mi madre o... de alguien?

—No. Por lo menos no lo han mencionado.

Park le preguntó si quería llamar a su tío. Aún no.

—Apesto a garaje de Steve —comentó Eleanor—. Mi tío va a pensar que soy drogadicta.

Park se rió.

—Me parece que te derramaste cerveza en la camisa. A lo mejor sólo piensa que eres alcohólica.

Eleanor se miró la camisa. Se le había manchado de sangre cuando se había cortado en la cama y llevaba un pegote en el hombro, seguramente mocos de todo aquel llanto.

—Toma —dijo Park.

Se estaba quitando la sudadera. Luego hizo lo mismo con la camiseta. Se la tendió a Eleanor. Era de color verde y en el pecho llevaba escrito "Prefab Sprout".

—No me la puedo quedar —replicó ella mientras Park se ponía la sudadera sobre el pecho desnudo—. Es nueva.

Además, seguro que no le cabía.

—Ya me la devolverás.

—Cierra los ojos —le ordenó Eleanor.

—Claro —asintió Park en voz baja. Miró a otra parte.

No había nadie más en el estacionamiento. Eleanor se agachó y se puso la camiseta de Park debajo de la suya. Luego se quitó la camisa sucia. Así se cambiaba en clase de Gimnasia. La prenda le quedaba tan ajustada como el uniforme de gimnasia... pero olía a limpio, igual que Park.

—Ok —dijo Eleanor.

Park abrió los ojos y le cambió la sonrisa.

—Quédatela.

Cuando llegaron a Minneapolis pararon en otra gasolinera para pedir indicaciones.

—¿Es fácil llegar hasta allí? —preguntó Eleanor cuando Park regresó a la camioneta.

—Regalado —afirmó Park—. Ya casi llegamos.

capítulo 54

park

Cuando entraron en la ciudad, Park empezó a agobiarse. El tráfico de Saint Paul no tenía nada que ver con el de Omaha.

Eleanor era la encargada de interpretar el mapa, pero nunca había leído ninguno fuera de clase. Entre uno y otro, no paraban de tomar desviaciones que no eran.

—Lo siento —repetía Eleanor.

—No pasa nada —respondía Park, contento de tenerla al lado—. No tengo prisa.

Ella le apretó la pierna con la mano.

—Estaba pensando... —dijo.

—¿Sí?

—Prefiero que no entres conmigo cuando lleguemos.

—¿Quieres hablar con ellos a solas?

—No... Bueno, sí. Pero quiero decir que... no quiero que me esperes.

Park intentó mirarla, pero tenía miedo de volver a saltarse la desviación.

—¿Qué? —exclamó—. No. ¿Y si no te dejan quedarte?

—Entonces tendrán que buscar la manera de llevarme a casa. Seré su problema. A lo mejor así tengo más tiempo para contárselos todo.

—Pero...

No estoy listo para que dejes de ser mi problema.

—Es más lógico, Park. Si te vas enseguida, estarás en casa para cuando anochezca.

—Pero si me voy enseguida... —Park bajó la voz—. Me voy enseguida.

—Tendremos que despedirnos de todas formas —argumentó Eleanor—. ¿Qué más da si lo hacemos ahora o dentro de unas horas o mañana por la mañana?

—¿Bromeas? —La miró con la esperanza de haberse perdido el chiste—. Sí.

eleanor

—Es que es más lógico —insistió Eleanor, y se mordió el labio. La fuerza de voluntad era la única arma con la que contaba para superar todo aquello.

Las casas empezaban a resultarle familiares. Grandes viviendas grises y blancas revestidas con tablillas que se erguían al fondo de los jardines. Eleanor y su familia habían ido allí durante las vacaciones de Pascua el año después de que se marchó su padre. El tío de Eleanor y su esposa eran ateos, así que no habían celebrado la Pascua, pero había sido un viaje muy divertido.

No tenían hijos, seguramente por decisión propia, pensó Eleanor. Tal vez porque sabían que los niños, tan lindos ellos, se convierten en adolescentes feos y problemáticos.

No obstante, el tío Geoff la había invitado a su casa.

Quería que viviera con ellos, al menos durante unos meses. Puede que no hiciera falta que se lo contara todo de inmediato, a lo mejor su tío pensaba que sencillamente Eleanor había llegado antes de lo previsto.

—¿Es aquí? —preguntó Park.

El coche se detuvo delante de una casa pintada de un gris azulado en cuyo jardín delantero crecía un sauce.

—Sí —asintió Eleanor.

Se acordaba de la casa y se acordaba del Volvo estacionado en la entrada.

Park piso el acelerador.

—¿Adónde vas?

—A... dar la vuelta a la manzana —repuso él.

park

Dio la vuelta a la manzana. Para lo que le iba a servir... Luego estacionó a unos cien metros de la casa del tío de Eleanor, para que no pudieran verla desde el coche. Eleanor no podía apartar la vista de ella.

eleanor

Tenía que despedirse de Park. Y no sabía cómo hacerlo.

park

—Te sabes mi número telefónico, ¿no?

—Ocho seis siete cinco tres cero nueve.

—En serio, Eleanor.

—En serio, Park. Nunca en la vida voy a olvidar tu número telefónico.

—Llámame en cuanto puedas, ¿está bien? Esta noche. Por cobrar. O, si no te dejan llamar, mándame tu número por carta... Escríbelo en una de las muchísimas cartas que me vas a enviar.

—¿Y si me devuelve a casa?

—No —Park soltó la palanca de velocidades y le tomó la mano—. No vas a volver allí. Si tu tío te manda a casa, ven a la mía. Mis padres nos ayudarán a buscar una solución. Mi padre ya me dijo que lo haría.

Eleanor dejó caer la cabeza hacia adelante.

—No te va a mandar a casa —insistió Park—. Ya verás cómo te ayuda. —Eleanor asintió sin separar los ojos del suelo—. Y te dejará contestar a las largas y frecuentes llamadas de larga distancia que recibirás.

Eleanor no se movía.

—Eh —le dijo Park, intentando que levantara la barbilla—. Eleanor.

eleanor

Ese asiático estúpido.

Ese estúpido que le quitaba el aliento.

Menos mal que Eleanor no podía pronunciar ni una palabra, porque de haberlo hecho lo habría inundado de basura melodramática.

Estaba segura de que le había dado las gracias por haberle salvado la vida, no sólo la noche anterior sino, bueno, casi cada día desde que se conocían. Y eso le hacía sentir la chica más patética del mundo. Si no eres capaz de salvarte a ti mismo, ¿acaso tu vida vale la pena?

"No existe el príncipe azul", se dijo.

"No existen los finales felices."

Alzó la vista para mirar a Park. A esos ojos de un verde dorado.

Me has salvado la vida, intentó decirlo. No para toda la eternidad. Seguramente sólo temporalmente. Pero me has salvado la vida y ahora soy tuya. La persona que soy aquí y ahora es tuya. Por siempre.

park

—No sé cómo despedirme de ti —dijo Eleanor.

Park le apartó el cabello de la cara. Nunca la había visto tan pálida.

—Pues no lo hagas.

—Pero tengo que irme...

—Pues vete —repuso Park, ahora con la cara de Eleanor entre las manos—, pero no te despidas. No es un adiós.

Ella puso los ojos en blanco y negó con la cabeza.

—Menuda cursilada.

—¿Hablas en serio? ¿No me vas a dar ni cinco minutos de tregua?

—Es lo que dicen en las películas, "no es un adiós", cuando temen afrontar lo que sienten. No nos vamos a ver mañana mismo, Park. No sé cuándo te volveré a ver. Eso se merece algo más que "no es un adiós".

—Yo no temo afrontar lo que siento —objetó Park.

—Tú no —repuso Eleanor con la voz quebrada—. Yo sí.

—Tú —le dijo Park rodeándola con el brazo y prometién-
dose a sí mismo que no sería la última vez— eres la persona
más valiente que conozco.

Ella volvió a sacudir la cabeza de lado a lado, como si quisiera ahuyentar las lágrimas.

—Dame un beso de despedida. Sólo eso —susurró.

"Sólo por hoy", pensó él, "no para siempre".

eleanor

Una cree que si abraza a alguien con todas sus fuerzas lo tendrá
más cerca. Una cree que se puede abrazar a alguien con tanta
fuerza como para seguir sintiendo su presencia, grabada en ti,
cuando te separas.

Cada vez que Eleanor se separaba de Park, tenía la misma
sensación de pérdida irreparable.

Cuando por fin se bajó de la camioneta fue porque pensó
que no soportaría seguir tocándolo y perdiéndolo una y otra
vez. La próxima vez que se separara de él, le dejaría parte de su
piel.

Park se dispuso a bajar también, pero Eleanor lo detuvo.

—No —le dijo—. Quédate.

Miró nerviosa en dirección a la casa de su tío.

—Todo va a estar bien —le aseguró Park.

Eleanor asintió.

—Claro.

—Porque te quiero.

Ella se rio.

—¿Por eso estará todo bien?

—Pues sí, la verdad es que sí.

—Adiós —dijo Eleanor—. Adiós, Park.

—Adiós, Eleanor. Hasta esta noche. Cuando me llames.

—¿Y si no están en casa? Vaya, eso sería decepcionante.

—Sería genial.

—Tonto —susurró con un resto de sonrisa en el rostro.

Eleanor retrocedió un paso y cerró la puerta.

—Te quiero —dijo Park para sí. O quizás en voz alta.

Ella ya no podía oírlo.

capítulo 55

park

Park ya no tomaba el autobús. No hacía falta. Su madre le había regalado el Impala cuando el padre de Park había comprado un Taurus...

Ya no tomaba el autobús porque tenía todo el asiento para él solo.

Lástima que el Impala estuviera también inundado de recuerdos.

Algunas mañanas, si Park despertaba temprano, se sentaba en el estacionamiento con la cabeza sobre el volante y dejaba que la presencia de Eleanor lo inundara hasta que se quedaba sin aire.

En la escuela no se sentía mejor.

Eleanor no estaba en los casilleros ni en clase de Inglés. El señor Stessman había dicho que era inútil leer *Macbeth* en voz alta sin Eleanor.

¡Qué vergüenza, Señor, qué vergüenza!, se lamentó.

A la hora de la cena, Eleanor ya no lo acompañaba. Cuando Park miraba la tele, Eleanor ya no estaba allí para apoyarse en él.

Park pasaba casi todas las tardes tendido en la cama porque era el único lugar de la casa en el que Eleanor no había estado.

Se tumbaba en la cama y nunca encendía el estéreo.

eleanor

Eleanor ya no tomaba el autobús. Su tío la llevaba al colegio. La había obligado a inscribirse, aunque sólo quedaban cuatro semanas de clase y todo el mundo estaba estudiando para los finales.

En el nuevo colegio no había ningún chico asiático. Ni tampoco chicas negras.

Cuando su tío se disponía a viajar a Omaha, le dijo a Eleanor que no hacía falta que lo acompañara. Pasó tres días fuera y a la vuelta trajo consigo la bolsa de basura con las cosas de Eleanor. Ella ya tenía ropa nueva, una mochila nueva y un radiocasete. Y un paquete de seis casetes vírgenes.

park

Eleanor no llamó aquella primera noche.

Bien pensado, no había prometido que lo haría. Ni tampoco que le escribiría, pero Park lo había dado por sentado. No lo había dudado ni por un momento.

Cuando Eleanor bajó del coche, Park permaneció a la espera delante de casa de su tío.

Habían quedado en que se marcharía en cuanto alguien abriera. Así se aseguraban de que hubiera alguien en la casa. Park, sin embargo, no podía marcharse así como así.

Una mujer abrió la puerta y le dio a Eleanor un gran abrazo. Park esperó, por si ella cambiaba de idea, por si al final decidía pedirle que entrara a conocer a sus tíos.

La puerta se cerró. Park recordó su promesa y arrancó el motor. "Cuanto antes llegue a casa", pensó, "antes tendré noticias suyas".

Le envió a Eleanor una postal desde la primera estación de servicio. "Bienvenidos a Minnesota, tierra de los diez mil lagos."

Cuando Park llegó a casa, su madre corrió a abrazarlo.

—¿Ha salido todo bien? —le preguntó el padre.

—Sí —respondió el chico.

—¿Qué tal con la camioneta?

—Bien.

El hombre fue a echarle un vistazo de todos modos.

—Tú —le dijo la madre de Park—. Yo muy preocupada por ti.

—No me pasa nada, mamá, sólo estoy cansado.

—¿Y Eleanor? —quiso saber la mujer   . ¿Ella bien?

—Eso espero. ¿Ha llamado?

—No. Nadie ha llamado.

En cuanto su madre lo dejó marchar, Park corrió a su habitación para escribirle una carta a Eleanor.

eleanor

Cuando tía Susan abrió la puerta, Eleanor ya estaba llorando.

—Eleanor —repetía tía Susan una y otra vez—. Oh, Dios mío, Eleanor. ¿Qué haces aquí?

Eleanor trató de explicar que no pasaba nada grave. Aunque no era verdad. No estaría allí si todo estuviera bien. Eso sí, nadie había muerto.

—Nadie ha muerto —dijo Eleanor.

—¡Ay, Señor! ¡Geoffrey! —gritó tía Susan—. Espera aquí, cielo. Geoff...

Una vez a solas, Eleanor comprendió que no debería haberle pedido a Park que se marchara de inmediato.

No estaba lista para separarse de él.

Abrió la puerta principal y salió corriendo a la calle. Eleanor miró a ambos lados, pero Park ya se había ido.

Cuando se volvió, sus tíos estaban observándola desde el porche.

Llamadas telefónicas. Yerbabuena. La tía y el tío de Eleanor hablando en la cocina mucho después de que ella se hubiera acostado.

—Sabrina...

—Los cinco.

—Tenemos que sacarlos de allí, Geoffrey...

—¿Y si no dice la verdad?

Eleanor se sacó la foto del Park del bolsillo trasero del pantalón y la alisó contra el edredón. No parecía él. Desde octubre había transcurrido una eternidad. Y aquella tarde le pareció toda una vida también. El mundo giraba tan rápidamente que Eleanor ya no sabía ni dónde estaba.

La tía Susan le prestó algunas piyamas —usaban más o menos la misma talla—, pero Eleanor se puso la camiseta de Park en cuanto salió de la ducha.

La prenda olía a él. A su casa, a todo. A jabón, a chico y a felicidad.

Agarrándose con las manos el hueco que tenía en el estómago, Eleanor se dobló hacia adelante en la cama.

Nadie le creería nunca.

Eleanor le escribió una carta a su madre.

Le decía todo lo que había querido expresar a lo largo de aquellos seis meses.

Le pedía perdón.

Le suplicaba que pensara en Ben, en Mouse... y en Maisie.

La amenazaba con llamar a la policía.

Tía Susan le dio un sello.

—Están en el cajón de la cocina, Eleanor, toma los que te hagan falta.

park

Cuando se hartó de estar encerrado en su cuarto, cuando ya no quedaba nada en el mundo que oliera a vainilla, Park se acercó a casa de Eleanor.

A veces la camioneta estaba allí, otras no. De vez en cuando, el rottweiler dormía en el cobertizo. Sin embargo, los juguetes rotos habían desaparecido y no se veían niños de cabello rojizo jugando en el jardín.

Josh le había dicho que el hermano pequeño de Eleanor ya no iba al colegio.

—La gente dice que se han marchado. Toda la familia.

—Qué buena noticia —comentó la madre de Park—. Puede que esa mujer tan guapa ha reaccionado por fin. Buena noticia para Eleanor.

Park se limitó a asentir.

Se preguntó si las cartas llegaban siquiera al lugar donde ella vivía ahora.

eleanor

Había un teléfono de disco en el cuarto de invitados. La habitación de Eleanor. Cada vez que sonaba a Eleanor le entraban ganas de responder y decir: "¿Qué hay, comisario Gordon?".

En ocasiones, cuando estaba sola en casa, descolgaba el auricular de su dormitorio y escuchaba el tono.

Fingía marcar el número de Park, dejando que el dedo patinase sobre el disco. A veces, cuando el tono cesaba, simulaba que estaba hablando con él en susurros.

—¿Alguna vez has tenido novio? —le preguntó Dani.

Dani era una amiga del campamento de teatro. Comían juntas, sentadas en el escenario con las piernas colgando hacia el foso de la orquesta.

—No —respondió Eleanor.

Park no era su novio, era un superhéroe.

—¿Y te has besado con algún chico?

Eleanor negó con la cabeza.

No era su novio.

Y no romperían. Ni se cansarían el uno del otro. Ni se distanciarían. (Su historia nunca sería el típico romance de escuela.)

Sencillamente, lo habían dejado ahí.

Eleanor lo había decidido cuando viajaban en la camioneta. Tomó la decisión en Albert Lea, Minnesota. Si no se iban a casar —si su amor no iba a ser eterno— sólo era cuestión de tiempo.

Iban a dejarlo ahí.

Park nunca la amaría más que el día de su despedida.

Y Eleanor no podría soportar que la amara menos.

park

Cuando se hartó de sí mismo, acudió a la vieja casa de Eleanor.
A veces la camioneta estaba allí. Otras no. En ocasiones, Park se
quedaba en la acera, detestando todo lo que aquella casa repre-
sentaba.

capítulo 56

eleanor

Cartas, postales, paquetes que repiqueteaban como las fundas de casetes llenas. Todas cerradas, todas sin leer.

"Querido Park", escribió Eleanor en una hoja limpia.

"Querido Park", intentó explicarse.

Sin embargo, las explicaciones se le hacían pedazos en las manos. Le costaba demasiado escribir la verdad; Park era una pérdida demasiado grande. Sus sentimientos hacia él quemaban demasiado para tocarlos.

"Lo siento", escribió. En seguida lo tachó.

"Es que...", volvió a empezar.

Tiraba a la papelera las cartas a medio escribir. Metía los sobres sin abrir en el último cajón.

—Querido Park —susurró, con la cabeza apoyada en la cómoda—, para.

park

El padre de Park le dijo que debía buscarse un trabajo de verano para pagarse la gasolina.

Ninguno de los dos mencionó que Park nunca iba a ninguna parte ni que había empezado a embarrarse el lápiz de ojos con el pulgar.

Tenía tan mala facha como para trabajar en Drastic Plastic. La chica que lo contrató llevaba dos filas de pendientes en cada oreja.

La madre de Park dejó de meter el correo a casa. Seguro lo hacía porque le dolía muchísimo decirle a su hijo que no había nada para él. El propio Park lo metía cuando llegaba a casa del trabajo. Siempre rezando con tener noticias.

Su colección y su apetito de música punk no hacían sino aumentar.

—No puedo ni pensar —le dijo su padre una noche, después de entrar tres veces seguidas al cuarto de Park para pedirle que bajara la música.

—No me digas —habría dicho Eleanor.

Eleanor no volvió a la escuela al curso siguiente. Por lo menos, no a la de Park.

No dio saltos de alegría al enterarse de que en bachillerato no se hacía Gimnasia. No dijo: "Esta unión no es legal, Batman" cuando Steve y Tina se fugaron el 1 de mayo.

Park le había escrito una carta para ponerla al día, le contaba todo lo que había pasado, y lo que no, desde su partida.

Siguió escribiendo aunque hacía meses que ya no enviaba las cartas. El día de Año Nuevo le escribió una diciendo que le deseaba que se hubieran cumplido sus sueños. Luego la metió en el cajón que tenía debajo de la cama.

capítulo 57

park

Ya no intentaba evocar su recuerdo.

Ella volvía cuando quería, en sueños, en mentiras y en vagas sensaciones de algo ya vivido.

A veces, por ejemplo, veía de camino al trabajo a una pelirroja plantada en una esquina y por un estremecedor instante juraba que era ella. O se despertaba en mitad de la noche, convencido de que Eleanor lo estaba esperando fuera, seguro de que Eleanor necesitaba ayuda.

Sin embargo, ya no era capaz de evocarla. A veces no recordaba ni su aspecto, ni siquiera cuando miraba la foto. (Puede ser que la hubiera mirado demasiado.)

Ya no hacía lo posible por evocarla.

Así pues, ¿por qué seguía yendo allí? A aquella casucha...

Eleanor no estaba allí, nunca estuvo realmente allí; y se había marchado hacía mucho tiempo. Casi un año ya.

Park dio media vuelta para alejarse, pero la camioneta marrón dobló hacia el camino de entrada tan deprisa que estuvo a punto de atropellarlo. Él se quedó en la acera, esperando. Se abrió la puerta del conductor.

A lo mejor, pensó Park. A lo mejor es por eso que estoy aquí.

El padrastro de Eleanor bajó despacio de la cabina del conductor. Park lo reconoció por otra ocasión que lo había visto, cuando le había llevado a Eleanor la segunda entrega de *Watchmen* y el hombre había abierto la puerta.

El último número de *Watchmen* salió algunos meses después de la partida de Eleanor. Park se preguntaba si ella lo habría leído, si pensaría que Ozymandias era un malvado y qué creía que había querido decir el doctor Manhattan con su frase final: "Nada termina nunca". Park se preguntaba cada día qué pensaba Eleanor acerca de todo.

Richie no vio a Park enseguida. El hombre se movía lentamente, con inseguridad. Cuando reparó en el chico, lo miró como si no acabara de creerse que hubiera alguien allí.

—¿Quién eres? —gritó Richie.

Park no respondió. Richie se dio la vuelta a tropezones y se tambaleó hacia Park.

—¿Qué quieres?

Incluso a casi un metro de distancia se apreciaba el tufo rancio que despedía. A cerveza y a sótanos.

Park se quedó donde estaba.

"Quiero matarte", pensó. "Y puedo hacerlo". Comprendió. "Debería."

Richie no era mucho más alto que Park, y estaba borracho y desorientado. Además, era imposible que tuviera tantas ganas de lastimar a Park como éste de hacerle daño a él.

A menos que Richie fuera armado o que tuviera mucha suerte, Park podía liquidarlo.

Richie se acercó vacilante.

—¿Qué quieres? —volvió a gritar.

La fuerza de su propia voz le hizo perder el equilibrio y cayó hacia delante como un bulto. Park tuvo que retroceder para no frenar su caída.

—Maldición —se lamentó Richie.

Luego se puso de rodillas e hizo esfuerzos por recuperarse.

"Quiero matarte", pensó Park.

"Y puedo."

"Alguien debería hacerlo."

Park miró sus Doc Martens con puntera de acero. Se las acababa de comprar en la tienda de discos (rebajadas, con descuento de empleado). Miró la cabeza de Richie, que colgaba allá abajo como una bolsa de cuero.

Park lo odiaba más de lo que creía posible odiar a alguien, con una rabia más intensa de lo que jamás hubiera concebido...

Casi.

Levantó la bota y dio un pisotón al suelo justo delante de la cabeza de Richie. Hielo, barro y piedras cayeron en la boca abierta del hombre. Richie tosió violentamente y volvió a desplomarse.

Park aguardó a que se levantara, pero Richie se quedó allí tendido, maldiciendo y quitándose sal y gravilla de los ojos.

No estaba muerto. Pero no se levantaba.

Park esperó.

Luego se fue andando hacia su casa.

eleanor

Cartas, postales, paquetes amarillos acolchados que repiqueteaban cuando los movías. Todos cerrados, todos sin leer.

Se sentía fatal cuando llegaban cada día. Se sintió aún peor cuando dejaron de llegar.

De vez en cuando, los extendía sobre la alfombra como cartas de tarot, como tabletas de chocolate Wonka, y se preguntaba si sería demasiado tarde.

capítulo 58

park

Eleanor no acompañó a Park al baile de graduación.

Lo hizo Cat.

Cat, del trabajo. Era delgada y morena, con unos ojos tan azules y pequeños como pastillas de menta para el aliento. Cuando Park le tomó la mano, sintió lo mismo que si tomara la mano de un maniquí y experimentó tal alivio que la besó. Después del baile se quedó dormido con sus pantalones de esmoquin y su camiseta de Fugazi puestos.

Despertó a la mañana siguiente cuando algo ligero aterrizó en su pecho. Abrió los ojos. Su padre estaba allí de pie.

—El cartero —le dijo el hombre, casi con suavidad.

Park se llevó la mano al corazón.

Eleanor no le había escrito una carta. Le había mandado una postal. "Saludos desde la ciudad de los diez mil lagos", decía en el reverso. Park le dio la vuelta y reconoció la caligrafía desigual de Eleanor. Mil letras de canciones acudieron a su mente.

Park se sentó. Sonrió. Algo macizo y alado despegó volando de su pecho.

Eleanor no le había escrito una carta sino una postal.
De sólo tres palabras.

agradecimientos

Me gustaría dar las gracias a algunas de las personas que han contribuido a la existencia de este libro... y a mi propia existencia.

En primer lugar, a Colleen Eickelman, que se empeñó en que aprobara octavo.

A las familias Bent y Huntley, cuya amabilidad me mantuvo con vida.

A mi hermano, Forest, que jura que sus elogios no se deben al parentesco.

A Nicola Barr, Sara O'Keefe y Natalie Braine, por su inquebrantable fidelidad, por borrar el océano Atlántico del mapa y, sobre todo, por estar tan pendientes de Eleanor.

Gracias, ya puestos, a toda la gente de Orion y St. Martin's Press.

Gracias especialmente a la encantadora e intuitiva Sara Goodman, que me inspiró confianza en cuanto se sentó a mi lado en el autobús.

A mi querido amigo Christopher Schelling, lo mejor que me podía pasar.

Y, por fin, querría dar las gracias a Kai, Laddie y Rosey por su amor y paciencia. (Son mis grandes predilectos, ahora y siempre.)

peculiares

SPANISH TF ROWELL
Rowell, Rainbow.
Eleanor & Park

Eleanor & Park, de Rainbow Rowell
se terminó de imprimir en julio de 2015
en los talleres de Litográfica Ingramex, S.A. de C.V.
Centeno 162-1, Col. Granjas Esmeralda,
C.P. 09810 México, D.F.